Amélie Antoine

Le Bonheur l'emportera

Roman

XO
EDITIONS

ISBN : 978-2-37448-352-8

À mes enfants,

Je vous aime éperdument.
Puissiez-vous, toujours, vous sentir libres
de devenir qui vous voulez être.

Quitte à désobéir.

« On ne peut donner que deux choses à ses enfants : des racines et des ailes. »

Proverbe juif

« Être différent n'est ni une bonne ni une mauvaise chose. Cela signifie simplement que vous êtes suffisamment courageux pour être vous-même. »

Albert Camus

PROLOGUE

AOÛT

Joachim

Jusqu'ici, tout va bien.

Dans dix jours à peine, ce sera la fin des vacances d'été et la rentrée des classes, mais pour l'instant, Joachim peine à croire que le rythme infernal du quotidien va se réenclencher. Il n'a aucune envie de penser aux dizaines de commandes qui vont lui tomber dessus dès qu'il va rouvrir sa boîte mail professionnelle, des créas toutes plus importantes et urgentes les unes que les autres. Et même si, dans son entourage, beaucoup l'envient de pouvoir travailler chez lui et de n'avoir qu'une réunion par semaine le lundi matin avec le reste de l'équipe de l'agence de communication dans laquelle il est graphiste, il n'est pas le moins du monde pressé de retrouver la frénésie habituelle qui l'a toujours dépassé. Sans parler de Sophie, qui va reprendre ses allers-retours quotidiens Lille-Paris, qui va rentrer tard le soir et surtout épuisée et stressée. Certes, elle ne parvient jamais à décrocher complètement quand ils sont en vacances, mais, au moins, *physiquement*, elle est là, avec lui, avec eux. C'est déjà énorme, et Joachim sait voir le verre à moitié plein.

Il fait une chaleur étouffante depuis quelques jours, et il ne regrette pas une seconde d'avoir insisté pour venir pique-niquer au parc Jean-Baptiste-Lebas. Sophie a soupiré, on va encore se faire aborder par des dizaines de clochards, et puis, mieux vaudrait s'occuper d'acheter les affaires pour la rentrée scolaire de Maël, le collège a fourni une liste longue comme le bras… Comme à son habitude, Joachim a temporisé, a embrassé sa compagne dans le cou pour la faire céder, allez, viens, ça va nous faire du bien de se poser quelques heures dans l'herbe, Maël pourra jouer au foot, et toi tu pourras lire un magazine tranquillement ! Il a remporté la partie au moment où il s'est engagé à préparer une grande salade de pâtes au crabe pour le repas.

Maël, lui, n'a pas semblé aussi enthousiaste que Joachim l'avait escompté, mais il doit se faire une raison, et admettre qu'à onze ans et demi le petit garçon n'en est plus vraiment un. Bientôt, très bientôt, il risque d'entrer dans l'âge ingrat ; avoir honte d'être vu avec ses parents, ne plus vouloir s'amuser à « des jeux de bébé », comme il le dit déjà parfois en parlant des deux toboggans et de la grande toile d'araignée en corde du parc. L'entrée en sixième va probablement accélérer sa transformation, d'ailleurs.

— Je peux avoir des chips ? demande Maël en tendant déjà la main pour que Joachim lui passe le sachet.

Sophie secoue la tête sans rien dire, et ses grandes créoles argentées virevoltent dans les quelques mèches de cheveux brun foncé qui se sont échappées de sa queue-de-cheval. C'est sa façon à elle de montrer sa désapprobation sans pour autant s'opposer formellement. Elle a déjà fait remarquer à Joachim qu'il aurait été préférable d'emporter des tomates cerises plutôt que des chips. Il s'est contenté de hausser les épaules ; de toute façon, il a de plus en plus le sentiment, dernièrement, de ne jamais rien faire comme il faut, et il préfère courber l'échine plutôt qu'aller à l'affrontement pour des détails qui lui semblent tout sauf essentiels.

Et puis, il a confectionné une salade de fruits pour le dessert. De quoi gagner pas mal de points auprès de Madame Équilibre alimentaire, sourit-il intérieurement. Il observe Sophie, assise les jambes repliées sur le côté, occupée à écaler un œuf dur. Même pour un pique-nique au parc, elle a mis une belle robe longue, celle en liberty parme fendue sur les côtés. Elle a enlevé ses espadrilles à talons, les laissant négligemment dans l'herbe. Ses épaules sont dénudées, et le camée bleu nuit que Joachim lui a offert il y a bien longtemps, pour leur premier anniversaire de couple, étincelle au soleil. « Comme elle est belle… », ne peut-il s'empêcher de songer avec tendresse. Les années ont beau passer, chaque fois qu'il pose les yeux sur elle, il se sent immensément *chanceux* de l'avoir à ses côtés.

— Tu veux qu'on fasse quelques passes ? propose-t-il à Maël en montrant le ballon d'un signe du menton.

Le garçon fait non de la tête. Assis en tailleur dans l'herbe, il observe d'autres enfants grimper au loin dans l'immense filet de corde rouge et ne prend même pas la peine de se tourner pour répondre.

Sophie feuillette son magazine jusqu'à s'arrêter sur un reportage qui doit lui paraître intéressant. Joachim jette un coup d'œil, mais ne distingue que le mot « Start-up » écrit en majuscules.

— Pourquoi tu ne vas pas t'amuser aux jeux ? insiste-t-il.

Depuis quelques mois, Maël semble de plus en plus se renfermer sur lui-même. Et même si Sophie lui a déjà dit plusieurs fois qu'il n'y avait rien de plus normal qu'un préadolescent qui devient solitaire et maussade, Joachim ne parvient pas pour autant à dissiper son inquiétude.

— Bof… Je préfère rester ici, répond Maël d'un ton laconique.

Elle paraît loin, soudain, l'époque où le petit garçon pouvait passer des heures à s'amuser dans n'importe quel parc, se faisant des camarades en un claquement de doigts… Joachim observe du coin de l'œil le profil de l'enfant. Ses cheveux brun foncé qui lui tombent dans les yeux et qu'il refuse de couper malgré les remontrances de sa mère, ses yeux gris ourlés de longs cils qui lui donnent un regard très doux, son menton en pointe digne d'un personnage de manga… Il donnerait cher pour être quelques instants dans sa tête et comprendre ce qui s'y passe.

Sans cesser de lire son article, Sophie marmonne :

— Va donc te dégourdir les jambes, Maël. Tu ne vas quand même pas rester collé à nous sans rien faire, c'est pour toi qu'on est venus ici !

Le ton est sans appel, et quand Maël adresse un regard interrogateur à Joachim, celui-ci fait une moue qui signifie : « Ta mère a raison… » L'enfant se relève, enfonce les mains dans les poches de son short en jean et se dirige à pas lents vers l'espace de jeux à quelques dizaines de mètres.

— Amuse-toi bien, mon ange ! lance Sophie sans remarquer que son fils hausse les épaules de dépit.

Maël s'assied sur un tourniquet inoccupé, fait aller sa jambe gauche sans véritable entrain. Au bout de quelques minutes, un groupe de quatre fillettes blondes s'installent à côté de lui et l'une d'entre elles court de toutes ses forces en s'accrochant au tourniquet pour le faire tourner le plus rapidement possible. L'air blasé, Maël saute avant qu'il n'ait pris trop de vitesse. Il dépasse un petit garçon qui, les bras croisés, boude devant le jeu, visiblement en colère que les filles n'aient pas attendu pour le laisser monter dessus. Joachim sourit devant la mine renfrognée du gamin et reporte son regard sur Maël, qui se dirige vers la toile d'araignée. En moins de trois minutes, il est déjà en haut de la structure de cordage, debout sur la petite plate-forme, tel Baba, le gros pirate noir posté à la vigie dans les bandes dessinées d'Astérix.

Rasséréné, Joachim s'allonge sur la pelouse, son avant-bras sur le visage pour ne pas être ébloui par le soleil au zénith.

Un quart d'heure plus tard, alors qu'il commence à somnoler, il sent quelque chose lui tomber sur les jambes. Il se redresse pour découvrir une petite fille hilare.

— Célia, je t'ai dit de ne pas t'éloigner de nous et de ne pas embêter les gens ! s'exclame sa mère qui la rejoint en courant.

Aussitôt, elle attrape la fillette sous les aisselles et la remet sur ses pieds. La petite éclate de rire, elle doit avoir deux ans, peut-être un peu plus. Elle marche encore d'un pas légèrement hésitant, celui qui fait automatiquement fondre tous les adultes. Ses joues sont rebondies et roses d'avoir couru, et Joachim remarque aussitôt les yeux noirs en amandes. Malgré lui, son regard s'attarde sur le visage de l'enfant, et il sourit à la mère qui prend sa fille par la main pour retourner au tapis de pique-nique où le père les attend.

La petite se retourne pour lui adresser un dernier grand sourire, et Joachim la trouve magnifique. Parfaite, même, en un sens. Les petites dents légèrement écartées les unes des autres, le nez un peu épaté, les cheveux châtains raides retenus en un palmier au sommet de la tête, la bouille toute ronde.

Les yeux bridés.

Ému sans vraiment savoir pourquoi, il se tourne vers Sophie pour partager ce qu'il ressent. La jeune femme a suivi la scène et elle aussi a levé la tête pour observer la mère et la fillette s'asseoir à quelques mètres de là.

— Tu as vu comme cette petite est…, commence Joachim, un sourire béat aux lèvres, avant d'être interrompu par Sophie.

— Oui, j'ai vu. C'est affreux, je sais…, rétorque-t-elle sans quitter l'enfant des yeux.

Joachim tressaille. Il allait dire « jolie ».

Il était sur le point de dire : « Tu as vu comme cette petite est jolie ? »

Sophie

La jeune femme a du mal à détacher ses yeux de la petite fille qui marche de façon pataude en s'accrochant à la main de sa mère. Un peu comme quand on passe devant un accident de voiture et qu'on ressent un étrange plaisir malsain mêlé de dégoût qui nous *oblige* à ralentir pour mieux distinguer le carnage. Sophie sait que la bienséance exigerait qu'elle détourne le regard et fasse comme si de rien n'était, mais elle n'y parvient pas. Elle est à la fois horrifiée et subjuguée par cette famille.

— C'est affreux, répète-t-elle à mi-voix.

Joachim lui presse l'avant-bras, apparemment pour lui signaler qu'elle n'est pas très discrète. Il doit avoir raison, car, à quelques mètres de là, le père de la petite, un grand blond aux cheveux longs attachés en une queue basse, tourne la tête et leur adresse un regard appuyé.

— Non mais tu imagines leur quotidien, avec une enfant comme ça ?

— Je trouve ça plutôt courageux, rétorque Joachim.

Sophie émet un « pff » narquois ; il faut toujours qu'il idéalise toutes les situations… Pourtant, là, il n'y a rien à idéaliser du tout : s'occuper d'un enfant handicapé toute sa vie n'a rien d'une sinécure, franchement. Quand on n'a pas le choix, on peut comprendre et être admiratif, mais quand il y a des possibilités de l'éviter, il n'y a aucune raison de s'infliger un tel calvaire et d'imposer à un enfant de vivre à tout prix… Bien sûr, apprendre à quelques mois de grossesse que le bébé qu'on porte est trisomique doit être une épreuve terrible, mais Sophie a du mal à imaginer qu'on puisse faire le choix de le garder. Pauvre gamine !

— Tu ne connais rien de la vie de ces personnes, je trouve que tu as un avis drôlement arrêté. Tout n'est pas toujours tout noir ou tout blanc, la sermonne Joachim, visiblement agacé que Sophie se permette de penser à voix haute.

— Tu vas me dire qu'avoir un enfant handicapé est quelque chose d'enrichissant, que ça permet même d'apprendre à mieux se connaître soi-même et à se dépasser ? lance-t-elle avec l'ironie mordante qui la caractérise.

Joachim referme le saladier en verre qui contient le reste de salade de pâtes. Il le replace dans le grand cabas, à côté de la bouteille d'eau et des trois gobelets en plastique récupérés à un festival de musique il y a des années.

— Je crois juste qu'avoir un enfant différent des autres n'est pas obligatoirement l'enfer que tu imagines. Et cette fillette est magnifique. Si tu étais capable de raisonner autrement que par le prisme médical, tu le verrais…

À quelques pas, la petite Célia s'amuse avec des bulles de savon. C'est sa mère qui les souffle, avec la plus grande délicatesse pour obtenir de grosses bulles. L'enfant sautille à côté et s'empresse de les éclater dès qu'elles se détachent de l'anneau rose fluo. À chaque fois, elle pousse un éclat de rire strident, et sa mère lui caresse la joue, attendrie par l'enthousiasme de sa fille.

D'accord, la scène est touchante. Et l'enfant est jolie ; elle est sans doute encore trop petite pour avoir les traits marqués des trisomiques adultes. Mais personne ne pourra lui faire croire que les parents ne vivent pas au quotidien un parcours du combattant. Personne ne pourra lui faire croire qu'ils n'auraient pas préféré avoir un enfant normal...

— Normal ? Non mais tu t'entends parler, Sophie ? tance Joachim, et la jeune femme se rend compte qu'elle a encore pensé tout haut.

Du coin de l'œil, elle voit Maël qui revient vers eux d'un pas traînant. Elle regarde sa montre. 13 h 27. Il n'aura même pas daigné jouer un quart d'heure de son côté, ce môme est vraiment désespérant ! À tous les coups, il va retourner s'installer sur la grande nappe de pique-nique, sortir le livre qu'il n'a pas manqué d'emporter – *a priori* un énième tome du *Club des cinq* – et se plonger dans sa lecture tel un ermite. Au lieu de profiter des jeux ou de s'amuser avec le ballon tout neuf que Joachim est allé lui acheter au début de l'été...

Il n'aura fait que lire durant toutes les vacances, au bout du compte. Même quand ils ont passé une semaine à Arcachon dans la maison de vacances des parents de Joachim, Maël n'a quasiment rien fait d'autre. Pour preuve, il a réussi à lire les trois premiers tomes de *Harry Potter* dans ce laps de temps ! À la plage, il ne s'est même pas baigné une seule fois, prétendant que l'eau était trop froide ou les vagues trop fortes. Il n'a même pas fait l'effort de se mettre en maillot de bain, c'est dire... Ne parlons pas de se faire des copains : il n'y a pas eu moyen de l'inscrire au club de voile ou de le pousser vers les enfants des familles installées à côté d'eux sur le sable.

— Laisse-le donc tranquille..., avait maugréé Joachim quand elle avait reproché à Maël d'être constamment avec eux et de ne pas profiter de la plage.

— Mais enfin, ce n'était pas la peine de traverser toute la France si c'était pour continuer à lire ses fichus bouquins... *Harry Potter* à Lille ou à Arcachon, c'est la même chose ! avait protesté Sophie, exaspérée que Joachim ne soit pas dans son camp, lui qui aurait pourtant aimé avoir un partenaire pour jouer aux raquettes ou pour faire du skimboard.

— Tu n'es pas la mieux placée pour lui faire la morale, avait rétorqué Joachim d'un ton où pointait l'amertume. Tu as le nez dans tes dossiers en permanence depuis qu'on est arrivés. Pourtant, Natural Mood à Lille ou à Arcachon, c'est la même chose, non ?

Sophie avait serré les dents ; rien ne l'agaçait plus que quand Joachim faisait exprès de prononcer avec l'accent le plus français possible le nom de la marque de cosmétiques pour laquelle elle travaillait. Na-tu-ral-moude. « Natchuol mouuud », le reprenait-elle à chaque fois en ignorant les éclats de rire moqueurs des deux hommes de sa vie.

Bref, l'adolescence promet d'être une période compliquée, comprend la mère avec dépit. Elle se console en songeant qu'au moins, son fils n'est pas collé vingt-quatre heures sur vingt-quatre sur des jeux vidéo.

Et puis, il n'a jamais eu énormément d'amis, de toute façon. Il n'y a guère que Lina, sa copine d'école depuis la maternelle, qui vienne régulièrement passer l'après-midi à la maison. Ils sont tellement sur la même longueur d'onde que Lina parvient à faire faire de la corde à sauter à Maël, et il faut avouer qu'il est plutôt doué ! Espérons qu'ils seront encore dans la même classe à la rentrée, même s'il y a six classes de sixième au collège Carnot.

Comme elle s'y attendait, son fils se rassied sur un coin de nappe et sort un roman de son sac à dos. Quelques instants plus tard, il est tiré de sa lecture par les cris de la fillette installée à côté. La mère a rangé le flacon de bulles de savon, et, apparemment, la petite Célia ne l'entend pas de cette oreille. Elle essaye d'ouvrir le sac à main de sa mère et hurle de rage quand son père la repousse en articulant un « non » sonore et ferme. Son visage devient rouge de colère, et Sophie ne peut s'empêcher de songer qu'elle n'a plus rien de joli.

Elle se penche vers Joachim et lui lance :

— Sois honnête : à notre époque, c'est quand même fou de se dire qu'ils l'ont gardée, non ?

Il la fusille du regard, et elle comprend qu'il estime qu'elle a – encore – parlé trop fort. Elle lève les yeux au ciel avant de retourner à son magazine.

Quelques instants plus tard, Célia et ses parents ont remballé leurs affaires, et la petite sourit de nouveau, ravie que son père la porte sur ses épaules. Lorsqu'ils passent à leur hauteur, la mère ralentit légèrement, juste le temps de siffler à Sophie, d'une voix teintée de rancœur :

— Personne ne choisit l'enfant qu'il va avoir, vous savez. Personne.

Le temps que Sophie réagisse, la mère est déjà à plusieurs mètres de là. Joachim lui adresse un regard qui signifie : « Tu vois, je t'avais dit que tu parlais trop fort... »

Sans vraiment savoir pourquoi, elle frissonne malgré la chaleur. Les mots acerbes de la femme résonnent étrangement, un peu comme une malédiction de conte de fées. Sans doute parce qu'ils ont été prononcés dans une colère contenue, peut-être aussi parce que Sophie a un peu honte d'avoir blessé ces parents dont elle ignore tout en réalité.

Maël

Je ne sais pas pourquoi mes parents sont aussi concentrés sur la petite fille qui était installée pas loin de nous. De tout le repas, ils ne l'ont pas lâchée du regard. Jusqu'à ce qu'elle parte, ils n'ont pas pu s'empêcher de l'observer jouer avec sa mère.

Bizarre.

Peut-être bien que ça leur donne envie d'avoir un bébé. Après tout, je suis fils unique, et ils commencent peut-être à avoir des regrets, maintenant que je suis grand. Je me rappelle que quand j'avais cinq ou six ans, je demandais régulièrement à maman si un jour j'allais avoir un petit frère ou une petite sœur. Mais elle a toujours répondu qu'elle n'avait de place dans son cœur que pour moi et papa, et elle avait toujours un regard un peu triste quand elle disait ça, alors j'ai arrêté d'insister. Ça m'allait bien, de toute façon, de les avoir tous les deux pour moi tout seul. Surtout que maman travaille beaucoup, alors je n'imagine même pas le temps qu'elle aurait pu me consacrer s'il y avait eu en plus à s'occuper d'un bébé.

Mais maintenant que j'ai onze ans passés, les choses ont peut-être changé. Qui sait, les adultes sont parfois durs à suivre…

Quand je me rassieds sur la nappe de pique-nique, j'essaye de me faire le plus discret possible, sinon maman va encore me tanner pour que je retourne jouer de mon côté et papa va encore insister pour qu'on fasse un foot. Les toboggans et la grande toile d'araignée ne m'amusent plus, et je déteste le foot.

Je déteste le foot, et pourtant c'est moi qui ai réclamé un but nomade et un ballon au début de l'été, j'avoue. Parce que le jour où on est allés à Decathlon pour m'acheter une nouvelle paire de baskets (le jour où j'ai réussi à convaincre maman de prendre les noires avec des bandes orange et rose fluo plutôt que les grises avec des bandes jaunes et bleu vif, la victoire du siècle !), papa m'a lancé :

— Dis donc, ce serait sympa, Maël, d'avoir un but qu'on pourrait emporter au parc pour faire quelques passes ! Quand j'étais petit, j'avais construit un but avec des branches dans mon jardin, et j'adorais jouer avec mon père le week-end !

En voyant sa mine réjouie, je n'ai pas eu le cœur de lui répondre :

— Oui, mais moi, je n'aime pas jouer au foot, tu le sais bien, non ?

À la place, je me suis entendu accepter, en me convainquant qu'il y aurait de toute façon de bonnes chances pour que le but et le ballon soient rangés au fond d'un placard et oubliés à chaque fois qu'on irait au parc.

Je sais ce que vous allez me dire : les enfants sont parfois difficiles à suivre… Qu'est-ce que je pourrais vous répondre, vous n'avez probablement pas tort. Même moi j'ai du mal à me comprendre, ces derniers temps. Maman répète à longueur de journée que l'adolescence, ce n'est vraiment pas la meilleure période de la vie, et quand je lui demande de m'expliquer ce que ça signifie, elle se contente de marmonner : « L'âge bête, Maël, ce n'est pas pour rien qu'on appelle ça comme ça… Bientôt, tu vas passer ton temps à soupirer et à trouver tout nul, y compris tes parents. En particulier tes parents, d'ailleurs. »

Elle a sans doute raison, puisque je commence à trouver les jeux du parc nuls, alors qu'avant – et quand je dis « avant », je parle du printemps dernier, il y a quelques mois à peine, hein – je pouvais passer des heures à grimper dans les cordes et à me hisser tout en haut de ce que j'imaginais être le sommet d'une immense montagne gravie au péril de ma vie. Qu'est-ce qu'il s'est passé pour que les choses changent ? Je n'en ai aucune idée. J'ai parfois l'impression d'assister impuissant à ma propre métamorphose intérieure. Maman n'aime pas trop quand je parle comme ça ; souvent, elle lance à papa : « Non mais tu te rends compte des mots qu'emploie ton fils ? Ce n'est quand même pas dans *Le Club des cinq* qu'il apprend à parler de façon aussi littéraire, si ? » Papa sourit et me lance un clin d'œil complice à chaque fois ; normal, puisqu'il est toujours dans mon camp.

Et pourtant, maman se trompe, parce que j'apprends beaucoup de vocabulaire dans les vieux Bibliothèque rose que papa m'a donnés, ceux qu'il possédait quand il était petit et qu'il a réussi à conserver tout ce temps dans l'idée d'un jour les transmettre à ses enfants. Moi, en l'occurrence. Je suis le seul et l'unique héritier, donc il faut que je sois à la hauteur. Jamais je ne me serais vu lui répondre, le jour où il a sorti un grand carton poussiéreux rempli de ses livres d'enfance – des Bibliothèque rose et verte, des Jules Verne, des BD de *Tintin* et d'*Astérix* : « Désolé, p'pa, mais tes vieux bouquins, tu peux te les garder ; moi je préfère mes *Mortelle Adèle* ! » Non, il aurait été trop déçu, c'est sûr. Et je déteste décevoir qui que ce soit, en particulier mes parents. De toute façon, j'ai eu raison de vouloir lui faire plaisir ce jour-là, car je me suis fait quatre amis en or que je n'ai plus aucune envie de quitter : François, Mick, Annie et Claude. Sans oublier leur chien Dagobert. Avec eux, je vis des aventures de dingue, bien plus sensationnelles que tout ce que je peux expérimenter dans la vraie vie...

Je sors de mon sac à dos le tome que je lis en ce moment, dans lequel les Cinq passent leurs vacances dans un phare. C'est la troisième fois, mais c'est mon préféré et je ne m'en lasse jamais.

Maman lève le nez de son magazine et me demande ce que je lis. Apparemment, elle a baissé les bras et accepté que je reste à côté d'eux plutôt que d'aller aux jeux. Comme quoi, avec un peu de persévérance, on vient à bout des plus durs combats ! Je lui résume le début de l'histoire : les Cinq qui ne peuvent pas passer leur été comme d'habitude à la Villa des Mouettes car le père de Claude y travaille avec un autre savant, et qui se retrouvent à aller séjourner dans un vieux phare abandonné.

— Le phare du cap des Tempêtes ! je m'exclame avec enthousiasme. Vous imaginez quelque chose de plus excitant que de dormir dans un ancien phare, au milieu des vagues déchaînées ?

Maman lève les yeux au ciel.

— Faire sa rentrée en sixième ? propose-t-elle avec le plus grand sérieux du monde.

Je scrute son visage pour savoir si elle cherche à être drôle, mais visiblement, ce n'est pas le cas. Elle est vraiment en train de comparer le fait d'entrer au collège avec des vacances dans un phare au milieu de la mer. Incompréhensible. Comme si la rentrée des classes pouvait avoir quoi que ce soit d'incroyable ou même de réjouissant… Me retrouver dans une classe où je ne connaîtrai probablement personne ; et après tout, tant mieux, vu qu'en réalité, je n'ai qu'une seule amie, Lina, et je ne suis même pas sûr d'avoir envie qu'on soit dans la même classe. Ces derniers temps, avant les vacances, elle est devenue bizarrement collante, et j'ai fait exprès de ne pas trop la voir cet été, même si maman a insisté pour que je l'invite plusieurs fois à la maison. Je connais Lina depuis la maternelle et, pour être honnête, je dois reconnaître qu'elle fait partie de la plupart de mes souvenirs d'enfant : les goûters d'anniversaire, les après-midi à jouer à la dînette, à la maîtresse ou à la corde à sauter, les exposés à faire ensemble pour l'école… Pourtant, je ne saurais pas comment l'expliquer, il y a eu un changement. Comme si elle s'approchait trop de moi, mais peut-être qu'elle l'a toujours fait et que c'est moi que ça dérange à présent, je ne sais pas. Si j'en parlais à maman, elle me répondrait que c'est l'âge bête, j'en suis certain, donc j'évite d'aller lui raconter ça.

Bref, tout ça pour dire que je n'ai aucune, mais alors *aucune* envie d'aller au collège dans dix jours. S'il ne tenait qu'à moi, je préférerais de très loin rester en permanence à l'abri dans ma chambre à lire des romans, installé dans le grand fauteuil en forme de main que papa a acheté dans une brocante et entièrement nettoyé pour me l'offrir. Ou à jouer à construire d'immenses châteaux en Lego, avec des tours dans l'une desquelles se retrouve enfermé un prince un peu empoté. Jusqu'à ce que la princesse débarque sur son cheval blanc pour escalader la tour et le libérer. Il monte sur son dos et la princesse redescend de la tour grâce à des mouchoirs en papier que j'ai arrachés et mis bout à bout. Maman adore cette histoire, elle s'écrie toujours avec fierté :

— Joachim, tu as vu comme ton fils est *féministe* !

J'ignore ce que signifie exactement le mot « féministe », mais ce que je sais, c'est qu'en ce moment, je ne me sens bien nulle part en dehors de mes livres. Je ne me sens à ma place nulle part, comme si j'étais une pièce d'un puzzle mélangée par mégarde à celles d'un autre. Et qu'on cherchait à tout prix à me faire rentrer dedans, alors que je n'appartiens pas à cette image-là.

Le pire, c'est peut-être bien que je donnerais n'importe quoi pour me découper, me raboter pour être une pièce conforme, une pièce *normale*.

Mais je n'ai aucune idée de comment m'y prendre…

CHAPITRE 1

SEPTEMBRE

Joachim

Le train file à vive allure vers Lille, et Joachim n'est pas mécontent de rentrer chez lui. Il se masse l'épaule droite, puis la nuque dans l'espoir de faire diminuer la douleur, mais son geste provoque surtout une décharge très désagréable le long de sa colonne vertébrale. Peut-être devrait-il prendre rendez-vous chez le médecin dans quelques jours, si la contusion ne s'atténue pas. Voire passer une radio pour s'assurer que rien n'est cassé. Il a voulu faire bonne figure devant les autres activistes de Greenpeace, mais à présent qu'il se retrouve seul, il a l'impression qu'un trente-trois tonnes lui est passé sur l'omoplate.

Pourtant, l'action pour laquelle il a été appelé promettait d'être tranquille ; une promenade de santé, a-t-il même plaisanté pendant le briefing. L'objectif : maintenir la pression sur le numéro un de la grande distribution en France pour qu'enfin ses dirigeants s'engagent à réduire leur utilisation de pesticides. D'abord, une pétition en ligne qui, en quelques mois à peine, a rassemblé près de cent mille signatures. Ensuite, juste avant l'été, le blocage d'un des centres logistiques de l'enseigne : Joachim se rappelle encore la chaleur étouffante à l'intérieur du container servant à empêcher l'entrée des camions. Et, à présent, une action davantage portée vers les consommateurs : une quarantaine d'activistes vêtus de combinaisons jaunes se rendant dans un des hypermarchés de la marque pour dénoncer la présence de pesticides dans les fruits et les légumes vendus. Une affaire qui roule, aurait prédit Joachim. Quelques panneaux devant les portes tournantes, des flyers à distribuer aux clients, et le clou du spectacle : une immense banderole portant l'inscription « Faites aimer les pesticides à vos enfants ! », déployée par deux grimpeurs sur la façade du magasin. Joachim étant l'un d'eux, bien sûr.

Malheureusement, depuis près de vingt ans qu'il est militant dans l'association écologiste, Joachim a rarement vu une action dégénérer de cette façon, alors même qu'il avait déjà pris part à des blocages qui auraient *a priori* semblé plus risqués : entrée dans une centrale nucléaire, confrontation avec un thonier dans le port de Sète, avec des concessionnaires enragés au Mondial de l'automobile… Hier, tout avait pourtant bien démarré : Sylvain et lui étaient montés sans encombre jusqu'au toit de l'hypermarché et avaient eu tout le temps nécessaire pour préparer leur matériel, avant de descendre en rappel le long de la façade blanche et de déplier leur grande banderole rouge vif devant le logo de l'enseigne. « Les doigts dans le nez ! », lui avait même lancé, tout sourire, Sylvain, un grand brun d'environ vingt-cinq ans à la carrure de déménageur. Suspendu dans le vide, Joachim avait observé les autres activistes commencer à discuter avec les clients sur le parking et distribuer leurs documents d'information. Il s'était dit que ça aurait pu être chouette de leur donner des autocollants « 100 % pesticides » à coller sur tous les fruits et légumes du magasin, mais sans doute les coordinateurs de l'action auraient-ils jugé que les produits risquaient d'être abîmés. Et l'ONG ne plaisantait pas avec ça, son credo étant : « Aucune violence, aucune dégradation. »

Lorsque le photographe de Greenpeace et les journalistes avaient commencé à mitrailler la scène, Joachim et Sylvain avaient pris l'air grave et déterminé de rigueur. Mais, moins d'un quart d'heure plus tard, l'agitation en bas était devenue inquiétante : des vigiles avaient arraché et confisqué les panneaux aux militants, et avaient même tenté de leur prendre de force les flyers d'information. Joachim avait levé la tête vers le toit juste pour vérifier que Nathalie et Alain, les deux *peacekeepers* chargés de surveiller les cordages et d'assurer la sécurité des grimpeurs, étaient toujours en poste. Nathalie, l'air pourtant soucieux, lui avait adressé un signe rassurant en formant un rond avec son pouce et son index – *tout va bien*. Alain parlait à voix basse dans son talkie-walkie, et c'est sans doute à ce moment-là que Joachim avait eu un mauvais pressentiment.

Quelques minutes après, deux vigiles vêtus de noir étaient sur le toit, et il n'était pas nécessaire d'être devin pour comprendre que les *peacekeepers* allaient vite être dépassés par la brutalité des deux hommes. L'un d'eux avait sorti de sa poche un cutter, et Nathalie s'était mise à crier, arrêtez ça tout de suite, vous ne vous rendez pas compte, vous pourriez les tuer ! Le vigile, pourtant pas du tout bâti comme une armoire à glace, mais méchant comme une teigne, l'avait violemment poussée de côté avant de s'agenouiller pour commencer à couper la corde tendue qui retenait Joachim. C'était peut-être bien son quart d'heure de gloire, à ce mariole, avait songé l'activiste impuissant. Le geste qui lui vaudrait au mieux de passer au journal télévisé local ce midi-là, au pire d'être acclamé par ses collègues aussi stupides que lui.

— Si vous coupez ma corde, je vais tomber ! avait hurlé Joachim, atterré de ne rien trouver de plus percutant à lancer à cet abruti pour qu'il prenne conscience de la gravité de son geste.

— Sans blague, avait rétorqué le vigile en ricanant. C'est le but, mon petit gars. Vous n'avez rien à faire ici !

— Putain, c'est pas vrai..., avait soufflé Sylvain de l'autre côté de la banderole, hésitant encore à remonter sur le toit ou à descendre au sol pour être en sécurité.

En quelques secondes à peine, la corde avait cédé, et Joachim s'était recroquevillé en priant pour se réceptionner au mieux. Grâce à l'avant-toit du magasin, il n'avait chuté que de deux mètres cinquante, au lieu des neuf mètres qui le séparaient du bitume du parking. Il était tombé sur la hanche et l'épaule droite, s'était aussitôt agenouillé en se retenant de grimacer de douleur.

Fin de l'action. Pesticides 1 – Activistes 0. Alain s'était empressé de descendre jusqu'à l'avant-toit pour l'aider à se relever, et, autour d'eux, le dialogue musclé entre les vigiles et les chargés de campagne de Greenpeace s'était achevé dans une tension palpable. Les policiers n'avaient pas tardé à arriver sur les lieux et à embarquer l'ensemble des activistes pour une garde à vue qui avait duré jusqu'au lendemain matin. Coralie, une des salariées de l'ONG, avait ensuite insisté pour emmener Joachim à l'hôpital, mais il avait refusé : hors de question de passer des heures aux urgences pour rien, il avait promis à Sophie d'être rentré à Lille vendredi soir au plus tard.

Mais voilà, maintenant que le train entre en gare de Lille-Flandres, Joachim n'en mène pas large, tant il mal. Il a rallumé son téléphone, qui était éteint durant ses deux jours d'absence – confidentialité oblige. A envoyé un message à Sophie pour lui dire qu'il serait là pour le dîner, qu'il passerait acheter une box indienne au Marks & Spencer de la gare avant de rentrer. N'a pas précisé qu'il ferait aussi un détour par la pharmacie de la rue Faidherbe pour se procurer n'importe quel antalgique suffisamment puissant pour atténuer les ondes de douleur.

Sophie a répondu un laconique : « OK, à tout de suite. » Joachim a balayé rapidement les quelques textos reçus pendant que son portable était éteint. Un de son opticien pour le prévenir que ses lentilles étaient disponibles. Un de son opérateur l'informant du montant de sa facture. Un dernier de Ludivine, lui demandant comment s'était passé le rendez-vous de Maël chez le psychothérapeute.

Si Joachim avait envie d'être caustique, il se dirait que la première séance de Maël chez le psy intéresse davantage sa collègue que sa compagne, puisque Sophie n'avait quasiment pas posé de questions quand elle était rentrée mercredi soir, peu avant que Joachim ne parte pour son action. Elle avait passé la porte, retiré ses bottines en les jetant dans un coin du salon, soupiré, si tu savais comme je suis épuisée, ce trajet tous les jours, c'est l'enfer, en plus, dans le train, j'étais assise à côté d'un gamin qui n'a pas arrêté de passer des coups de fil, je n'ai pas réussi à boucler ma présentation pour demain, enfin, bref, je ne suis pas près de me poser ce soir… Joachim n'avait même pas cherché à en placer une. Pendant que Sophie continuait de raconter sa journée, il lui avait versé un verre de vin blanc, qu'elle avait pris en intercalant un « merci » entre deux phrases.

Maël, en pyjama, était installé dans le canapé à lire, comme d'habitude, et une fois qu'elle avait fini son monologue, elle lui avait ébouriffé les cheveux en l'embrassant sur la tempe :

— Et toi, ça a été, aujourd'hui, mon chéri ?

Avant même que le garçon n'ait pu ouvrir la bouche pour répondre, elle avait ajouté :

— Tu as fait tes devoirs pour demain et vendredi, hein ?

Maël avait hoché la tête, et Sophie avait paru satisfaite.

Un peu plus tard, alors que Joachim finissait de boucler son sac de randonnée et que Maël était monté se coucher, il avait lancé à Sophie :

— Aujourd'hui, c'était le premier rendez-vous de Maël avec Catherine Sitruc.

Elle avait froncé les sourcils, et Joachim avait senti le goût métallique de la rancœur enfler dans sa bouche en se rendant compte qu'elle *cherchait* dans sa mémoire qui pouvait bien être Catherine Sitruc.

— Ah ! oui, c'est vrai ! s'était-elle exclamée. Ça s'est bien passé ?

— Je pense, oui. Il la revoit dans quinze jours, s'était contenté de marmonner Joachim, blessé à la fois pour Maël et pour lui.

— Tant mieux si ça lui fait du bien, avait déclaré Sophie en bâillant.

Joachim aurait aimé lui raconter l'entretien avec la psychothérapeute. Lui expliquer qu'elle l'avait d'abord reçu, lui, pendant que Maël patientait dans la salle d'attente. Lui dire que Maël était ensuite resté quarante minutes seul avec Catherine Sitruc. Joachim aurait aimé raconter à Sophie que Maël n'avait pas dit grand-chose en ressortant de la séance, mais qu'il avait paru ravi de savoir qu'il y retournerait deux semaines plus tard.

Il aurait aimé, mais, malheureusement, Sophie ne semblait pas avoir l'intention d'épiloguer sur le sujet.

Alors ce vendredi soir, au moment où il fait la queue chez Marks & Spencer pour acheter un des plats préférés de Sophie, il se sent heureux de pouvoir répondre à Ludivine, une collègue arrivée il y a quelques mois dans l'agence pour laquelle il travaille : « Merci de demander des nouvelles, ça me touche beaucoup. La séance s'est bien passée, même si j'ai eu du mal à mettre des mots sur le mal-être de Maël que je ne comprends pas très bien moi-même… On se voit lundi matin, pour la réunion de service ! Bises. »

Sophie

— Je crois que tu ne réalises pas très bien le problème, Joachim. Regarde, regarde encore ! Tu imagines que je le vis comment, moi, quand je vois ça à la télévision ?

La jeune femme appuie de nouveau sur le bouton « play » de la vidéo qu'elle a récupérée sur le site de France 2, et les images passent une seconde fois devant les yeux d'un Joachim perclus de fatigue. Il vient à peine de rentrer et de déposer son sac dans leur chambre que Sophie lui saute dessus pour le houspiller, sans même lui laisser le temps de dire ouf. Il faut dire que ça fait vingt-quatre heures qu'elle tourne comme un lion en cage, à composer le numéro de Joachim et à tomber directement sur son répondeur au message laconique. Vingt-quatre heures à se ronger les sangs depuis qu'elle a vu le journal télévisé de 20 heures.

« Action coup de poing de Greenpeace pour faire pression sur le numéro un de la grande distribution : les militants, pourtant pacifistes, ont été violemment pris à partie par les responsables de la sécurité du magasin, qui ont été jusqu'à couper la corde d'un grimpeur, mettant ainsi sa vie en danger. L'organisation écologiste promet de porter plainte contre l'enseigne. » La voix du narrateur est délibérément grave, et même si Sophie n'est pas dupe de cette grandiloquence, il n'en reste pas moins que c'est celui qui partage sa vie qu'on voit tomber en chute libre puis s'écraser sur l'avant-toit du magasin comme une brique !

— C'est pathétique, franchement. Ils ne montrent que ma chute, et au ralenti qui plus est, au lieu de se focaliser sur le message et sur la banderole que Sylvain et moi avons réussi à déployer sur la façade… C'est à peine s'ils prononcent le mot « pesticide », je suis écœuré…

Sophie, en colère, agite sa tablette sous le nez de son conjoint.

— « Mettant ainsi sa vie en danger » ! Est-ce que tu te rends compte ? Comme chaque fois, tu pars plusieurs jours on ne sait où, je n'ai pas la moindre possibilité de te joindre ni d'avoir de tes nouvelles, et maintenant, en plus de tout le reste, je me retrouve à me ronger les sangs en me demandant si tu es devenu tétraplégique ! Tu trouves ça normal ? s'exclame-t-elle d'un ton coupant.

Joachim secoue la tête, ne trouve rien à dire pour sa défense. Sophie sait parfaitement ce qu'il est en train de penser mais qu'il n'ira pas jusqu'à prononcer à voix haute pour ne pas augmenter son courroux : il était activiste bien longtemps avant de la rencontrer, et depuis toutes ces années passées ensemble, elle devrait être habituée au fonctionnement de l'association. Il n'y a rien d'extraordinaire à partir quelques jours de temps en temps ! Et bla-bla-bla ; elle connaît par cœur ses arguments bidon.

— Qu'est-ce que ça changerait, si tu savais exactement où j'allais ? Moi-même, je l'ignore jusqu'au moment d'y être, et ça ne m'a jamais dérangé plus que ça de partir à l'aveugle, en ayant simplement un point de ralliement dans une gare quelque part en France. Et, oui, je suis contraint d'éteindre mon téléphone et de retirer la batterie jusqu'à ce que l'action soit terminée, mais ce n'est pas comme si tu avais l'habitude de m'envoyer beaucoup de messages en temps normal..., argue Joachim. En réalité, ce qui t'insupporte, c'est de ne pas pouvoir contrôler cette partie de ma vie, toi qui aimes tout prévoir, tout organiser, tout anticiper...

Sophie secoue la tête, effarée de la réaction de son compagnon, sidérée qu'il soit incapable de se mettre à sa place.

— Comme toujours, ta meilleure défense, c'est l'attaque, à ce que je vois ! Je te parle de la peur que j'ai eue en voyant ce type couper ta corde, et toi, tout ce que tu trouves à me reprocher, c'est de ne pas t'envoyer assez de textos ? C'est du délire...

— Le journaliste conclut son reportage en disant que le militant blessé ne souffre que de quelques contusions..., rétorque Joachim pour minimiser la réaction de sa compagne.

— Ah, parce que les médias racontent toujours la vérité, c'est ça ? Pourtant, c'est bien toi qui passes ton temps à dire que les journalistes présentent les choses à leur manière et ne s'intéressent pas aux vrais problèmes, non ? s'exclame Sophie, toujours hors d'elle.

Joachim la connaît depuis suffisamment d'années, il devrait savoir qu'il vaut mieux faire profil bas et la laisser déverser sa colère jusqu'à ce qu'elle s'épuise. Il devrait comprendre qu'elle a eu peur pour lui, et cette réaction devrait même lui faire du bien. C'est la preuve que Sophie tient encore énormément à lui, même si le quotidien et surtout l'évolution de sa carrière professionnelle ont quelque peu érodé leur couple.

— Mais dis donc, tu m'aimes encore, à ce que je vois ! tente-t-il d'ailleurs de plaisanter.

Les yeux de Sophie lancent des éclairs. Mauvaise idée que de vouloir prendre les choses à la légère. C'est aussi intelligent que de chercher à attraper par la queue un chat qui se terre sous un meuble. Les chances de ne pas se faire griffer sont quasi nulles...

— J'ai l'air d'avoir envie de rire, Joachim ? demande-t-elle, la mâchoire crispée.

Quand elle l'appelle Joachim, elle le voit se crisper ; il la connaît suffisamment bien pour savoir que lorsqu'elle emploie son prénom, c'est mauvais signe. Très mauvais signe.

— Non... Je comprends que tu te sois fait du souci, mais il n'y avait aucune raison. Tu ignores où je suis et tu ne peux pas me téléphoner, c'est vrai, mais tu sais aussi que s'il y avait le moindre problème grave, tu serais la première à être contactée par le coordinateur de l'action, déclare Joachim en caressant l'avant-bras de Sophie.

Celle-ci tressaille, mais ne retire pas son bras. Dans la cuisine où ils sont tous les deux assis, on pourrait entendre une mouche voler, tant l'atmosphère est tendue.

— Quoi que tu en dises, cette action a failli très mal finir, et ce n'est qu'un hasard si ça n'a pas été le cas. C'est bien beau de vouloir sauver le monde, et ça ne me dérangeait pas plus que ça tant que c'était gentillet, mais là, ça va trop loin. Tu aurais pu mourir !

Joachim hausse les sourcils, visiblement surpris. Durant quelques instants, il reste silencieux, pensif même. Puis il finit par rétorquer qu'en vérité les actions auxquelles il a participé avec Greenpeace n'ont jamais rien eu de « gentillet », et qu'il a sans doute eu tort de trop souvent préserver

Sophie de la réalité de son militantisme pour ne pas l'inquiéter. Il ne lui a jamais raconté tout en détail, s'est plutôt contenté de parler du positif et de l'exaltant, pour tenter de lui faire partager son engagement et son envie d'œuvrer pour un avenir meilleur… Il ne lui a jamais parlé de la façon dont les CRS évacuaient de force les militants en situation de blocage, en les traînant par terre, en les menottant si fort avec des serre-flex que la circulation sanguine en était quasi coupée, en les jetant comme des sacs de pommes de terre au sol. Il n'a jamais raconté à Sophie la fois où l'un d'eux l'a roué de coups de pied dans le ventre parce que, enchaîné au portail du Parlement européen, il refusait de lui dire où était cachée la clé du cadenas. Il ne lui a jamais raconté non plus la fois où des visiteurs du Mondial de l'automobile, agacés de ne pas pouvoir monter dans le 4 × 4 bloqué par Joachim, l'ont poursuivi à la sortie, allant jusqu'à le courser dans le métro parisien en lui promettant de le démolir. Il ne lui a jamais raconté la fois où, après avoir déboulonné des rails de chemin de fer avec d'autres activistes dans le but d'empêcher le passage d'un train rempli de déchets radioactifs, ils ont vu arriver les CRS avec des draps immenses qu'ils ont tendus pour que les médias présents ne puissent rien voir de la scène d'évacuation qui allait suivre. Non, tout ça, il ne l'a jamais confié à la jeune femme, sinon elle aurait refusé qu'il parte de nouveau… L'action de la veille n'a finalement pas été tellement pire que les autres, conclut-il d'un air grave, elle a seulement été davantage médiatisée, juste parce que les journalistes raffolent des choses qui tournent au fiasco…

Sophie écoute ce que Joachim a à dire, le visage fermé. Sa colère est palpable.

— Donc tu m'as menti toutes ces années, et pour mon bien, qui plus est. Est-ce que c'est censé me *rassurer* ?

Joachim se mord la lèvre, désarçonné que ses aveux se retournent contre lui alors qu'il voulait seulement expliquer à sa compagne qu'il n'y avait pas de quoi paniquer ni tout remettre en question.

— Je comprends que tu aies eu peur, ma chérie. Je comprends. Mais être activiste a toujours été un pan essentiel de ma vie, tu le sais. J'ai besoin de participer à quelque chose de plus grand que moi, j'ai besoin de faire ma part pour sauver cette planète, et…

— Arrête un peu, tu veux ! Tu vas encore me sortir ton histoire de colibri qui veut éteindre le feu de la forêt, je l'ai assez entendue. Quand je t'ai rencontré, je trouvais ta ferveur et ton idéalisme rafraîchissants et même sexy. Mais l'eau a coulé sous les ponts, depuis. Maël a onze ans et demi, et toi, tu es toujours un gamin ! Tu n'as toujours pas compris que toutes ces actions, toutes ces pétitions, tout ce temps passé à sensibiliser ou à se révolter, en réalité, ça ne sert à pas grand-chose, pour ne pas dire à rien…

Sans s'en rendre compte, Sophie a haussé la voix, et elle termine sa tirade en criant, tellement elle est exaspérée que Joachim ne prenne pas conscience qu'il est à côté de la plaque. Elle voit bien qu'il est choqué des mots qu'elle prononce, mais peu lui importe : il est grand temps qu'il se réveille. Ce n'est pas en risquant sa vie pour aller accrocher une banderole stupide sur la façade d'un supermarché qu'il va changer quoi que ce soit à l'avenir de l'humanité.

Merde à la fin.

Maël

Comme chaque fois que mes parents se disputent en bas, j'hésite sur l'attitude à adopter. Rester dans ma chambre à jouer en faisant comme si je n'entendais rien, ou alors les rejoindre pour essayer de détendre l'atmosphère. Ce n'est pas qu'ils soient souvent en conflit, mais c'est vrai que ces derniers temps, il arrive régulièrement que maman soit en colère. Papa dit que c'est parce qu'elle est stressée au travail et fatiguée de faire des allers-retours Lille-Paris tous les jours.

Je descends au ralenti l'escalier, m'arrêtant toutes les trois ou quatre marches pour écouter leurs éclats de voix et évaluer si j'ai intérêt à aller jusqu'en bas ou pas. Je n'arrive même pas à comprendre de quoi ils parlent, je cerne juste la colère de maman et la voix grave de papa qui tente de la calmer. Quand j'entrouvre la porte de la cuisine où ils sont enfermés, ils s'interrompent aussitôt pour me dévisager. Sans réfléchir plus que ça, je fonce dans les bras de mon père, ravi de le retrouver après deux jours d'absence.

— Ça va, mon bonhomme ? Tu m'as manqué ! s'exclame-t-il en me serrant contre lui.

Quand je me retourne, je vois que maman, les bras croisés, regarde par la fenêtre de la cuisine, alors qu'il fait tout noir dehors. Sa tablette est posée sur la table, une vidéo est mise en pause.

— C'est quoi ? Vous regardiez un film ? je tente, histoire de dire un truc.

Ma mère m'observe quelques instants sans répondre, puis elle s'écrie :

— Tiens, je vais te montrer, Maël. Je vais te montrer à quoi s'amuse ton père quand il n'est pas là !

Elle attrape la tablette, mon père essaye de l'en empêcher, arrête, Sophie, pourquoi tu fais ça ? Mais trop tard, elle lance la vidéo, qui est un morceau du journal télé. Curieux, je regarde les images. Des hommes et des femmes déguisés en combinaisons rouges ou jaunes, une grande banderole qui passe trop vite à l'écran pour que je puisse lire ce qui est écrit dessus, une histoire de Greenpeace et de pesticides. Et puis un homme attaché en hauteur qui dégringole de plusieurs mètres pour s'écraser sur un petit toit du magasin. J'ai mal pour lui, et je grimace instinctivement.

— C'est ton père, là. Qui a failli mourir parce qu'un vigile stupide s'est mis en tête de couper la corde qui le retenait.

Je hausse les sourcils, pas certain d'avoir bien compris les paroles de ma mère. Mon doigt fait revenir la vidéo quelques secondes en arrière, et je plisse les yeux pour mieux distinguer l'homme en rouge qui chute.

— C'est vrai ? je demande en levant les yeux vers mon père.

Il paraît embarrassé, je vois qu'il ne sait pas quoi répondre. Ma mère sourit d'un air triomphant :

— Alors, Joachim, tu es gêné ? Pourtant, tu es tellement fier de risquer ta vie pour rien, je ne comprends pas pourquoi tu n'expliques pas tout ça à ton fils ?

Mon père hausse les épaules, blessé.

— Je ne risque pas ma vie « pour rien », comme tu dis, répond-il à ma mère avant de se tourner vers moi. Maël, tu es grand maintenant, alors je peux te faire confiance et te dire quelque chose dont tu ne devras parler à personne ?

Je hoche la tête, impatient d'en savoir plus, et mon père me fait signe de m'asseoir en face de lui. Il m'explique qu'il est activiste pour une association qui s'appelle Greenpeace, et que leur objectif est de sauver la planète. Je remarque qu'il choisit des mots simples, comme si je n'avais jamais entendu parler d'écologie ou de réchauffement climatique avant.

— Ça veut dire que toutes les fois où tu partais quelques jours pour le travail, en fait, c'était pour Greenpeace ? je demande, interloqué.

— Oui, mais tu dois comprendre que très peu de personnes sont au courant. Les actions exigent de la confidentialité, et c'est pour ça que tu ne dois raconter ça à personne, d'accord ?

— D'accord. Tu peux compter sur moi, papa. Par contre…

J'hésite à poser ma question, mais mon père me fait signe de continuer, alors je me lance.

— C'est vraiment dangereux, ce que tu fais ? Maman a dit que tu as failli mourir…

Il soupire longuement, et du coin de l'œil, je vois ma mère qui serre les dents, prête à bondir au moindre mot qu'il va prononcer.

— Ça peut l'être, mais ça l'est rarement… Je ne fais pas des choses inconsidérées, mais, parfois, on peut tomber sur des personnes malintentionnées, et c'est ce qui s'est passé hier.

Pensif, je remets la vidéo au début pour la regarder une nouvelle fois. Quand elle s'achève, j'ai des étoiles plein les yeux.

— Je trouve ça génial, papa... C'est un peu comme si tu étais un super-héros qui se fait passer pour quelqu'un de normal aux yeux de tout le monde ! je m'exclame avec enthousiasme.

Mon père m'ébouriffe les cheveux en souriant.

— Je n'ai rien d'un super-héros, il ne faut pas exagérer...

— Est-ce qu'un jour, je pourrai venir avec toi ? je demande, déjà excité de devenir moi aussi un activiste *top secret*.

D'un geste brusque, maman pose sa tasse de thé sur le plan de travail. Elle est contrariée. Encore plus qu'avant, j'ai l'impression. En trombe, elle sort de la cuisine, et quand papa essaye de la retenir en lui disant « Ma chérie, ne le prends pas comme ça, allez... », elle s'exclame sans se retourner :

— Non, c'est bon, je vous laisse entre fous rêveurs, j'ai du travail, de toute façon.

Mon père et moi échangeons un regard coupable et impuissant, et je sais que la soirée n'est pas finie pour lui... Je lui demande de me raconter des actions auxquelles il a participé, et son visage s'illumine aussitôt. On discute comme ça pendant une vingtaine de minutes, et je ne sais pas pourquoi, mais j'ai l'impression de découvrir mon père, comme si je ne le connaissais pas vraiment avant. Mon cœur est gonflé d'une fierté difficile à contenir.

— Mais donc, ça veut dire que tu fais des choses interdites, quand tu entres dans des endroits où tu n'as pas le droit d'aller, par exemple ?

— En effet. Tu es peut-être un peu jeune pour comprendre ça, mais parfois, quand on se bat pour une cause importante, pour quelque chose en quoi on croit très fort, il faut être prêt à désobéir aux règles, à les contourner ou à ne pas les respecter si elles ne sont pas respectables, m'explique papa en me sondant du regard pour déterminer si je saisis ses paroles ou non.

— D'accord, mais quand tu fais quelque chose d'interdit, comment tu sais que c'est toi qui as raison de ne pas suivre les règles ?

— C'est difficile à dire comme ça, mais quand on est convaincu que ce pour quoi on lutte est *juste*, je pense qu'on ne peut pas se tromper. On peut se retrouver dans une situation où personne ne nous comprend vraiment, mais savoir pour autant qu'on a raison de se révolter...

— Comme maman, c'est ça ? Même si elle ne comprend pas pourquoi tu te mets en danger, toi tu sais que c'est ce que tu dois faire ? je murmure tout doucement.

Mon père sourit, acquiesce, tu as tout compris, bonhomme... Il se lève pour se servir un verre d'eau du robinet, s'adosse à l'évier le temps de le boire.

— On n'a pas eu l'occasion d'en parler, mais tu es... content de ta première séance avec la psychothérapeute ? Est-ce que ça t'a fait du bien de parler à quelqu'un d'extérieur ? demande-t-il d'un ton hésitant, comme s'il avait peur que je m'enfuie en courant.

Je réfléchis quelques instants. Je repense à la voix reposante de Mme Sitruc, à sa façon de hocher légèrement la tête pendant que je parle, comme si elle était d'accord avec tout ce que je pouvais dire.

— Oui, beaucoup de bien, p'pa. Je crois que ça va aller mieux, maintenant, je lance en m'efforçant de sourire.

Mon père semble soulagé, et je sais que j'ai répondu exactement ce qu'il espérait. Je ne mens pas en lui disant ça, car sur le coup, je me suis senti nettement mieux, de pouvoir vider mon sac devant quelqu'un qui ne *compte* pas pour moi, pas comme maman ou papa. Une inconnue qui prend le temps de m'écouter sans faire autre chose en même temps, qui ne me juge pas. Je lui ai raconté à quel point je me sentais de plus en plus en décalage avec tout le monde. Mes parents, les enfants de mon âge. À quel point j'avais tout le temps le sentiment de ne pas être à ma place, et, surtout, de ne pas être moi-même. Elle m'a demandé : « Est-ce que ça te donne l'impression de jouer un rôle ? », et j'ai compris à ce moment-là que c'était exactement ça. C'est comme si je jouais en permanence à être *quelqu'un d'autre*. À être un gentil petit garçon qui ne cause pas de soucis à ses parents, qui travaille bien à l'école, qui ne prononce pas un mot plus haut que l'autre. Un gentil petit garçon qui ne veut pas voir son père et sa mère se disputer, qui ne veut pas que sa mère soit accaparée par son boulot et qui ne veut pas que son père soit triste si souvent. Un gentil petit garçon qui voudrait que tout le monde soit heureux à tout prix, même s'il ne va pas bien du tout et qu'il ne sait pas vraiment expliquer pourquoi.

Quand j'ai dit tout ça d'un trait, presque sans reprendre ma respiration, Mme Sitruc a remonté ses lunettes de son index, avant de me demander :

— Apparemment, faire semblant d'être un gentil petit garçon te rend malheureux. Est-ce que tu as déjà réfléchi à ce qui pourrait te rendre heureux, Maël ?

J'ai pris une longue inspiration, et j'ai fermé les yeux pour prononcer les mots qui avaient envie de sortir depuis déjà très longtemps, mais que jamais je n'aurais un jour imaginé dire à voix haute :

— Ce qui me rend malheureux, ce n'est pas d'être gentil.

— Comment ça ? Qu'est-ce que tu veux dire ? m'a questionné la psy d'un air étonné.

— Ce qui me rend malheureux, c'est de devoir être un garçon.

J'ai ouvert les yeux, effrayé. Il n'y a pas eu de tremblement de terre ni de tornade. Rien. Juste Mme Sitruc qui fronçait les sourcils parce qu'elle n'avait sans doute rien compris. Alors j'ai répété, en plantant mon regard dans le sien :

— Ce qui me rend malheureux, c'est de devoir être un garçon. Alors qu'au fond de moi, je n'en ai jamais été un.

CHAPITRE 2

OCTOBRE

Joachim

— Je suis sûre que ça va bien se passer, il faut juste que vous parveniez à discuter dans un moment de calme, pas quand elle est en plein rush pour le boulot…, suggère Ludivine avec un sourire encourageant.

C'est la première fois que Joachim accepte d'aller boire un verre avec quelqu'un de l'agence, une femme qui plus est. Il a toujours été du genre ours des cavernes, à apprécier plus que tout le fait de pouvoir travailler tranquillement de chez lui, savourant une solitude qui en étoufferait bien d'autres. Mais il a des atomes crochus avec la jeune femme, qui est arrivée de sa Bretagne natale peu avant l'été, et qu'il a prise sous son aile quand elle ne connaissait encore personne à Lille. Elle a à peine trente ans, soit douze ans de moins que lui, et elle s'est vite liée d'amitié avec d'autres collègues ou voisins. À son âge, on a le monde à ses pieds, songe souvent Joachim, un peu nostalgique. Lui n'a pas vraiment d'ami fidèle à qui se confier, il n'en a jamais eu besoin puisqu'il a Sophie à ses côtés. Elle a toujours été à la fois sa moitié, sa complice, sa meilleure amie. Pourtant, ces derniers temps, c'est plus compliqué, parce qu'elle est complètement absorbée par son travail, mais refuse de le reconnaître. Parce que Maël ne va pas bien depuis plusieurs mois, mais qu'elle refuse de prendre son mal-être au sérieux. C'est Joachim qui a suggéré d'emmener le garçon voir un psychothérapeute, c'est Joachim qui a cherché dans son réseau une personne compétente, c'est Joachim qui a pris rendez-vous, c'est Joachim qui, évidemment, a accompagné Maël aux trois premières séances. Normal, puisqu'il s'est toujours occupé de lui le mercredi, pendant que Sophie travaille. « On ne peut pas tous avoir la chance de bosser de chez soi… », dirait-elle s'il osait lui reprocher quoi que ce soit. Mais c'est aussi Joachim qui essaye depuis plusieurs jours, en vain, d'avoir une conversation sérieuse avec Sophie pour aborder ce que Catherine Sitruc lui a expliqué mercredi dernier. De tout le week-end, il n'a pas réussi à ce qu'elle se pose un quart d'heure pour écouter ce qu'il avait à dire. Ça lui donnerait presque envie de la prendre de force par les épaules pour l'asseoir sur le canapé, mais il sait que ce n'est certainement pas la meilleure façon de démarrer un dialogue constructif.

— Je ne sais pas si le problème, c'est qu'elle est trop centrée sur elle-même et son travail en ce moment, au point de ne pas prendre conscience de ce qui se passe autour, ou si c'est plutôt qu'elle sait au fond d'elle que quelque chose cloche, mais qu'elle préfère fermer les yeux parce que ça lui fait peur…, déclare Joachim en reposant son verre de bière vide.

On est lundi, il est bientôt 18 h 30. Aujourd'hui, Maël avait une sortie scolaire à Paris, la première de l'année. Sophie n'a pas eu l'air de se rendre compte que l'enfant n'avait aucune envie d'y aller, lui qui rêve pourtant de monter tout en haut de la tour Eiffel. Ce matin, il a même prétexté d'avoir mal au ventre pour rester à la maison, mais

Sophie s'est contentée de lui proposer du paracétamol au lieu de creuser un peu les choses.

Joachim jette un coup d'œil à sa montre.

— Il faut que j'y aille, le bus de Maël va arriver à l'école…, murmure-t-il en déposant un billet de dix euros sur la table, de quoi couvrir leurs deux consommations.

Ludivine pose sa main sur la sienne, et Joachim tressaille.

— Merci pour le verre, j'espère avoir pu t'aider un peu… Tu peux m'appeler si tu as besoin, d'accord ? N'hésite pas, ajoute-t-elle en plantant ses grands yeux verts emplis de sollicitude dans les siens.

Joachim hoche la tête, remercie la jeune femme d'avoir écouté ses soucis pendant près d'une heure. Elle lève les yeux au ciel en souriant, lui souhaite bon courage, et ils sortent du café. Quand elle s'approche de lui pour lui faire la bise, il sent le parfum qu'elle a déposé au creux de son cou, une odeur entêtante aux notes de vanille Bourbon. Tout en s'éloignant dans les rues piétonnes du centre-ville, il se fait la réflexion que Sophie, pourtant toujours impeccablement maquillée et apprêtée, surtout depuis qu'elle a décroché ce poste à responsabilités il y a un peu plus de deux ans, n'a jamais porté le moindre parfum. Peut-être qu'il pourrait lui en offrir pour son anniversaire ? Il aimerait se risquer à choisir lui-même une fragrance, quelque chose de frais et de léger, mais il se dit qu'il aurait peu de chances de tomber juste… Une carte cadeau pour qu'ils aillent ensemble en acheter un, alors ? Il range cette idée dans un coin de sa tête, préfère réfléchir sérieusement à la manière d'avoir avec elle une discussion au sujet de Maël ce soir.

Deux heures plus tard, la table est débarrassée, le lave-vaisselle en route, et Maël est au fond de son lit, visiblement épuisé par sa journée à visiter la capitale. Joachim a été soulagé que l'enfant sorte plutôt enthousiaste du car, même s'il a confié être déçu d'avoir dû se contenter de voir la tour Eiffel d'en bas, parce que l'enseignante qui les accompagnait avait le vertige. Joachim a promis de l'emmener bientôt, peut-être un week-end. Après tout, Paris n'est qu'à une heure de train, et ce serait l'occasion d'une sortie en famille…

Sophie s'affale dans le canapé, allume la télévision et propose à Joachim de regarder la dernière saison de *This Is Us*. Vu son degré de fatigue, il sait qu'elle aura du mal à rester éveillée les quarante minutes que dure un épisode de la série. Il prend son courage à deux mains, s'installe à côté d'elle, et déclare d'un ton plus grave qu'il le voudrait :

— Il faut qu'on parle.

Sophie lui jette un regard en coin, narquoise.

— Tu veux me quitter ? plaisante-t-elle, et Joachim se rend compte qu'il n'a pas choisi les meilleurs mots.

— Bien sûr que non. Je voudrais qu'on parle de Maël, parce que la psy m'a reçu à la fin de sa dernière séance pour faire un point, et c'est important d'en discuter ensemble…

Sophie croise les bras, lui fait signe de poursuivre sans prononcer un mot. Joachim ne saurait dire si elle est contrariée, inquiète, ou juste pressée d'en finir. Les pensées de la jeune femme sont souvent difficiles à cerner, ce qui ne l'aide pas à se sentir à l'aise.

— Catherine Sitruc souhaiterait orienter Maël vers un de ses confrères, le docteur Maillard. Il exerce au CHU, commence Joachim d'un ton qu'il veut assuré.

Sophie fronce les sourcils.

— Si c'est un médecin et qu'il travaille en milieu hospitalier, ça signifie qu'il est psychiatre, non ? demande-t-elle, déjà sur la défensive.

— Oui, je crois. Elle pense simplement que son collègue serait plus à même d'aider Maël, et je me dis que c'est une bonne chose…

— Et en quoi ce docteur Maillard serait-il plus compétent, au juste ? On parle simplement d'un préado qui est un peu perdu et qui a du mal à se faire des copains, rien de plus…

Joachim se passe les mains sur le visage pour réfléchir aux mots à prononcer. Sophie est loin, très loin du compte, et il ne sait pas par où commencer. Il aurait été tellement plus facile que Catherine Sitruc lui explique directement les choses… Il lève les yeux vers la jeune femme qui vient de s'emmitoufler dans un plaid, déjà prête à lancer la série télévisée, et il comprend que, de toute façon, il n'y aura pas de bonne manière de dire ce qui est.

— C'est plus compliqué que ça, Sophie. La psy nous renvoie au docteur Maillard parce qu'il dirige une unité qui est spécialisée dans la dysphorie de genre.

— La dysphorie de genre ? Mais de quoi tu parles ? demande la mère en grimaçant.

— On a toujours su que Maël était différent, non ? On s'est toujours dit qu'il était un peu spécial, ou original, et que son excentricité n'était pas un problème, mais depuis quelque temps, il est malheureux. Il a régulièrement des crises de larmes sans pouvoir expliquer pourquoi, il va au collège à reculons et uniquement parce qu'il y est obligé, il se renferme de plus en plus sur lui-même…

— Qu'est-ce que tu essayes de me dire, au juste ?

— Maël n'a pas envie d'être un garçon. Ou plutôt, il ne se sent pas « garçon » à l'intérieur de lui, assène Joachim, lui-même stupéfait des mots qui sortent de sa bouche.

C'est comme si tout ce que lui avait expliqué Catherine Sitruc, puis Maël, prenait soudain une consistance réelle. Les syllabes flottent dans le silence de la maison, presque menaçantes. Sophie reste bouche bée, comme paralysée.

— D'après la psychothérapeute, il arrive qu'un enfant ne s'identifie pas au sexe qu'on lui a assigné à la naissance, récite Joachim de mémoire parce qu'il lui est plus facile de se réfugier derrière les phrases d'un professionnel.

La mère secoue la tête, déjà agressive.

— Au sexe qu'on lui a « assigné » à la naissance ? Qu'est-ce que c'est que ces inepties New Age ? On n'a rien assigné du tout à Maël, c'est son corps, enfin !

— Ce qu'elle veut dire, c'est que le sexe attribué à un enfant à la naissance en fonction de ses organes génitaux ne correspond pas forcément au sentiment profond qu'il a de son identité, continue d'expliquer Joachim.

Il a lu des dizaines d'articles sur le sujet depuis mercredi dernier, et il a l'impression d'être particulièrement calé sur la question. Mais, vu le regard sombre de Sophie, il se demande soudain si le baratin médical parviendra à la convaincre. Peut-être ne s'y est-il pas pris de la bonne façon, peut-être que c'est Maël qui aurait dû lui parler, et qu'elle aurait davantage compris en écoutant son fils... Mais, depuis tout petit, le garçon a toujours avoué ses bêtises insignifiantes et confié ses tracas d'enfant à Joachim, dans l'espoir que celui-ci fasse tampon auprès de sa mère. Alors il n'a pas voulu le mettre en première ligne, il a cherché à l'*épargner*, parce qu'il savait très bien à quel point Maël aurait craint d'affronter Sophie...

— Je ne sais pas qui t'avait conseillé cette psy, mais je doute qu'elle ait pu comprendre le mal-être de notre fils en quoi… trois fois quarante minutes, c'est ça ? Je connais Maël depuis onze ans et demi, je suis sa mère, alors je crois en savoir un peu plus sur lui qu'une baba cool qui tire un peu trop sur son joint entre deux rendez-vous ! s'exclame Sophie.

Joachim pousse un profond soupir.

— Je n'ai pas envie d'être le messager qui se prend tous les coups parce que les nouvelles sont dures à accepter. Je crois que tu devrais parler avec Maël, justement. Ou plutôt, écouter ce qu'il a à dire. Lors de l'entretien, il a expliqué à la psy qu'il avait depuis toujours l'impression d'être né dans le mauvais corps ; ça ne te fait pas réagir, ça ?

Sophie émet un petit rire désabusé.

— « Être né dans le mauvais corps » ? Parce que tu crois qu'une girafe s'est déjà plainte d'être un serpent dans son cœur et dans sa tête, peut-être ? Tout ça n'a aucun sens. Absolument aucun sens…

— D'accord, tu es butée, j'ai compris. Le rendez-vous avec le docteur Maillard est dans un mois environ, je vais te laisser y réfléchir. Et en parler avec le principal intéressé, peut-être.

Joachim se ferme comme une huître, blessé. Il monte à l'étage, prend *Ce que savait Maisie*, un roman qu'il veut découvrir depuis longtemps déjà, et commence à lire le premier chapitre sans parvenir un instant à se concentrer sur l'histoire.

Sophie

Elle déteste les soirées déguisées. Elle a toujours détesté les soirées déguisées, d'ailleurs, et ce n'est pas parce que Claudia est une de ses meilleures amies que ça change la donne. Franchement, à bientôt quarante ans, qui s'amuse à organiser une pendaison de crémaillère costumée ? Qui, à part Claudia ?

Pour ne pas passer pour la rabat-joie de service, Sophie a malgré tout fait l'effort d'enfiler un patte d'eph et une blouse à fleurs, et Joachim l'a incitée à mettre un large bandeau fleuri dans ses cheveux qu'elle a donc lâchés pour l'occasion. Surtout, qu'on ne lui en demande pas davantage ! Elle trace un épais trait d'eye-liner au-dessus de ses cils pour parfaire la tenue années 1970. Joachim, lui, voulait mettre une petite moustache postiche, et elle a eu tout le mal du monde à le convaincre que venir en Adolf Hitler ne serait pas du meilleur effet ; son compagnon a toujours eu un humour très particulier… Finalement, après avoir fouillé dans sa penderie, il a déniché un vieux T-shirt avec un énorme logo « Pastis 51 », sorti d'on ne sait où, et a trouvé génial de le porter avec un short et des tongs.

— En quoi tu es déguisé, au juste ? a demandé Sophie d'un air sceptique.

— Bah, en vacancier ! a-t-il aussitôt rétorqué sur le ton de l'évidence.

La jeune femme a laissé tomber ; de toute façon, cette histoire de costume ne l'intéressait pas plus que ça. Elle tenait simplement à respecter les règles du jeu fixées par Claudia, rien de plus.

À 18 heures, le téléphone de Sophie sonne, et quand elle voit le prénom de Naïma s'afficher sur l'écran, ça ne lui dit rien qui vaille. Et en effet, l'adolescente de dix-sept ans qui habite à quelques pas de chez eux et qui a l'habitude de garder Maël de temps à autre appelle pour annuler sa venue. Son excuse est imparable : gastro-entérite. Elle pensait qu'elle irait mieux aujourd'hui, mais elle a vomi plusieurs fois et n'a plus aucune force, elle est vraiment désolée, mais… Sophie coupe court à la conversation : elle n'a aucune envie d'entendre les détails que Naïma n'est pourtant pas gênée de donner. Après avoir raccroché, elle ne peut s'empêcher d'aller se laver les mains, par précaution.

Quand elle expose la situation à Joachim, celui-ci propose aussitôt de rester avec Maël à la maison ce soir, franchement, ça ne m'embête pas que tu y ailles seule… Mais Sophie secoue la tête ; elle ne souhaite pas du tout se rendre sans lui à une pendaison de crémaillère où elle ne connaîtra pas grand monde en dehors de son amie Claudia qui sera très certainement sollicitée de toutes parts.

— Maël n'a qu'à venir avec nous, voilà tout, décide-t-elle soudain. En plus, il sera ravi, j'en suis sûre.

Et, en effet, le visage de son fils s'éclaire dès que les mots « soirée déguisée » sortent de sa bouche. Joachim décide de faire un aller-retour en centre-ville avec le garçon, histoire qu'il ne détonne pas avec le reste des invités, pendant que Sophie confectionne la quiche au thon qu'elle a promis d'apporter à Claudia, auberge espagnole oblige.

Deux heures plus tard, tous les trois s'apprêtent à sonner à la porte de Claudia. Sophie semble sortir tout droit des années hippies, tandis que son compagnon frissonne dans son short et son T-shirt. Maël, lui, est visiblement aux anges. Il porte un déguisement de sorcière bleu nuit : une longue robe parsemée d'étoiles dorées, un grand chapeau pointu assorti, et une baguette magique qu'il brandit avec enthousiasme. Sophie a le regard sombre, et elle est incapable de dire si elle va parvenir à se dérider.

Une robe… ! De tout le magasin de jouets, Joachim n'a pas pu trouver autre chose qu'une robe pour Maël. Et tous les deux ont beau prétendre qu'il s'agit d'une tunique de sorcier, elle n'est pas dupe un instant. Avec ses cheveux qui lui arrivent maintenant en dessous des oreilles, Maël pourrait presque ressembler à une petite fille, alors qu'on n'essaye pas de lui faire passer des vessies pour des lanternes…

Elle ronge son frein ; d'ailleurs, elle a failli partir toute seule à la soirée tellement elle était embarrassée. Mais Maël était si excité qu'elle n'a pas eu le cœur de les planter là tous les deux. Il n'aurait pas compris. Et Joachim non plus, lui qui répète depuis leur retour du magasin :

— Je ne vois pas où est le problème, franchement. Si une fillette mettait un déguisement de pirate, personne n'y trouverait rien à redire, alors qu'est-ce que ça peut faire, que Maël ait envie d'être une sorcière ?

Claudia ouvre la porte dans un grand sourire. À l'intérieur, la fête bat déjà son plein, et elle les fait entrer sans attendre. Elle félicite Maël pour son costume, ne paraît même pas se poser la moindre question, et Sophie se dit que, peut-être, elle voit le mal là où il n'y en a pas. Sans doute toute cette histoire de psy lui est-elle montée à la tête ; elle n'a même pas réussi à aborder le sujet avec son fils depuis sa discussion houleuse avec son conjoint. La seule chose qu'elle soit parvenue à faire, c'est aller s'asseoir dans sa chambre et lui demander à mi-voix :

— Tu as envie, toi, d'aller voir ce docteur Maillard ?

Maël a hoché la tête sans lever le nez de ses Lego.

— Tu penses que ça va t'aider, de parler à quelqu'un d'autre que nous ? a-t-elle insisté, même si elle n'avait déjà plus qu'une envie : déguerpir de la pièce.

Son fils a acquiescé tout en cherchant une pièce précise dans sa grande caisse remplie de morceaux de plastique multicolores. Sophie est restée immobile quelques instants, au cas où Maël aurait envie de se confier davantage, mais rien de tel n'est arrivé.

Quand elle est sortie de la chambre, elle a cherché sur Internet le numéro de Catherine Sitruc et l'a composé, en espérant au fond d'elle tomber directement sur le répondeur. Auquel cas, elle n'aurait évidemment pas laissé de message, mais, simplement, elle aurait pu se dire qu'elle avait essayé de joindre la psychothérapeute sans y parvenir. Ça aurait sans doute suffi à la déculpabiliser.

Manque de chance, la psy a décroché, et Sophie s'est retrouvée à bredouiller des bouts de phrases sans queue ni tête, jusqu'à ce que son interlocutrice comprenne qu'elle était la mère de Maël. Elles ont dialogué une quinzaine de minutes, le temps que la colère et l'incompréhension de Sophie s'amenuisent un peu. En un quart d'heure, la thérapeute a eu le temps de glisser beaucoup de choses, mais Sophie n'en a vraiment retenu qu'une seule, en réalité.

« Votre fils n'a même pas douze ans, il se cherche. Il se cherche et personne, aujourd'hui, ne peut dire ce qu'il va trouver au fond de lui-même. Peut-être que tout cela ne sera qu'une phase, vous savez… »

Une « phase ». Sophie s'est accrochée à ce mot comme à un phare dans la nuit. Une *phase*. Exactement comme la crise d'adolescence, comme la passion des bracelets en mini-élastiques multicolores, comme l'envie de manger du gaspacho à tous les repas qu'a eue Maël l'été de l'année précédente. Une phase. Il suffit donc d'accompagner cette période compliquée et éprouvante sans trop s'inquiéter, le laisser dévier de la route et s'égarer dans de petits chemins le temps qu'il en aura besoin.

Il reviendra sur la route. On finit toujours par revenir sur la route.

En attendant, serrer les dents et ne pas faire cas de choses qui pourraient paraître inquiétantes, mais qui ne sont en réalité qu'insignifiantes. Peut-être même que, dans quelques années, elle rira de tout ça, qui sait…

Pourtant, quand elle voit Maël se trémousser sur la musique *dance* des années 1990 que Claudia a choisie, elle ne peut s'empêcher de tressaillir.

Il danse *comme une fille*. Avec des mouvements de hanches que même elle ne saurait reproduire sans être ridicule.

Elle aurait envie de secouer Joachim par le bras, regarde comme Maël se donne en spectacle ! Elle aurait envie de lui crier d'arrêter son cirque, quand bien même aucun adulte dans le salon ne lui prête attention. Elle aurait envie de traverser la pièce en quelques enjambées, d'empoigner son fils et de trouver n'importe quel prétexte pour quitter la soirée. Une gastro, tiens, voilà qui serait parfait.

À la place, elle continue de sourire à la blonde en face d'elle qui lui détaille sa recette de taboulé maison. Et elle avale d'un trait sa coupe de champagne, histoire d'être un peu plus détendue.

Soudain lui revient en mémoire un souvenir auquel elle n'avait pas repensé depuis des années. L'anniversaire de la petite Lina, Maël avait, quoi, six ans ? Peut-être sept. Et comme chaque année depuis la maternelle, Lina l'avait invité à son goûter. Sophie et lui avaient fait les magasins pour lui acheter un cadeau, et Maël avait insisté pour lui offrir des vernis à ongles de toutes les couleurs. Sophie avait trouvé que la fillette était un peu jeune pour ce genre de présent, mais Maël avait été intraitable et elle avait fini par céder. Après tout, ce ne serait pas à elle de mettre du vernis à Lina…

Le jour de l'anniversaire, en déposant son fils, Sophie s'était rendu compte qu'il était le seul garçon invité. Il détonnait un peu parmi toutes les fillettes vêtues de rose et de paillettes, au milieu d'une décoration exclusivement centrée sur les licornes. Elle l'avait embrassé sur la tempe, lui avait chuchoté à l'oreille, j'espère que tu ne vas pas t'ennuyer, mon chat, et avait filé, un peu soucieuse. Lorsqu'elle était venue le récupérer trois heures après, elle n'avait pas reconnu son fils. Son visage était mangé par un grand papillon violet et rose en maquillage, ses paupières et ses pommettes parsemées de paillettes argentées.

Il avait même du vernis vert pastel sur les ongles. Sophie était restée bouche bée, incapable de savoir comment réagir. La mère de Lina l'avait prise par le bras, radieuse, et avait plaisanté : « J'avais dit aux filles d'y aller mollo, mais vous savez comment sont les enfants... Et Maël était si triste de ne pas avoir de vernis comme ses petites copines que je n'ai pas pu l'en priver ! » Sophie avait affiché une grimace crispée qu'elle espérait faire passer pour un sourire, et, sur le chemin du retour, une vieille dame qui tirait comme elle le pouvait un chariot de courses à roulettes s'était arrêtée sur leur passage, s'écriant d'un air attendri : « Oh, votre petite fille est magnifique ! » Sophie avait ouvert la bouche pour corriger l'erreur, mais Maël l'avait devancée en lançant un « Merci, madame ! » aux anges. Sans savoir vraiment pourquoi, Sophie avait senti un rouge cuisant lui monter aux joues, un sentiment d'humiliation disproportionné enfler dans sa gorge. Une fois à la maison, elle s'était empressée de nettoyer le visage de son fils avec un gant de toilette, ignorant les cris de déception du petit garçon qui aurait voulu garder le maquillage papillon et le montrer à son père. Elle n'avait même pas accepté de le prendre en photo pour que Maël en ait un souvenir.

Effacer, effacer les couleurs et la gêne.

Ce soir, ce qu'elle éprouve en voyant son fils se dandiner sur *Freed from Desire* lui rappelle cet après-midi-là. La même *honte*, qui l'empêche de simplement tourner le dos à Maël et de se concentrer sur des discussions entre adultes.

— Tu devrais peut-être ralentir sur le champagne, non ? lui souffle son conjoint en se penchant vers elle.

Elle en est à sa troisième coupe. Et alors ? Au moins, elle sent une chaleur molle se répandre en elle et elle espère que l'alcool atténuera son embarras.

Du coin de l'œil, elle observe Maël boire un verre de coca. Son front est en sueur, ses joues rose bonbon. Avec une délicatesse presque empruntée, il replace une mèche de cheveux derrière son oreille tout en tenant son chapeau de sorcière pour qu'il ne tombe pas, et, soudain, c'en est trop pour Sophie.

— On peut s'en aller ? murmure-t-elle à Joachim.

— Déjà ? Mais on est arrivés il y a moins d'une heure, qu'est-ce que Claudia va penser ?

Sophie baisse les yeux, confuse. Le champagne la fait se sentir au ralenti, tout à coup. Peut-être aurait-elle dû manger quelques amuse-gueules. Elle essaye d'y voir clair, mais tout est devenu flou dans sa tête. Elle n'a plus envie que d'une chose : rentrer.

— Je ne me sens pas très bien, d'un seul coup, je me demande si je ne couve pas une gastro… Tu veux bien aller chercher Maël pendant que je vais prévenir Claudia ?

Maël

Quand j'étais petit, une dame m'a offert une poupée Barbie sur une brocante, je me le rappelle comme si c'était hier alors que je devais avoir cinq ans à peine. Maman dit que c'est impossible que je m'en souvienne, et pourtant les images sont restées très précises dans mon esprit, comme si je pouvais regarder un album photo à l'intérieur de moi.

Ma mère avait dit avant de sortir qu'elle acceptait de m'offrir une seule chose au vide-grenier, qu'il faudrait donc que je choisisse bien le jouet ou le livre qui me ferait le plus plaisir. Qu'il faudrait que je prenne mon temps, qu'on fasse tout le tour des rues en braderie pour être certain de mon choix. On n'allait pas se jeter sur la première petite voiture !

Ce matin-là, il faisait si frais que de la fumée sortait de ma bouche. « Les meilleures affaires se font aux aurores ! » s'était réjoui mon père, qui adorait les brocantes en tous genres. J'avais contemplé les stands au fur et à mesure de notre passage : les livres étalés à même le sol, les vêtements jetés dans des cartons classés par âge, les piles de vaisselle, les caisses remplies de jouets en plastique. Maman m'avait montré un déguisement de Batman, mais j'avais chuchoté non merci. Elle s'était exclamée : « Regarde, Maël, un circuit de train en bois ! », mais j'avais haussé les épaules. À la fin, elle avait fini par déclarer forfait, je pense. « S'il ne trouve rien qui lui plaise, on ne va pas acheter simplement pour le plaisir d'acheter… » avait déclaré mon père.

C'est à ce moment-là, juste avant de faire demi-tour pour retourner à la voiture, que j'avais vu la table de camping sur laquelle étaient entassées des dizaines de Barbie. Certaines étaient nues, d'autres habillées. La plupart étaient blond platine, mais il y en avait une qui avait de très longs cheveux noirs, qui lui arrivaient jusqu'aux chevilles. Elle portait une sorte de robe un peu chinoise, en tissu rose pâle brillant, avec de petites fleurs bleues brodées sur le devant.

— C'est ça que je veux ! je m'étais aussitôt exclamé en tendant déjà la main vers la poupée.

Maman m'avait empêché de l'attraper, on ne touche qu'avec les yeux, m'avait-elle sermonné.

Je m'étais tourné vers mon père.

— Cette poupée-là me plaît ! je m'étais écrié avec enthousiasme.

Il avait fouillé dans les poches de son jean pour voir combien de monnaie il lui restait, puis avait levé la tête vers la dame à la doudoune jaune qui tenait le stand.

— Vous la vendez combien, cette Barbie ? avait-il demandé en montrant la poupée de l'index.

— Quatre euros, avait-elle répondu en me souriant.

Papa s'apprêtait à lui tendre l'argent quand maman était intervenue.

— On ne va pas lui acheter une poupée, quand même ! Qu'est-ce qu'il va en faire ?

La dame avait jeté un coup d'œil surpris à ma mère, et moi, j'avais senti toute ma joie disparaître d'un coup, comme aspirée dans un trou noir. Papa avait dit je ne sais plus quoi pour tenter de convaincre maman, mais elle n'en avait pas démordu : les poupées, ce n'était pas pour les garçons, point barre. La dame à la doudoune m'avait regardé d'un air déçu et avait proposé à maman de baisser le prix à trois euros, mais elle avait répondu avec sécheresse que ce n'était pas du tout une question d'argent.

— Allez, on y va maintenant, avait-elle déclaré en s'éloignant déjà du stand, et mon père avait haussé les épaules.

Sans doute qu'il s'était dit que ça ne valait pas la peine de se disputer avec maman pour une poupée. J'avais baissé la tête, les larmes m'étaient montées aux yeux sans que je parvienne à les refouler, et quand la dame s'en était aperçue, elle avait saisi la Barbie et me l'avait mise de force entre les mains, tiens, c'est pour toi, mon grand, ne pleure pas, va, je te l'offre...

Perplexe, j'avais regardé mon père, qui s'était contenté de hocher la tête en signe d'assentiment. Ma mère était déjà à plusieurs mètres de là, agenouillée devant une caisse de livres.

J'avais dit merci, et papa avait ouvert mon petit sac à dos grenouille pour y déposer la Barbie.

— Tu la sortiras à la maison, d'accord ?

Quelques jours plus tard, maman était tombée sur la Barbie cachée sous mon oreiller. J'avais cru qu'elle allait me passer un sacré savon, peut-être même me la confisquer, mais non. D'un air pensif, elle avait caressé les fleurs brodées sur la robe et m'avait demandé :

— Qui est-ce qui lui a fait ces tresses ?

— Ben, moi..., j'avais soufflé en me mordant la lèvre.

J'avais fait quatre nattes très fines à la poupée, le soir avant de m'endormir.

— Toi, tu sais faire des tresses ? s'était-elle étonnée.

J'avais acquiescé, et nous n'en avions plus jamais reparlé.

Je sais faire des tresses, oui. Et depuis, je sais faire des tresses africaines, des tresses avec des fils de couleur à l'intérieur, et aussi des chignons de danseuse ; Lina adore quand je la coiffe. Je sais aussi fabriquer des bracelets brésiliens et mettre le vernis sur les ongles sans jamais dépasser (même si je n'en mets que le soir, dans ma chambre, en cachette. Pour le retirer, dans la salle de bains, le lendemain matin, toujours en cachette).

Je n'aime pas les petites voitures, mais j'ai toujours adoré jouer à la dînette.

Je n'ai pas de circuit de train ou de bulldozer radio-commandé, mais je suis très doué pour jouer à la maîtresse et sauter à la corde.

Je n'ai pas de robe ou de jupe, et dans ma penderie, il n'y a que des jeans et des T-shirts aux couleurs sobres. Pas de paillettes, pas de broderies, pas de rose. Et pourtant, quand maman m'emmène faire les magasins pour elle, j'adore toucher les tissus des vêtements et imaginer ce que ce serait de pouvoir enfiler des collants ou mettre une brassière en dentelle. Du plus loin que je m'en souvienne, j'ai toujours été *comme ça*.

Comme le prince qui est enfermé dans un corps de grenouille parce qu'un sorcier lui a jeté un sort.

Moi, je suis une fille qu'on a enfermée dans un corps de garçon. C'est la nature qui m'a jeté un sort, je suppose. Quand j'étais plus petit, j'étais persuadé qu'un jour, j'allais rencontrer une fée qui briserait cette malédiction, et qui me rendrait ma véritable apparence d'un coup de baguette magique. Il suffisait d'être patient, et de faire le bien autour de moi pour être récompensé, comme dans les contes de fées que maman me lisait avant que je m'endorme.

Je n'ai jamais croisé la moindre fée, malheureusement. Et j'ai compris que j'allais être prisonnier de ce corps de garçon pendant sans doute très, très longtemps.

Une fois, j'ai dit à Lina que quand je serais grand, je serais une vraie fille. Elle m'a répondu :

— Pourquoi tu veux être une fille, au juste ?

J'ai posé le pinceau du Numéro d'Art que j'étais en train de m'appliquer à peindre.

— Je ne veux pas être une fille, je *suis* une fille ! me suis-je écrié, exaspéré qu'elle ne voie pas l'évidence.

Elle a haussé les épaules en murmurant « Ah, d'accord », comme si notre échange était tout à fait normal. Comme si je venais de lui annoncer que, plus tard, j'avais la ferme intention de devenir cosmonaute ou chanteuse et qu'elle ne voyait rien d'extraordinaire là-dedans.

Depuis, je pense qu'elle a oublié cette conversation.

Mais moi, je n'oublie rien. Tout ce qui semblait facile en primaire ne l'est plus depuis que je suis au collège, comme si j'avais franchi une frontière et qu'il était évidemment impossible de revenir en arrière. Jouer avec les filles est devenu compliqué, parce qu'elles me voient comme un garçon. M'intégrer aux garçons n'est même pas imaginable ; je ne m'intéresse à rien de ce qui leur plaît, et eux ne sont pas dupes : ils voient parfaitement que je ne suis pas un des leurs.

Où que je sois, je ne suis pas à ma place. Je n'appartiens à aucun groupe, je ne ressemble à personne. Je suis rejeté et je m'exclus en même temps.

En cours de sport, dans les vestiaires, je suis gêné d'être avec les garçons. Gêné pour moi, et gêné pour eux. Je déteste mon corps qui ne reflète en rien qui je suis au plus profond de moi. Je baisse les yeux pour ne pas voir les leurs.

Je ne vais plus jamais aux toilettes au collège, car je ne sais pas dans lesquelles je pourrais bien avoir ma place. Pas dans celles des garçons, c'est une évidence. Mais pas non plus dans celles des filles, qui pousseraient des cris suraigus si j'osais m'y aventurer.

Mme Sitruc m'a dit qu'en se cherchant, on finit toujours par se trouver.

Mais moi, j'ai peur de ce que je vais trouver. J'ai peur de ce que vont penser les autres, j'ai peur que personne ne me voie jamais comme je me vois.

J'ai peur.

CHAPITRE 3

NOVEMBRE

Joachim

Il étend le linge en prenant soin de méticuleusement défroisser les hauts en boule et de mettre les chaussettes par paires sur l'étendoir. Ça permet de gagner du temps quand on range les vêtements secs, a toujours insisté Sophie, et il a fini par prendre le pli, même s'il se fiche bien de gagner cinq minutes par-ci par-là. Lui préfère faire les choses tranquillement, à son rythme, plutôt que de courir de façon effrénée. On arrivera tous au même endroit à la fin, de toute façon…

En face de lui, Sophie se dépêche de mettre les pulls sur des cintres, à croire qu'elle a un train à prendre. Joachim voudrait lui dire que ce n'est pas une course ; on est dimanche, tout va bien. Mais elle est sûrement celle pour qui le verbe « se dépêcher » a été inventé, alors à quoi bon lutter ? Tant qu'elle ne le fusille pas du regard pour lui signifier qu'il est trop lent, ça ne le gêne pas.

— J'ai beaucoup réfléchi ces derniers temps, parce que je commence vraiment à en avoir assez de ces allers-retours à Paris cinq jours sur sept…, lance-t-elle d'un ton hésitant.

Joachim plisse la lèvre inférieure en une moue compatissante ; lui qui travaille de la maison et qui n'a qu'une réunion hebdomadaire à affronter, il imagine sans peine le calvaire que doit représenter le fait de travailler à la capitale et de subir autant de trajets au quotidien.

— J'ai l'impression de courir tout le temps, sans jamais réussir à faire tout ce que j'ai à faire, de toute façon. C'est comme chercher à éteindre un feu de forêt avec une gourde d'eau. J'ai du boulot par-dessus la tête, et je ne vous vois jamais, Maël et toi. Il n'y a aucun moment *qualitatif*, ajoute-t-elle comme pour elle-même.

— Aucun moment qualitatif ? répète Joachim, perplexe. On dirait que tu présentes un PowerPoint d'étude de marché, plaisante-t-il avec un soupçon d'amertume.

Avec Sophie, c'est comme si tout devait être rentable. Comme si tout devait être optimisé. Mais la vie de famille, les moments de complicité ou de tendresse ne peuvent pas se comptabiliser ainsi… Aucun moment qualitatif, ça veut dire quoi, au juste ? Pour lui, étendre la lessive avec celle qu'il aime tout en discutant est un moment qualitatif. Partager un repas, même vite préparé, est qualitatif. Aider Maël à faire ses devoirs, réfléchir avec Sophie aux menus du week-end, aller l'accueillir à la gare avec Maël le vendredi soir, tout ça, ce sont des moments importants et précieux. *Qualitatifs*.

La jeune femme soupire.

— Oui, enfin, tu vois ce que je veux dire, ne joue pas sur les mots… Quand j'ai accepté ce poste il y a deux ans, je n'avais pas anticipé l'épuisement que ça représenterait, de travailler à plus de deux cents kilomètres de chez moi… Je voulais ce poste, ces responsabilités, je voulais avancer dans ma carrière, et je me suis crue plus forte que je ne l'étais, apparemment, déclare Sophie avec sécheresse.

Joachim la connaît depuis suffisamment longtemps pour savoir que sa froideur n'est pas dirigée contre lui ; elle s'en veut de paraître faible, elle qui est toujours si exigeante envers elle-même.

— Je voudrais qu'on déménage à Paris. Ça fait un moment que je tourne les options envisageables dans ma tête, et je pense vraiment que ce serait la meilleure.

Joachim qui tendait la main pour attraper un jean dans la bassine de linge, interrompt un instant son geste. Il n'avait pas du tout prévu que la conversation prendrait cette tournure, même si l'idée de s'installer en région parisienne a régulièrement été mise sur le tapis ces derniers mois. Sophie expose ses arguments, et il ne doute pas un instant qu'ils seront infaillibles : en quelques phrases, elle va lui prouver par A + B que déménager est l'idée du siècle.

— Si on habitait à Paris, je n'aurais plus trois heures de trajet quotidien, je pourrais davantage profiter de vous deux… Toi, ça ne te changerait pas grand-chose : tu n'as qu'une réunion le lundi matin, tu pourrais faire une fois par semaine l'aller-retour, ce ne serait pas la mer à boire… Maël aurait tout un tas de choses à découvrir en vivant à Paris, ce serait un cadre parfait pour un enfant de son âge : on pourrait l'emmener à la tour Eiffel, à Montmartre, à la Cité des sciences, au musée d'Histoire naturelle… On vendrait la maison et on prendrait un appartement dans le 19e, pas trop loin de la gare du Nord. Tu pourrais aller courir aux Buttes-Chaumont, tu imagines ?

Joachim s'est redressé, il dévisage Sophie sans plus rien étendre du linge qui reste. Elle continue son monologue, ne paraît pas se rendre compte qu'il est immobile.

— Alors, c'est vrai, on habiterait dans quelque chose de plus petit, forcément, mais est-ce qu'on a vraiment besoin d'un espace immense ? Deux chambres suffiraient, en réalité, et tu aurais ton espace de travail dans notre chambre ou dans le salon, selon la configuration…

Joachim ne dit rien, laisse Sophie poursuivre son exposé sans plus parvenir à l'écouter totalement. « Deux chambres suffiraient. » Ces trois mots rebondissent sur les parois de son crâne, éclatent comme des bulles de savon. Joachim sait parfaitement que Sophie et lui n'auront pas d'autre enfant ; elle a trente-sept ans, il en a quarante-deux : s'ils avaient voulu lancer un projet, ils l'auraient envisagé il y a bien longtemps. Il a *renoncé* il y a bien longtemps. Et pourtant, pourtant, entendre aujourd'hui Sophie déclarer d'un ton guilleret que « deux chambres suffiraient » lui lamine le cœur malgré tout.

— Tu ne dis rien depuis tout à l'heure. J'ai l'impression de parler toute seule… Tu en penses quoi ? demande la jeune femme en s'approchant de lui pour se lover contre son torse.

Elle lève ses grands yeux noisette vers lui dans une attente qui paraît signifier : allez, dis oui, s'il te plaît… Il n'a jamais su lui résister, de toute manière. Elle l'a toujours retourné comme une crêpe, et il est bien obligé de reconnaître que les arguments qu'elle a présentés sont imparables : qu'est-ce qui les retiendrait vraiment à Lille, hormis le fait qu'ils ont toujours vécu ici l'un comme l'autre ? Elle est née ici, et lui a quitté son Alsace natale au moment de ses études, sans le moindre regret. Le rythme parisien trépidant ne l'enthousiasme guère, mais ce détail ne fait pas le poids face à la possibilité de retrouver, peut-être, une vraie vie de couple et de famille…

— Je vois que tu as déjà tout prévu, Madame Organisation. Et tu envisages ce déménagement pour quand, au juste ? Parce que changer Maël de collège en cours d'année, ce n'est pas terrible. Et moi, il me faut un peu de temps pour mettre ça en place à l'agence…

— Je sais, bien sûr. Je voyais ça pour septembre de l'année prochaine, pas avant ! L'idée, ce serait de déménager pendant l'été ! s'exclame Sophie en battant des mains de façon enfantine tellement elle est excitée.

— Ça roule, murmure Joachim en prenant une robe en jean pour la mettre sur un des derniers cintres disponibles.

— Ça roule, ça veut dire que tu es partant ?

Joachim sourit.

— Qu'est-ce que tu veux que je te dise ? « Où que tu ailles, je te retrouverai… Sans problème, je te retrouverai… », fredonne-t-il en la prenant par la taille pour la faire danser doucement.

Sa compagne sourit et se laisse faire, et il se rappelle le jour où il lui avait réservé la surprise de l'emmener au concert de La Grande Sophie, il y a plusieurs années déjà. Pendant toute la soirée, elle avait été suspendue aux lèvres de la chanteuse, espérant qu'elle entonne enfin sa chanson préférée. Joachim avait déployé toute son énergie pour tenter de communiquer par télépathie avec la chanteuse sur scène ; Sophie aurait été tellement triste de repartir sans avoir entendu *Où que tu ailles…* Le concert s'était achevé, pourtant, et tout le monde avait applaudi de bon cœur. Joachim n'avait pas été dupe ; il avait vu la déception dans le regard de sa compagne. Le public avait continué d'applaudir en rythme, et La Grande Sophie avait fini par revenir avec sa guitare et son large sourire, pour un rappel. Dès les premières notes, agrippée au coude de Joachim, la jeune femme avait reconnu « sa » chanson et s'était mise à chanter à tue-tête les paroles qu'elle adorait.

— Moi, je ne peux être heureux que là où tu es, tu le sais parfaitement… Alors si ton bonheur est à Paris, le mien aussi, murmure Joachim avec tendresse.

— « Notre » bonheur, rectifie aussitôt Sophie, aux anges.
— Notre bonheur, répète-t-il, conciliant.

Le lendemain, après la réunion de briefing à l'agence, Ludivine le rejoint pour lui demander s'il vient à l'après-midi annuelle de cohésion d'équipe. Joachim émet un petit rire narquois en entendant ces termes ; décidément, le directeur ne recule devant rien pour s'assurer du bien-être de ses employés…

— Tu sais, si j'ai choisi de travailler de chez moi, c'est justement pour éviter ce genre de trucs… Les discussions sur la pluie et le beau temps devant la machine à café, les irruptions dans le bureau par des collègues qui ont tous des questions urgentes à poser, les déjeuners où on ne parle que boulot, tout ça, c'est vraiment pas ma tasse de thé, rétorque-t-il aussitôt, étonné que la jeune femme pense même possible qu'il participe à ce genre de séminaire ennuyeux à mourir.

— Mais c'est obligatoire, cette année, précise-t-elle dans une moue désolée.

— Comment ça ?

— Edgar veut que tout le monde soit là, y compris les graphistes free-lance, justement. C'est le concept même de la cohésion d'équipe, en fait : si ceux qu'on ne voit jamais ne viennent pas, il n'y a pas d'intérêt !

— Je ne suis pas au courant, bougonne Joachim.

— Pourtant, il en a parlé aux deux dernières réunions du lundi matin, et on a eu un mail il y a quinze jours, insiste Ludivine, les yeux malicieux.

— Mouais. J'ai dû zapper, répond Joachim, maussade.

Et c'est ainsi qu'il se retrouve, trois heures plus tard, à enfiler un tablier de cuisine et une toque de chef en papier. Ridicule, songe-t-il, tandis que tous ses autres collègues discutent dans un brouhaha ravi autour de lui. Même le directeur, Edgar Tesson, a quitté son air austère de rigueur.

Au programme : apprendre à cuisiner une bûche de Noël framboises-mascarpone en prévision des fêtes... Où est le rapport avec le boulot ? se demande Joachim, qui déteste être traîné de force dans une activité qu'il n'a pas choisie.

— T'arrêtes un peu de faire la tête ? lui lance Ludivine en lui donnant un coup de coude. Viens donc m'aider à préparer le biscuit roulé, je suis sûre que tu es un as pour monter des blancs d'œufs en neige !

Joachim regarde autour de lui : tous ses collègues sont déjà deux par deux, occupés à cuisiner dans la bonne humeur. À côté de lui, Ludivine lui tend un œuf d'un air taquin, et, enfin, il choisit de se dérider. Après tout, il pourra confectionner une bûche pour Noël grâce à cet atelier imposé.

Contrairement à ce qu'il imaginait, les deux heures de pâtisserie passent à la vitesse de la lumière, sans doute grâce à Ludivine qui lui transmet sa joie de vivre et avec qui il n'a jamais eu aucun mal à discuter de tout et de rien.

— Il a déjà eu son premier rendez-vous à l'hôpital ? s'enquiert-elle tout en fouettant avec vigueur la ganache au chocolat blanc qui recouvrira la bûche.

— Non, c'est la semaine prochaine. Sophie est censée venir avec nous, car ils veulent que les deux parents soient présents à la première rencontre, mais elle m'a envoyé un texto ce matin pour me dire qu'elle avait une réunion « hyper-importante » mercredi prochain et qu'elle ne pourrait pas prendre sa journée..., explique Joachim d'un ton où pointe l'amertume.

— Ce n'est pas grave, va, je suis sûre qu'elle pourra l'accompagner la fois suivante, rétorque Ludivine.

Joachim observe sa collègue avec une drôle de mélancolie. Comme il envie son optimisme à toute épreuve, cette façon qu'elle a de toujours être positive… Il prend conscience qu'au fil des mois, elle est devenue une vraie confidente, notamment depuis que le comportement de Maël l'inquiète et qu'il ne parvient pas à en parler calmement avec Sophie. Penché sur la casserole de chocolat fondu, le visage de la jeune femme est hachuré de mèches blondes. Soudain, sans comprendre pourquoi, il aurait presque envie de remettre ses cheveux derrière ses oreilles. Sa main avance vers elle, puis s'interrompt avant de revenir sur le plan de travail. Ludivine tourne la tête vers lui, lève des yeux interrogateurs, visiblement consciente du désarroi qui s'est emparé de lui.

— Tout va bien ? Tu n'as pas l'air dans ton assiette…, constate-t-elle d'un ton inquiet.

— Non, non, ça va. Je pensais à autre chose, c'est tout, bredouille Joachim, embarrassé malgré lui.

À quelques pas d'eux, l'animateur de l'atelier leur annonce qu'il est temps de recouvrir la bûche avec la ganache au chocolat blanc. Ensuite, ils pourront déposer une ligne de framboises fraîches et l'atelier s'achèvera.

— Vous pourrez passer chercher vos créations en fin d'après-midi, une fois que la bûche sera restée au froid, ajoute-t-il en passant entre les tables pour vérifier que tout le monde en est au même point.

Ludivine finit d'étaler la ganache sur les deux moitiés de bûches, et fait un signe de tête pour montrer à Joachim les framboises à disposer.

— On peut aller les récupérer ensemble vers 18 heures, si ça te dit ! propose-t-elle puisqu'ils habitent tous les deux non loin du centre-ville.

Joachim acquiesce, songe que Sophie sera sans doute ravie d'avoir un dessert pour le dîner, et Maël adore les framboises, en plus.

Il repense à l'expression que Sophie a employée la veille. Des « moments qualitatifs ».

Cet atelier de pâtisserie a été, contre toute attente, un moment qualitatif. Un moment qui l'a distrait, passé en compagnie d'une personne qu'il apprécie beaucoup.

Peut-être même un peu trop.

Sophie

Elle n'a jamais été du genre jaloux ; elle n'a même jamais compris qu'on puisse être en couple avec quelqu'un en qui on n'arriverait pas à avoir *totalement* confiance. Elle se rappelle même combien elle avait été choquée lorsque Claudia lui avait raconté qu'elle consultait parfois la boîte mail de son compagnon du moment, voire de temps à autre ses échanges de textos. « Je ne le fais pas très souvent, mais c'est une manière de me rassurer, d'être certaine que je ne passe pas à côté de quelque chose, tu vois ! », avait précisé son amie. Sophie avait songé que c'était triste de douter ainsi de l'honnêteté de la personne en qui on était censé avoir le plus confiance. Elle aussi aurait pu accéder n'importe quand au téléphone et à l'ordinateur de Joachim – et réciproquement, d'ailleurs –, mais elle n'avait tout simplement jamais éprouvé le besoin de le faire.

Aujourd'hui, ce n'est pas qu'elle doute, c'est qu'elle s'interroge. Elle a remarqué que Joachim était plus souvent occupé sur son téléphone qu'avant. Lui qui a toujours eu l'habitude de laisser traîner son portable n'importe où dans la maison l'a désormais en permanence à proximité de lui. Lui qui l'a toujours abandonné sur la table basse du salon au moment d'aller se coucher n'oublie jamais, désormais, de l'emporter et de le déposer sur sa table de chevet. Lui qui a toujours négligé de le charger – au point de régulièrement ne plus avoir de batterie – prend désormais soin de le brancher systématiquement sur un câble relié à son Mac. Etc.

Dans un couple, les habitudes qui changent se remarquent très vite.

Alors, hier, quand Joachim était sous la douche à chantonner *Bye Bye Lou*, des Cowboys Fringants – en imitant de tout son cœur l'accent québécois de son chanteur préféré –, Sophie a cédé, vaguement honteuse d'en être réduite à espionner son compagnon. Tout en l'entendant distraitement au loin scander à tue-tête « Te souviens-tu de nous, du temps où l'on s'aimait ? Oui, je sais trop bien que l'on change et sous prétexte qu'on évolue, on devient con et on se range… », elle a regardé l'historique d'appels, a constaté que son prénom apparaissait beaucoup moins souvent que celui de cette Ludivine.

Son pouce a appuyé sur l'icône des SMS, mais elle a retenu son geste au dernier moment. Y avait-il la moindre raison de soupçonner Joachim de lui être infidèle ? Objectivement, non. Il était prêt à s'installer à Paris – lui qui détestait la foule et qui aurait davantage rêvé de vivre dans un coin de campagne désert et reculé. Il était prêt à faire ce sacrifice pour elle, pour leur famille. Il avait toujours plein de petites attentions pour elle, malgré les années qui avaient passé : renouveler son abonnement à *Marie Claire* dès qu'il expirait, lui acheter une tartelette aux noix de pécan à chaque fois qu'il passait devant la boulangerie dans le Vieux-Lille qu'elle adorait, l'accompagner lorsqu'elle devait faire une prise de sang, même si elle feignait toujours de ne pas avoir peur…

Sans compter qu'il lui parlait régulièrement de cette collègue, cette Ludivine. Une jeunette débarquée il y a quelques mois de sa Bretagne natale, qui ne connaissait personne dans le Nord. Il était comme ça, Joachim, le cœur sur la main. Toujours ravi d'aider les autres. Jamais elle ne pourrait lui reprocher sa générosité.

Dans la salle de bains, au premier étage, l'eau a cessé de couler, et elle a aussitôt reposé le portable sur le bureau. Coupable de son attitude méfiante.

Dans l'après-midi, après avoir vaqué aux tâches du quotidien, elle est sortie faire quelques courses et s'est décidée à appeler Claudia. Sans savoir pourquoi, elle lui a parlé de ce qu'elle ruminait malgré elle en silence.

— Il n'y a pas mort d'homme, Sophie, tu n'as pas à t'en vouloir pour si peu, enfin ! À ta place, j'aurais fait la même chose, et je vais te dire : n'importe qui aurait eu la même réaction, a aussitôt rétorqué son amie avec l'entièreté qui la caractérise.

Sophie s'est sentie un peu soulagée, mais pas au point de ne plus s'en vouloir de ce qu'elle considère comme un geste déplacé de sa part. Alors Claudia en a rajouté une couche :

— Et puis franchement, pourquoi a-t-il besoin d'être si souvent au téléphone avec cette fille ? C'est quand même étrange, lui que j'ai toujours trouvé un peu asocial…

Sophie écoute son amie d'une oreille distraite, mais ses mots font mouche malgré tout. Ses interrogations reviennent au fur et à mesure des paroles de Claudia, et quand elle raccroche, elle en a presque la nausée.

Le soir, Joachim veut lui parler de Maël. Encore et toujours, comme si l'enfant était l'unique sujet de conversation entre eux deux. Sophie n'a pas envie de l'entendre disserter sur les psys et l'hôpital. Elle n'a pas envie que Joachim insiste encore pour qu'elle vienne au premier rendez-vous après-demain, c'est important, Sophie, tu ne peux vraiment pas décaler ta réunion ou la manquer pour une fois ? Elle n'a pas envie qu'il lui explique de nouveau que le docteur Maillard a besoin de connaître son ressenti par rapport au mal-être de son fils, et que la moindre des choses, ce serait de lui passer un coup de fil en amont de la séance ou de le rencontrer à un autre moment, à la deuxième séance, peut-être ? Elle n'a aucune envie de répéter que le mercredi, c'est compliqué de s'absenter et de prendre une journée de congé, parce que sa responsable est en temps partiel ce jour-là, ainsi que deux autres collègues. Et que donc, le mercredi, c'est elle qui tient la boutique, ça ne va pas plus loin que ça… Joachim lui serine que c'est essentiel pour Maël qu'elle s'implique davantage dans son suivi, et elle lutte pour ne pas se boucher les oreilles et chanter n'importe quoi à tue-tête pour ne plus rien entendre.

La vérité, c'est qu'elle ne veut pas aller dans cette unité rattachée à la psychiatrie. Elle ne veut pas. Elle sait parfaitement ce qui se passerait si elle mettait les pieds dans cet hôpital : on lui dirait qu'elle est responsable, qu'elle a mal fait, ou qu'elle n'en a pas assez fait. De toute façon, c'est bien connu : pour les psys, tout est toujours de la faute de la mère, il n'y a pas à aller chercher plus loin.

Un enfant est anorexique ? C'est la faute de sa mère. Un enfant est obèse ? C'est aussi la faute de sa mère. Il est dépressif, timide, hyperactif, harcelé par ses copains de classe, harceleur de ses copains de classe, agressif, bagarreur, trop gentil ? La faute de sa mère, encore et toujours.

Maël est perdu ? Il a le sentiment de ne pas pouvoir être qui il est vraiment ? Il se questionne sur son identité, il ne veut pas être un garçon ? Bien évidemment que Sophie est responsable de cet état. Parfois, la nuit, quand elle se réveille dans l'obscurité et ne parvient plus à se rendormir avant l'aube, quand son esprit se remet en route et que les questions fusent comme des balles de flipper à l'intérieur de sa tête, elle en vient à se demander si Maël ne ressent pas – inconsciemment – ce qu'elle lui a toujours caché, d'abord par facilité, puis parce que le mensonge était trop ancien pour qu'on revienne dessus. La vérité aurait été trop compliquée à expliquer, ça aurait signifié donner des coups de masse dans les piliers solides qui étaient les repères de Maël depuis sa naissance. La vérité n'aurait occasionné que chagrin et souffrance, pour tout le monde. Mais aujourd'hui, à force de voir son fils malheureux, Sophie ne sait plus si elle a fait le bon choix, à l'époque.

Joachim lui parle de Maël comme si elle ne le connaissait pas, et c'est sans doute ce qui l'exaspère le plus, ce qui lui donne envie de hurler comme une louve. Qu'est-ce qu'il croit, au juste ? Que Maël est un inconnu pour elle ? Qu'elle ne s'est jamais occupée de lui, qu'elle ne l'a jamais observé, qu'elle n'a plus le moindre souvenir des onze dernières années ? Elle pourrait lui faire une liste pourtant.

À deux ans, Maël lui chipait ses élastiques et des barrettes dorées pour les mettre avec maladresse dans ses cheveux tout fins. Il réclamait du rose, tout le temps, au point que Sophie avait fini par lui acheter un polo rose foncé qu'elle avait déniché à force d'explorer les rayons garçons des boutiques pour enfants.

À quatre ans, en se voyant dans le miroir, il s'exclamait : « Je suis belle ! » au lieu de « Je suis beau ». Sophie, d'abord amusée, en avait parlé au pédiatre au bout de plusieurs mois, et celui-ci avait souri, absolument pas inquiet. « Il n'y a rien d'étrange à ça, madame ; à cet âge, tous les enfants recherchent leur identité sexuelle et le comportement de Maël n'est pas du tout alarmant, croyez-moi ! » avait-il déclaré en donnant un Carambar au petit garçon ravi.

À cinq ans, quand il jouait au papa et à la maman avec sa copine Lina, il insistait toujours pour être la maman, au point parfois de trépigner de rage et de faire pleurer la petite qui, elle aussi, aurait rêvé de tenir ce rôle-là. À l'école, la maîtresse leur avait fait dessiner leur autoportrait, et Maël s'était représenté avec de longs cheveux bouclés et une cape violette à paillettes. « Votre petit garçon a une imagination dé-bor-dante ! » s'était exclamée l'institutrice en accrochant le dessin au mur de la classe.

À six ans, il s'était levé un matin et avait affirmé au petit déjeuner, devant son bol de chocolat chaud fumant, qu'il voulait changer de prénom. Et que d'ailleurs, ça tombait bien, car si on mélangeait les lettres de Maël, ça faisait Amel, et qu'il aimerait beaucoup s'appeler Amel. « Mais c'est un prénom de fille ! », avait fait remarquer Sophie en levant les yeux au ciel devant cette nouvelle lubie. Et Maël s'était contenté de répondre d'un air blasé qui avait donné à sa mère un avant-goût de ce que serait sans doute l'adolescence : « Bah oui, justement. »

À sept ou huit ans, il avait commencé à emprunter son maquillage, son vernis à ongles, ses boucles d'oreilles, ses chaussures à talons. Pour faire des défilés de mode. Il les avait convaincus, Joachim et elle, de l'autoriser à se laisser pousser les cheveux. Sophie avait voulu refuser, mais Maël avait déclaré qu'il voulait ressembler à un Beatles, et Joachim lui avait lancé un regard si attendri qu'elle avait cédé. Après tout, ce n'étaient que des cheveux, pas de quoi en faire une maladie.

Sophie connaît très bien son fils, alors que personne ne vienne lui affirmer le contraire. Eh quoi, il est un peu efféminé, il l'a toujours été, et qu'est-ce que ça peut faire, au juste ? Est-ce que ça mérite de tirer toutes les sonnettes d'alarme ? C'est encore un enfant, un enfant qui grandit et qui est un peu mal dans sa peau, comme n'importe quel préado. Voilà tout.

Sophie connaît très bien son fils. Elle pourrait faire n'importe quoi pour lui, n'importe quoi pour le protéger.

Alors que personne ne vienne lui dire – et encore moins un psychiatre sorti de nulle part – qu'elle est une mauvaise mère alors qu'elle a toujours tout fait pour être la meilleure du monde…

Maël

Ce soir, emmitouflé sous ma couette, j'ai lu jusqu'au chapitre cinq du premier tome des *Enfants Tillerman.* C'est papa qui m'a acheté la série de sept livres à la bouquinerie juste en face de la bibliothèque ; quand il est tombé sur le lot noué avec un gros élastique marron, il a bondi dessus en s'écriant : « Ces romans, c'est toute mon enfance, Maël ! Je les ai lus et relus, je ne saurais même pas dire combien de fois, tellement j'adorais cette histoire… » Comme j'ai fini les *Harry Potter* et tous les *Club des cinq*, j'étais content qu'il m'achète cette saga, même si je n'en avais jamais entendu parler avant, et même si les livres sont tout cornés tellement ils sont vieux. Mais c'est ça qui est magique avec un livre d'occasion, on peut s'imaginer plein d'histoires sur ceux qui l'ont lu avant nous…

Bref, mes yeux se fermaient malgré moi, et j'ai éteint la petite lampe accrochée sur le bord de mon lit. Je crois que je commençais à peine à m'endormir quand j'ai été réveillé en sursaut par les voix de mes parents venant du rez-de-chaussée.

Encore.

Encore une dispute.

Je ne sais pas ce qu'ils ont en ce moment, mais j'avoue que ça commence à m'inquiéter, qu'ils se crient dessus comme ça aussi souvent. J'ai essayé de me concentrer sur une chanson dans ma tête – j'ai choisi *Plus tard* de Bigflo & Oli, une des rares dont je connaisse toutes les paroles par cœur –, mais ça n'a pas suffi, et au bout d'un quart d'heure, j'ai repoussé ma couette. Le radio-réveil affichait 22 h 07. Je suis descendu de mon lit en hauteur, j'ai manqué de glisser sur un des barreaux de l'échelle. Si maman m'avait vu, elle aurait râlé, je t'ai déjà dit combien de fois d'enlever tes chaussettes pour dormir, tu vas finir par avoir des champignons aux pieds si tu ne les aères jamais, et en plus c'est dangereux quand tu descends ! Bla-bla-bla.

Je suis allé à pas de loup jusqu'en bas, puis je me suis assis sur la première marche de l'escalier. La porte du salon était entrebâillée ; du coup j'entendais parfaitement les paroles de maman. Un peu moins celles de papa car il essayait de parler tout bas, sans doute pour ne pas me réveiller.

Cette fois, c'était moi, leur sujet de conversation. Ils se disputaient *à cause de moi*, et j'ai commencé à frissonner dans mon pyjama. Heureusement que j'avais gardé mes chaussettes, sinon j'aurais eu encore plus froid, car dans le couloir de l'entrée, il fait toujours très frais, même si on a mis un gros boudin avec une tête de chat au pied de la porte.

Papa parlait de mon premier rendez-vous à l'hôpital qui avait eu lieu cet après-midi. J'ai entendu sa voix grave :

— Ce n'est quand même pas ma faute si tu n'as pas pu venir, alors que je t'avais dit que c'était important d'y aller tous ensemble !

Et maman qui a aussitôt rétorqué :

— Mais ce n'est pas la mienne non plus, je te signale ! Excuse-moi d'avoir un travail et de ne pas pouvoir faire ce que je veux !

J'ai eu envie de me lever, de pousser la porte d'un coup pour les faire sursauter, et de m'exclamer que ce n'était pas grave que maman ne m'ait pas accompagné, que ce n'était pas la peine de s'engueuler pour ça, franchement. Mais je n'ai pas osé, parce qu'à tous les coups, la colère de ma mère me serait aussitôt retombée dessus. Elle m'aurait demandé ce que je faisais là au lieu d'être dans mon lit à dormir, qu'il était tard et que demain, il y avait école, pourquoi je ne pouvais pas être un peu autonome et me coucher à 21 h 30 ? Ma mère, quand elle est furax, c'est un peu comme un loup qui meurt de faim : n'importe quelle proie qui se mange ferait l'affaire…

Ils ont continué leur jeu de « C'est pas moi, c'est toi » pendant un petit moment, et c'était tellement ennuyeux que j'ai décidé de remonter discrètement dans ma chambre. En fermant ma porte et en mettant mon oreiller sur la tête, peut-être que je n'entendrais plus leurs voix, après tout. Mais quand je me suis relevé, j'ai entendu maman s'écrier :

— Qu'est-ce que tu crois, au juste ? Que je n'ai pas fait de recherches de mon côté ? Un enfant transgenre, c'est rare, tellement rare qu'avant ça n'existait même pas ! Pourquoi on ne pourrait pas simplement laisser Maël grandir ? Ce n'est pas à onze ans qu'on prend la décision de changer de sexe, quand même !

Papa a soupiré, longtemps. Je connais bien ce soupir-là ; c'est celui qu'il fait quand il est vraiment exaspéré. Comme quand je dois faire des exercices de maths pour lundi mais que j'ai oublié mon livre dans mon casier à l'école. Ou quand maman jette une bouteille de lait dans la poubelle noire au lieu de la mettre dans le sac de recyclables, que papa lui fait remarquer et qu'elle hausse les épaules en bougonnant que ça ne changera pas la face du monde.

— Ce n'est pas si rare que ça, en réalité, Sophie. Le docteur Maillard m'a expliqué que ça représente une naissance sur cinq cents, en France.

Quand mon père appelle maman par son prénom, c'est que ça commence à chauffer sévère…

— Une sur cinq cents ? a répété ma mère. Et pourquoi il faudrait que ce soit tombé sur moi, au juste ?

Je crois que c'est à ce moment-là que j'ai commencé à avoir mal au ventre, comme si quelqu'un tordait mon estomac de l'intérieur, très fort, pour l'essorer complètement.

— Sur toi ? a ri papa, mais je savais que ce n'était pas un vrai rire « ah ah ». Sur toi ? En quoi es-tu concernée ? C'est de Maël qu'on parle ! De son corps, de sa vie !

J'ai eu l'impression étrange qu'il me *défendait* en disant ça. Ça m'a donné un peu mal au cœur, parce que s'il me défendait, ça signifiait que quelqu'un m'attaquait. Ma mère. Et ça n'avait aucun sens. Je me suis soudain senti extrêmement triste, et ma gorge s'est nouée. J'ai repensé au docteur Maillard, à ses gros yeux dans ses lunettes qui faisaient comme des hublots. « Docteur F. Maillard » : c'était marqué sur le badge rectangulaire accroché à sa blouse blanche. Avec papa, sur le chemin du retour dans le métro, on s'est amusés à essayer de deviner son prénom. Ferdinand, a-t-il proposé. Ou Fulvien. Moi je crois plutôt qu'il a une tête à s'appeler Félix, ou Frank. Florimond, a finalement voté papa. C'est vrai que Florimond, ça lui irait bien.

Le docteur Maillard a dit une chose que j'ai aussitôt retenue, une chose qui m'a fait beaucoup de bien, parce que c'est un adulte qui l'a affirmée, et un médecin en plus. « Le sexe, c'est ce qu'on voit. Le genre, c'est ce que tu ressens. » Dommage que maman n'ait pas été là pour entendre ça, parce qu'elle prendrait peut-être plus au sérieux le docteur

Maillard que papa (ou moi)… Il nous a parlé à tous les deux un petit moment, puis papa est allé dans la salle d'attente.

— Comment te sens-tu, Maël ? m'a-t-il alors demandé tout en essuyant ses verres de lunettes dans un mouchoir en tissu.

Sans son épaisse monture en plastique noir, son visage était métamorphosé. Un peu comme Superman et Clark Kent. Je me suis retenu de lui dire qu'il était nettement mieux sans lunettes, parce que je ne le connais pas encore assez pour me permettre ce genre de remarques. Au prochain rendez-vous, peut-être.

À la place, j'ai essayé d'être honnête en répondant à sa question. Normalement, je me serais contenté de hausser légèrement les épaules et de marmonner : « Ça va. » Mais il a précisé :

— Tout ce que tu diras dans ce bureau ne sortira pas d'ici. Tu peux avoir confiance en moi, je suis seulement là pour t'aider, pour t'accompagner là où tu veux aller.

Alors j'ai baissé les armes. Parce que c'est déjà fatigant de tout le temps faire comme si avec maman, et de toujours réfléchir à mes paroles avec papa pour ne pas l'inquiéter.

Je lui ai raconté que j'avais peur et que je me sentais souvent seul. Que j'aurais préféré être « normal », même si je sais bien que personne n'est normal. Il a souri quand j'ai dit ça, mais ne m'a pas interrompu. Que j'ai toujours eu l'impression d'être prisonnier d'un corps qui n'aurait jamais dû être le mien. Que plus le temps passe, plus c'est compliqué. Que j'ai peur d'avoir la voix qui mue comme le grand frère de Lina, que j'ai peur de me réveiller un matin avec des poils de barbe.

Il m'a répondu que tout se passerait bien, que j'étais loin, très loin d'être tout seul.

— Tu me crois, Maël ? a-t-il ajouté en me regardant droit dans les yeux.

J'ai acquiescé. Parce que oui, je le croyais.

Mais là, quand j'entends mes parents se disputer à cause de moi, je ne sais plus. J'aurais juste envie de *disparaître* pour ne plus causer de soucis à personne. J'aurais juste envie d'être un garçon comme tous les autres, d'être conforme à ce que maman attend de moi.

Tout doucement, je remonte jusqu'à ma chambre. Mon pied dérape sur le deuxième barreau de l'échelle et j'érafle mon genou en glissant. Je serre les dents en me massant la peau. Ça aussi, c'est ma faute, de toute façon.

Le lendemain matin, maman vient me réveiller et ouvre mes rideaux en grand même s'il fait encore nuit.

— C'est l'heure d'aller à l'école ! N'oublie pas, tu as sport aujourd'hui, souffle-t-elle en m'envoyant un baiser.

Quand j'étais plus petit, elle me disait que son baiser montait jusqu'à moi et qu'il me suffisait de gonfler mes joues pour qu'il se pose dessus. Mais c'était il y a longtemps, quand j'avais six ou sept ans. Malgré tout, je gonfle toujours les joues. Au cas où.

Elle file attraper son sac à main et, avant même que je sois habillé, la porte d'entrée, en bas, claque. Il est 6 h 50. Elle est partie.

En bâillant, je descends prendre mon petit déjeuner avec mon père. Il est déjà attablé devant un bol de café brûlant dans lequel il trempe une tartine de pain beurrée. Je sors le lait du réfrigérateur et viens m'installer à côté de lui.

— Bien dormi ?

Je hoche la tête sans répondre. J'ai rêvé que je revenais du collège et que ma clé n'entrait plus dans la serrure de la porte. J'avais beau essayer dans tous les sens, elle ne rentrait plus. Je finissais par frapper à la porte, puis sonner, mais personne ne venait jamais ouvrir. Quand je me suis réveillé en sursaut, il y avait deux sillons de larmes sur mes joues, et j'ai mis plusieurs minutes à comprendre où j'étais. Dans mon lit, chez moi.

Évidemment, je ne raconte pas ça à mon père.

Je change de sujet, parce que je suis très doué pour ça. Maman appelle ça « noyer le poisson », quand papa essaye de le faire pour éviter un conflit.

— Tu seras parti avant que je rentre, ce soir ?

— Non, maman sera là un peu plus tôt, à 19 heures, et je décollerai juste après.

— Et tu rentres quand ?

— Samedi, ou dimanche soir au pire.

— Ça veut dire quoi, « au pire » ? je demande, déjà un peu inquiet.

Papa m'a prévenu qu'il partait quelques jours pour Greenpeace, et je lui ai promis d'être muet comme une carpe. Officiellement, si on me demande, il est parti pêcher avec des copains. C'est lui qui a inventé ça, alors que franchement, ce n'est pas crédible du tout. Non seulement il ne pêche pas, mais en plus il n'a pas de copains… Mais bon, j'ai bien compris qu'il valait mieux ne pas ergoter.

— Rien, c'est une façon de parler. Comme je te l'ai déjà expliqué, parfois, les personnes qui organisent l'action prévoient un ou deux jours de garde à vue, car ils savent qu'on risque d'être interpellés…

— Tu seras en prison, c'est ça ? Tu pourras téléphoner ?

— Heu, non. Mais tu n'as aucun souci à te faire, crois-moi, sourit papa en épluchant une orange pour me la donner.

Je ne sais pas comment il fait pour être si zen. Moi, à sa place, je n'aimerais pas du tout partir à l'aveuglette, sans savoir où je vais exactement ni ce que je vais devoir faire…

— Tu n'as jamais peur ?

— Comment ça ?

— Tu n'as jamais peur de faire des trucs dangereux, ou de te retrouver en prison, même pour un ou deux jours seulement ?

Papa pose les deux moitiés d'orange épluchées devant moi. Il jette un sucre dans son café et mélange avec une petite cuillère, longuement, comme s'il réfléchissait à ce qu'il allait dire. Il est comme ça, mon père ; il réfléchit toujours avant de parler.

— Bien sûr que j'ai peur, parfois. Mais ce n'est pas parce qu'on a peur qu'on doit reculer, tu sais. La peur doit être un moteur pour avancer, jamais un frein…, finit-il par répondre en me dévisageant.

J'ai l'impression qu'il ne parle pas seulement de Greenpeace en disant ça.

Il est comme ça, mon père ; il est très fort pour dire des choses sans les dire.

CHAPITRE 4

DÉCEMBRE

Joachim

Le deuxième rendez-vous à l'hôpital était peut-être bien encore plus important que le premier, songe Joachim en même temps qu'il noue les lacets de ses Veja élimées. Exceptionnellement, il doit passer à l'agence à 18 heures, pour la petite fête de Noël organisée par Edgar, le directeur-qui-cherche-en-permanence-à-faire-aimer-le-travail-à-son-équipe. « Le team building, c'est essentiel ! » scande-t-il avec un enthousiasme un peu trop débordant à chaque réunion de briefing.

La veille, Joachim a accompagné Maël au CHU, et s'il a soigneusement affiché sur le frigo le carton où étaient notées en gros la date et l'heure du rendez-vous, il n'a en revanche même pas tenté de demander à Sophie de se libérer ce mercredi après-midi-là. Il jette l'éponge, qu'elle prenne ses responsabilités. Quand elle sera prête à regarder les choses en face, elle leur fera signe. En attendant, rien ne sert de se battre contre des moulins.

Le docteur Maillard leur a présenté l'endocrinologue du service et leur a expliqué en détail en quoi consisterait l'accompagnement de Maël.

— Notre protocole est bien rôdé, tout en étant adaptable aux besoins de chaque enfant que nous suivons. Dans un premier temps, nous souhaitons proposer à Maël un suivi psychologique durant six mois, de façon à cerner au mieux sa perception des choses et sa vision de l'avenir. Ça nous mènera plus ou moins au mois de juin, à raison d'une séance de quarante minutes toutes les trois semaines.

Joachim et Maël ont échangé un regard sérieux, puis le garçon a tourné la tête vers le psychiatre et a acquiescé d'un air grave. Le docteur Maillard a poursuivi :

— À ce moment-là, il sera alors envisageable d'administrer ce que l'on appelle des bloqueurs de puberté. Si c'est ce que Maël souhaite, bien évidemment.

Joachim a froncé les sourcils, et, aussitôt, l'endocrinologue, une jeune femme d'une trentaine d'années aux longs cheveux bruns ondulés, a pris le relais pour essayer d'expliquer les choses de la façon la plus claire possible.

— L'idée de ce traitement, c'est simplement de retarder la puberté. Il s'agit d'une hormone de synthèse injectable une fois par mois, qui bloque le processus de façon réversible.

— C'est-à-dire ? a demandé Joachim, soucieux.

— C'est-à-dire qu'il est toujours possible, à ce stade, de revenir en arrière. Les bloqueurs de puberté vont empêcher les changements physiques, comme l'apparition des poils, de la pomme d'Adam, etc. Ça permet d'offrir à tout le monde un temps de réflexion, ça laisse le temps à votre enfant d'être assez mature pour comprendre ce qu'impliquerait une prise d'hormones ou une intervention chirurgicale…

— Donc si Maël prenait ces… bloqueurs et qu'il changeait d'avis en chemin, il se passerait quoi ? a questionné Joachim, hésitant.

— La puberté se remettrait naturellement en route, a déclaré l'endocrinologue d'un ton rassurant. Je conçois que, de prime abord, cette médicalisation peut faire peur, mais sachez qu'il s'agit d'un traitement qui est prescrit depuis très longtemps dans les cas de puberté précoce, donc on a un bon recul pour affirmer que c'est complètement réversible.

— Mais… pourquoi se lancer si tôt dans des traitements ? Maël n'a que onze ans, ce n'est qu'un enfant, même s'il semble savoir exactement ce qu'il veut depuis tout petit…, a murmuré Joachim, soudain perdu.

Il n'a pu s'empêcher de regretter que Sophie ne soit pas là, avec eux. Elle saurait quoi faire, elle. Elle ne paniquerait pas. C'est-à-dire, si elle acceptait la situation, bien sûr…

L'endocrinologue a souri avec douceur et s'est légèrement penchée en avant pour répondre au père inquiet.

— En général, pour un garçon, on démarre les bloqueurs de puberté entre onze et treize ans. En juin prochain, si vous prenez la décision de démarrer ce traitement, Maël aura douze ans et demi. Plus on commence tôt, meilleurs sont les résultats, car une fois que certains changements corporels ont eu lieu, il n'est plus possible de revenir en arrière. Par exemple, la mue de la voix est irréversible, même avec des hormones féminines de substitution…, a-t-elle expliqué en regardant alternativement Joachim puis Maël qui écoutait avec attention.

Devant le silence songeur du père, le docteur Maillard a repris la parole :

— En empêchant les caractères sexuels de se développer, les bloqueurs permettraient de ne pas aggraver la souffrance de Maël. Je pense que vous l'avez compris en discutant avec lui, et c'est très clair dans sa façon de se positionner, la puberté est un moment très compliqué à gérer pour un enfant qui ne se reconnaît pas dans son identité sexuelle. C'est la période où il se rend compte, clairement, que son corps évolue de la mauvaise manière, que son corps, en quelque sorte, le *trahit*...

Joachim a hoché la tête machinalement, conscient que le psychiatre avait tout compris du mal-être de Maël. Il s'est tourné vers le garçon, a eu le cœur brisé en constatant qu'il avait les larmes aux yeux, mais qu'il s'efforçait de ne rien laisser paraître malgré son émotion.

— D'accord... Si je résume, un suivi psychologique jusqu'à l'été, et, ensuite, on y ajoute des bloqueurs de puberté si c'est la voie vers laquelle Maël désire se diriger. Et après ?

— Le traitement permettra à Maël d'effectuer sa transition sociale, si c'est ce qu'il désire, a déclaré le docteur Maillard.

Devant les sourcils froncés de ses deux interlocuteurs, il a précisé :

— C'est-à-dire que Maël pourra être une fille aux yeux du reste du monde.

Instantanément, le visage du petit garçon s'est éclairé, et, pour la première fois depuis le début de l'entretien, il a pris la parole :

— Ça veut dire que je pourrai m'habiller et me coiffer comme j'en ai envie ? Ça veut dire que je pourrai changer de prénom ? s'est-il écrié sans laisser le temps au médecin de répondre.

Le docteur Maillard a brièvement souri, et il s'est contenté d'acquiescer. Devant l'air effaré de Joachim, il a ajouté qu'un changement de prénom officiel ne se faisait évidemment pas en claquant des doigts, mais qu'il n'y avait aucun obstacle à changer de prénom d'usage.

Joachim a pris une profonde inspiration. Il se sentait complètement dépassé par la tournure que prenaient les événements, même s'il était hors de question que Maël s'aperçoive de son trouble. Le petit comptait sur lui, il ne devait pas le décevoir, et encore moins lui faire penser qu'il n'était pas dans son camp. L'endocrinologue a jeté un coup d'œil à sa montre ; sans doute avait-elle un autre rendez-vous. Elle a refermé son dossier et a ajouté :

— Après ça, il est possible d'envisager la prise d'un traitement hormonal féminisant, mais pas avant l'âge de quinze ou seize ans. Quant aux chirurgies de réassignation sexuelle, elles ne peuvent avoir lieu qu'à la majorité. Soyez rassurés : Maël a tout le temps du monde pour faire ses choix, et nous ne sommes là que pour accompagner ses décisions…

Le rendez-vous s'est clos peu après, et personne n'a semblé remarquer à quel point Joachim était sonné. Pourtant, l'onde de choc s'est vite dissipée sur le chemin du retour.

Pour une raison toute simple. Une raison qu'il serait malgré tout difficile de faire ressentir à Sophie.

À ses côtés, Maël *sautillait* pour cheminer jusqu'au métro. Il sautillait comme n'importe quel autre enfant insouciant.

Et ça, pour Joachim, c'était suffisant. Suffisant pour qu'il soit convaincu d'avoir fait le bon choix en emmenant le garçon dans cet hôpital.

Il ressasse ces pensées en partant pour l'agence. Au moment de fermer la porte derrière lui, il se rappelle avoir oublié le petit cadeau pour la fête de Noël. Chaque employé a dû acheter une surprise et ils vont s'échanger leurs présents pendant l'apéritif. Comment Edgar a appelé ça, déjà ? Ah oui, un *Secret Santa*. Parce que c'est bien connu : il n'y a que les expressions en anglais qui soient *in*… Il rentre dans la maison pour attraper le petit paquet abandonné sur son bureau, avant de filer vers le quartier de la gare Lille-Europe.

Un quart d'heure plus tard, il arrive au pied de l'immeuble (le *building*, dirait son chef) où se trouve l'agence. Il pousse la lourde porte vitrée, s'immobilise quand il entend Ludivine le héler à quelques mètres. Elle le rejoint, essoufflée d'avoir couru, souriante comme à son habitude. Le paquet qu'elle tient dans ses bras est énorme, et à en juger par la forme, il s'agit d'un cadre ou d'un tableau.

— Tu as été voler *La Joconde* au Louvre pour l'offrir à l'un d'entre nous ? tente Joachim en la laissant entrer la première dans l'ascenseur.

La jeune femme s'esclaffe de bon cœur, même si la plaisanterie n'a rien d'exceptionnel.

— Ta ta ta, pas la peine d'essayer de deviner ce qu'il y a dans mon paquet, tu ne trouveras jamais de toute façon ! En tout cas, je suis drôlement étonnée que l'ermite que tu es se pointe à la fête de Noël ! Après le cours de cuisine, tu n'as pas peur de faire une overdose de contacts humains ?

Joachim lui tire la langue en guise de réponse et Ludivine hausse le sourcil gauche d'un air taquin. La vérité, c'est qu'il n'avait aucune envie de venir boire une coupe de mousseux avec ses collègues, mais qu'il s'est dit que ça lui changerait les idées. Plus exactement, que Ludivine lui changerait les idées, elle qui est toujours la gaieté incarnée.

La petite fête se déroule bien mieux que ce qu'il aurait cru. Il a la chance de piocher un Klaxon de vélo en forme de grenouille, et c'est Edgar qui a le plaisir de déballer l'écharpe noire ornée d'un gros poussin jaune qu'il a achetée sur Vinted. Rien que la mine dépitée de son directeur vaut le détour, se dit Joachim sans avouer qu'il est l'auteur de ce cadeau. Contrairement aux apparences, le paquet de

Ludivine contient un abattant de toilettes blanc avec des cœurs rouges.

— C'est vraiment du meilleur goût, murmure Joachim en se penchant vers elle.

— Mon cadeau est bien plus utile que ton écharpe immonde, très cher, souffle la jeune femme en souriant sans le regarder.

Entre l'échange des cadeaux et les jeux d'estaminet qu'Edgar a loués pour la soirée, le temps passe vite. Même si c'est la première fois qu'il y joue, Joachim s'avère invincible au jeu de grenouille, au grand dam de Ludivine qui ne parvient pas une seule fois à faire plus de points que lui. Quand il finit par jeter un coup d'œil à sa montre, il est surpris qu'il soit déjà 20 heures passées.

— Je vais rentrer, Sophie et Maël m'attendent, déclare-t-il aussitôt en reposant sa coupe vide.

Ludivine prend aussi congé, sans doute parce qu'elle préfère faire un bout de chemin avec lui, et ils quittent l'agence ensemble.

Joachim pourrait prétendre qu'il était un peu éméché.

Mais ce serait mentir. Il a déjà eu du mal à finir sa coupe de mousseux bon marché, alors de là à se resservir…

Il pourrait prétendre que Ludivine était un peu éméchée.

Mais, manque de chance, la jeune femme ne boit jamais d'alcool.

Il pourrait prétendre qu'il ne voulait pas, qu'il ne comprend pas, qu'il n'y est pour rien.

Mais ce serait être lâche, non ?

Il pourrait affirmer que ça ne signifie rien, qu'il a regretté ce baiser avant même qu'il ne s'achève.

Il n'en reste pas moins que les faits sont là.

À vingt heures dix-sept minutes et cinquante secondes, au bout du pont qui relie la gare Lille-Europe au centre commercial, au moment où leurs chemins allaient se séparer, Ludivine et lui ont échangé un baiser.

Un baiser qui a duré moins de quatre secondes, le temps qu'il a fallu à Joachim pour reculer son visage et se demander ce qui venait de se passer.

Les faits sont là, et, lorsque dix minutes plus tard, il pousse la porte d'entrée de chez lui et découvre Sophie et Maël installés dans le canapé à lire chacun un livre, il lui faut toute l'énergie du monde pour parvenir à afficher un sourire de façade.

Sophie

Il est temps de se rendre à l'évidence : le nouvel an qu'ils avaient prévu de passer à New York dans un peu plus de deux semaines n'aura pas lieu. À la place, ils iront sans doute tous les trois fêter le réveillon chez Claudia, qui organisera comme toujours une soirée avec des dizaines d'invités qu'ils ne connaîtront pas et ne reverront ensuite jamais – elle est comme ça, Claudia, elle papillonne autant en amour qu'en amitié, et Sophie s'est toujours demandé comment il était possible que leur complicité ait tenu au fil des ans. Ou alors ils resteront tous les trois, à regarder la trilogie de *Retour vers le futur* que Maël adore tellement.

Adieu Times Square, Central Park sous la neige et la statue de la Liberté. Elle n'aurait jamais dû compter sur Joachim pour qu'il fasse réaliser leurs trois passeports à temps…

— Il reste encore un peu de temps, tout n'est pas perdu…, marmonne son compagnon d'un ton fautif qui ne fait que l'agacer davantage.

— Tu te fiches de moi ? Tu crois qu'on va attendre jusqu'au dernier moment avant d'annuler ? Je me suis occupée de tout : de la réservation des vols, de l'hôtel, de la navette jusqu'à l'aéroport de Bruxelles, du planning de visites à faire une fois sur place… Toi, tu n'étais responsable que d'une chose : les passeports. Visiblement, c'était trop ! fulmine Sophie.

— Je sais, je suis désolé…, bafouille Joachim.

— Ça ne suffit pas. Tu peux t'estimer heureux que j'aie pris des assurances annulation pour tout, mais maintenant, tu te débrouilles pour que les billets d'avion et l'hôtel nous soient remboursés. Je ne m'en occuperai pas.

Joachim hoche la tête comme un enfant réprimandé par son institutrice. Sophie ne résiste pas à en rajouter une couche, tant elle est furieuse :

— J'espère que tu es content de gâcher notre nouvel an ! Tu expliqueras à Maël qui attend ce voyage depuis des mois qu'on ne part pas car tu as été incapable de remplir un dossier et de le rapporter à la mairie à temps !

Plus Joachim courbe l'échine et se confond en excuses, plus ça l'exaspère, en réalité. Elle finit par lâcher que de toute façon, il est bien plus préoccupé par ses centrales nucléaires et ses banderoles que par sa propre famille. En entendant ces mots, il relève brusquement la tête, et ses yeux lancent des éclairs.

— De la part de quelqu'un qui n'est jamais là à cause de son travail et qui passe ses week-ends au téléphone ou le nez plongé dans ses si précieux dossiers, c'est l'hôpital qui se moque de la charité ! s'exclame-t-il, acerbe.

Sophie le dévisage longuement sans rien dire de plus. Décidément, Joachim a le don de retourner les situations à son avantage : c'est lui qui les oblige à annuler leur réveillon à New York, mais c'est encore elle qui se retrouve à essuyer des reproches… Incroyable.

Elle secoue la tête et sort de la pièce, sourde aux appels de son compagnon qui lui demande de revenir pour discuter calmement.

Ce soir-là, pourtant, après avoir pris un long bain ensemble (chose qui n'est pas arrivée depuis des mois faute de temps), ils font l'amour. Joachim embrasse la bouche, le cou, la clavicule, les seins de Sophie, et à chaque baiser, elle lutte contre l'envie irrépressible de fondre en larmes. Lui paraît ne se rendre compte de rien.

Lorsqu'il retombe sur elle, essoufflé et en sueur, elle referme ses bras autour de lui. Joachim enfouit son visage dans sa poitrine et elle caresse ses cheveux courts avec une tendresse qui confine au chagrin.

Les secondes, puis les minutes s'égrènent, lentement. Dans le silence le plus total, l'obscurité la plus complète. Sophie n'entend que le souffle de Joachim qui, peu à peu, s'apaise jusqu'à redevenir régulier. Le cœur lourd, c'est ce moment-là qu'elle choisit pour parler.

— Tu as pensé à qui, en me faisant l'amour ?

— Quoi ? demande aussitôt Joachim, perplexe.

Tel que Sophie le connaît, il était déjà en train de s'assoupir, et la question de sa compagne le prend complètement au dépourvu. C'est ce qu'elle voulait ; le cueillir désarmé.

— Tu as pensé à qui, en me faisant l'amour ? répète-t-elle, impassible.

La veille, en fin de journée, elle est tombée sur des échanges de textos entre Joachim et Ludivine. Des messages très équivoques, à propos desquels il serait difficile de prétendre qu'il ne s'agit que d'un quiproquo et que tout peut s'expliquer.

« Il faut qu'on parle de ce baiser. Je ne sais pas ce qu'il signifie pour toi, mais de mon côté je ne veux pas faire comme s'il ne s'était rien passé. »

Voilà ce qu'elle a écrit. Sophie a eu envie de hurler en lisant ces mots. Elle a eu envie de *tuer*.

« Je suis perdu, je ne sais pas quoi te répondre. Laisse-moi un peu de temps. »

Voilà ce qu'a répondu Joachim douze minutes plus tard. Sophie a instantanément eu la nausée, une remontée de bile acide dans l'œsophage, si violente qu'elle a failli en lâcher le portable de Joachim et le faire tomber sur le carrelage de la cuisine.

Hagarde, elle n'a rien dit. Elle a gardé ses questions pour elle, s'est contentée d'observer son compagnon différemment, d'essayer de déchiffrer ses paroles et ses gestes, de déceler la culpabilité dans ses regards.

Ce matin, elle a de nouveau regardé les messages de Joachim pour savoir s'ils avaient échangé d'autres textos. Elle a constaté que toute la conversation avait été effacée. Il ne restait plus aucune *preuve*. Elle aurait aimé croire qu'elle avait rêvé, mais elle savait parfaitement que ce n'était pas le cas.

Bien évidemment, elle n'avait aucune envie de prendre un bain avec lui, ce soir. Encore moins de faire l'amour. Les seules émotions qu'elle avait ressenties quand il avait posé ses mains sur elle, c'était de la peine et du dégoût. Un dégoût inédit, qui lui avait donné envie de le repousser, de le rejeter, mais elle ne l'avait pas fait. Elle voulait aller jusqu'au bout, pour voir s'il serait capable de lui faire l'amour ou non.

Visiblement, oui. Et elle se sent encore plus écœurée, alors qu'elle avait imaginé éprouver du soulagement.

— Pourquoi tu me poses cette question ? finit par demander Joachim sans oser se redresser.

— À ton avis ? rebondit Sophie.

Elle aussi peut répondre à une question par une autre ; s'il a envie de jouer à ce petit jeu, ce n'est pas lui qui gagnera.

Il finit par comprendre. Par se rasseoir dans le lit, par se passer la main dans les cheveux, sans doute pour se donner une contenance ou le temps de réfléchir.

— Ce n'était rien, lâche-t-il dans un filet de voix, sans même parvenir à croiser son regard.

Sophie sourit d'un air mauvais. Joachim ne le sait pas, mais ces quatre petits mots stupides sont le signal du déclenchement de la tornade.

— Ah, vraiment ? Si ce n'était rien, tu n'aurais pas éprouvé le besoin d'effacer tes SMS, déclare-t-elle, glaciale.

À quelques mètres d'eux, dans sa chambre, Maël dort profondément. Elle le sait parce qu'elle est passée le voir après leur bain. Elle a remonté la couette jusqu'à ses épaules pour qu'il n'ait pas froid. Ce soir, elle ne criera pas. Elle ne prononcera pas un mot plus haut que l'autre.

— Si ce n'était rien, tu m'en aurais immédiatement parlé, par honnêteté. Tu aurais pris ton courage à deux mains et tu m'en aurais *parlé*, ajoute-t-elle, les dents serrées.

Joachim tente de se défendre. De s'excuser. De se rattraper. Il ne comprend pas que ce qui blesse peut-être le plus Sophie, ce n'est pas ce qu'il a fait, mais qu'il lui ait *caché* quelque chose. Qu'il ait piétiné sa confiance. Elle se sent trahie, humiliée. Il affirme encore que ce n'était rien, qu'il a regretté instantanément, qu'il a répondu à Ludivine de lui laisser du temps simplement pour ne pas être trop brusque avec elle et lui faire de la peine.

Sophie a souri.

— Tu te soucies de ne pas la faire souffrir, c'est intéressant. Parce que me faire souffrir, moi, ne t'importe pourtant absolument pas.

Joachim s'enfonce. Il prononce les mauvais mots et Sophie s'acharne comme le marteau traque la marmotte dès qu'elle sort la tête de son trou, dans ce vieux jeu vidéo stupide.

— Tu veux que je te dise ? Ce baiser, en réalité, ce n'est que l'arbre qui cache la forêt. Toi qui aimes tant la nature, ma comparaison devrait te faire plaisir, ajoute-t-elle avec cynisme.

Joachim fait mine de ne pas saisir, alors elle poursuit.

— On s'est éloignés. On a grandi, on a évolué, et on s'est éloignés. Même toi, tu me le dis régulièrement. Dès que tu en as l'occasion, tu me reproches de trop me consacrer à mon boulot. Même quand c'est toi qui gâches notre voyage à New York, tu parviens à me critiquer ! On ne se comprend plus…, conclut-elle en réfrénant ses sanglots.

Joachim essaye tant bien que mal de se justifier. Il a eu tort, il est prêt à en payer le prix, à ramer durant des semaines, des mois, pour regagner la confiance de Sophie. Il explique qu'il n'a rien vu venir, qu'il s'est simplement senti grisé qu'une autre femme le regarde, que ça lui a fait du bien, qu'effectivement Sophie est rarement présente et qu'il en souffre, que peut-être son absence a laissé la porte ouverte à une solitude qu'il a du mal à gérer…

— Tais-toi, Joachim. Tais-toi. Je sais très bien où tu veux en venir. Encore quelques minutes et tu vas prétendre que c'est moi qui t'ai jeté dans les bras d'une autre femme. Que tout est ma faute. C'est trop facile. Laisse-moi, tu me dégoûtes, siffle-t-elle tout bas en lui jetant son oreiller au visage.

Penaud, Joachim se lève, contourne le lit pour se diriger vers la porte de la chambre.

— Je dois dormir sur le canapé, c'est ça ?

Sophie ne répond pas. Elle se tourne sur le côté, se recroqueville en remontant ses genoux à la poitrine. Impossible pour elle de prononcer encore le moindre mot, sinon elle va éclater en sanglots. Et il est hors de question qu'elle pleure pour un traître qui gâche tout sans même en avoir conscience.

Maël

Dans dix-neuf minutes, ce sera la nouvelle année. Je le sais parce que je surveille la grande aiguille de ma nouvelle montre, celle que mamie m'a offerte pour Noël. C'est une Flik Flak noire et rouge vif avec un gros cadran cranté et mon prénom brodé en gris clair sur le bracelet. Je n'aime pas trop les couleurs, mais je n'ai rien dit pour ne pas décevoir ma grand-mère.

Comme tous les ans, elle est venue de Nice pour fêter le réveillon de Noël avec nous, elle a traversé toute la France en train avec son énorme valise à roulettes. Elle est restée quatre jours en tout, et même si maman est toujours stressée quand sa mère vient car elle voudrait que tout soit parfait, j'étais content qu'elle soit à la maison parce que l'ambiance était vraiment pesante. Je n'ai pas entendu mes parents se disputer, pourtant, mais c'est presque pire : on dirait qu'ils ne se parlent plus, tout en essayant de me faire croire que ce n'est pas le cas. Mais c'est impossible de ne rien remarquer, ça se voit comme le nez au milieu de la figure qu'ils sont tous les deux tristes. Papa parle tout le temps tout bas, comme s'il n'avait plus la force de hausser la voix. Maman a souvent les yeux rouges, même si elle dit qu'elle est seulement fatiguée à cause de l'hiver.

Moi, je n'ai pas les yeux rouges en hiver, pourtant.

Et puis, il faudrait que je sois stupide pour ne pas m'être rendu compte que tous les matins, papa range un plaid sous le canapé et remonte son oreiller dans leur chambre.

Je ne sais pas ce qui se passe, mais ça m'inquiète énormément. Ils disent tous les deux que tout va bien, et c'est encore pire car j'ai l'impression qu'ils me cachent un secret. Ou alors, qu'ils ne veulent plus de moi à cause de *ce que je suis*. Je leur cause trop de soucis, c'est sûr, et à force de se disputer à cause de moi et de mes rendez-vous à l'hôpital, ils ne s'aiment plus. Parfois, quand je pense à tout ça, mon cerveau s'emballe et je n'arrive plus à arrêter de penser à des choses terribles. Mais je ne leur en parle pas, surtout pas.

Dans dix-sept minutes, on sera le 1er janvier. Pour Noël, j'ai aussi eu un maillot de foot. Officiellement, de la part du père Noël, car maman insiste toujours pour qu'on fasse tous semblant d'y croire. Il est bleu turquoise, et il y a écrit Maël dans le dos, en majuscules. Là aussi, j'ai fait comme si je l'adorais. Sur ma liste, j'avais dessiné un maillot rose foncé, mais je suppose que c'était trop demander.

Turquoise, c'est déjà bien. Avec mon prénom dessus, en plus. Je pourrai peut-être le mettre pour le cours de sport, à la rentrée. J'aurai l'air d'un *vrai garçon*, comme ça.

Maman avait préparé du foie gras, j'ai adoré ça, c'était la première fois que j'en mangeais ! Avec du pain d'épices et de la confiture de figues, c'est un délice. Papa a fait tout un laïus sur le gavage des oies et le fait qu'acheter du foie gras, c'était cautionner la souffrance animale. Maman a répondu qu'elle n'imaginait pas un Noël sans, papa a rétorqué :

— Pourtant, on n'en a jamais acheté depuis qu'on est ensemble !

— Eh bien, il faut croire que certaines choses peuvent changer, elle a dit en souriant bizarrement.

Une ambiance pourrie, je vous assure. Même mamie ne mouftait pas et regardait dans son assiette pendant tout le repas.

Dans quinze minutes, ce sera la nouvelle année. Normalement, on aurait dû être tous les trois à New York en ce moment ; j'avais même fabriqué un petit livret avec toutes les choses que je voulais faire là-bas. Assister à la descente de la boule sur Times Square et être en plein milieu du lâcher de confettis. Papa m'avait dit que ce serait sans doute compliqué, qu'il faudrait attendre des heures dans le froid serrés comme des sardines, mais moi, ça m'était égal. J'avais vu des vidéos sur YouTube et je voulais absolument y être ! Il y a environ un million de personnes qui se rassemblent à Times Square pour faire la fête, vous imaginez ce que ce doit être ? Même maman était prête à braver sa peur de la foule pour me faire plaisir... Dans mon cahier, j'avais découpé tout un tas de brochures touristiques et recopié des passages de livres empruntés à la bibliothèque. Je voulais prendre un bateau pour visiter la statue de la Liberté, admirer l'immense sapin du Rockefeller Center, me promener dans Central Park et prendre une photo de la statue d'Alice au Pays des merveilles. Je voulais aller au magasin de jouets FAO Schwarz et au Lego Store. Et aussi monter tout en haut de l'Empire State Building. Et visiter le muséum d'Histoire naturelle pour admirer leur grand T-Rex, ça j'en rêve depuis que j'ai vu *Jurassic Park*, un soir où maman n'était pas là, car elle avait dit que j'étais trop petit et que j'allais faire des cauchemars à coup sûr. Mon cahier est tellement rempli d'idées et de collages qu'il est tout bombé. J'avais même dessiné le drapeau des États-Unis et plié un grand plan de New York en couleur pour le coincer dans la couverture.

À la place de ça, on se retrouve coincés à Lille, à la maison, à regarder les vieux *Ghostbusters* avec papa. Il a préparé tout un apéritif dînatoire pour la soirée ; des toasts, des petites verrines, des miniquiches, et des profiteroles pour le dessert. Je sais bien qu'il a fait tout ça pour que maman soit de meilleure humeur. À 20 heures, je l'ai aidé à tout installer sur la table basse, on a même mis une nappe. Maman était dans la salle de bains en train de faire je ne sais quoi et, quand elle est descendue, elle avait mis une robe noire et des collants gris pailletés.

— Tu sors ? a demandé papa, étonné et triste en même temps.

— Oui, ça me déprime de rester ici ce soir. En plus, j'ai déjà vu trois fois *Ghostbusters*… Je vais chez Claudia, elle a répondu en se mettant du rouge à lèvres devant le miroir de l'ancienne cheminée.

J'ai eu envie de protester qu'on pouvait regarder n'importe quel autre film, du moment qu'elle restait avec nous, mais je n'ai pas osé. Elle avait coiffé ses cheveux en chignon, mis de l'eye-liner et du mascara : elle n'aurait jamais fait autant d'efforts pour une soirée télé avec nous deux, de toute manière.

Après avoir embrassé un mouchoir en papier pour retirer le surplus de rouge à lèvres cerise, elle s'est tournée vers moi. A ouvert grands ses bras pour que je vienne m'y lover.

— Ne sois pas déçu, mon chat. J'ai juste besoin de prendre un peu l'air, d'accord ? Je serai rentrée avant minuit pour qu'on fasse le compte à rebours ensemble. Et ensuite ce sera bataille de cotillons avec les sarbacanes en carton, c'est promis !

Elle m'a embrassé sans se soucier de me laisser une trace de rouge sur la joue et a filé sans un regard pour papa.

Dans douze minutes, il sera minuit. On dirait que la grande aiguille de ma montre va beaucoup trop vite, mais je crois que ce n'est qu'une impression. Papa a eu le temps de me raconter l'histoire du tatouage qu'il a à l'intérieur du poignet gauche, le mot « Résister » écrit en petit, comme avec une machine à écrire. Je me doutais que ça avait à voir avec Greenpeace, mais j'ignorais quand il l'avait fait.

Il m'a expliqué que ce jour-là, maman l'avait accompagné. Même qu'elle avait peur pour lui, et ça ne m'étonne pas du tout car elle est déjà terrorisée quand elle doit faire une prise de sang ! C'est elle qui a choisi le poignet gauche, parce que c'est celui du côté du cœur, elle a expliqué au tatoueur qui mâchonnait son chewing-gum en l'écoutant d'une oreille. Tout le temps où l'aiguille a dessiné sur la peau de papa, il a serré les dents et a discuté avec maman pour lui faire croire qu'il ne sentait rien, alors qu'en fait, il avait un mal de chien.

Le lendemain, c'est elle qui a retiré le pansement du poignet de mon père pour nettoyer le tatouage avec de l'eau et du savon.

— Trois fois par jour, elle a lavé ma peau et a mis de la crème pour l'hydrater, s'est rappelé papa en souriant dans le vague.

— C'est gentil, j'ai répondu parce que je ne voyais pas quoi dire d'autre.

— Oui. À l'époque, elle était admirative de mes engagements, il a murmuré sans me regarder.

Là, je n'ai rien répondu parce que j'ai compris qu'il ne s'adressait pas vraiment à moi.

Dans quatre minutes, on pourra commencer le compte à rebours. Avec papa, on cherche dans le grand placard du salon la boîte où sont rangés les cotillons et tous les accessoires de fête. Un peu dépités, on met tous les deux un chapeau en carton avec un élastique autour du menton.

On est prêts.

Quand maman rentre, il est minuit quatorze.

Papa est en colère, je le sens, même s'il reste muet. Moi non, parce que je sais qu'il faut conduire au moins trente minutes pour aller chez sa copine Claudia, c'est à peu près aussi loin que la piscine de Tourcoing que j'adore avec les deux grands toboggans. Du coup, ça veut dire que maman est partie largement avant minuit et qu'elle ne nous a pas *vraiment* oubliés. Papa n'est pas super fort en maths, c'est pour ça qu'il est furax.

Soulagé qu'elle soit enfin avec nous, je tends à maman une sarbacane avant même qu'elle ait retiré ses chaussures et son manteau, et elle la prend de bon cœur avec un stock de boules multicolores. Il faut que je sois rapide comme l'éclair, car elle vise très bien, à croire qu'elle a été Indienne dans une vie antérieure. Du genre de ceux qui tirent des fléchettes empoisonnées dans le cou des méchants.

Je me retourne pour donner une sarbacane à papa et que la bataille puisse enfin commencer.

Mais, sans que je m'en aperçoive, il est déjà monté.

Bonne année.

CHAPITRE 5

JANVIER

Joachim

Le ciel lui tombe sur la tête. L'apocalypse en cinq mots à peine.

Peut-être qu'il aurait dû s'y préparer, depuis plus de trois semaines que dure cette guerre des tranchées. Peut-être qu'il n'aurait pas dû espérer que les choses se calment et s'arrangent d'elles-mêmes, le temps que Sophie digère l'erreur qu'il a faite – et qu'il ne reproduira jamais, il en est certain. Peut-être que s'il avait agi autrement, elle n'en serait pas venue à prononcer ces cinq mots froidement, un dimanche matin de janvier. Il ne sait pas ce qu'il aurait pu faire de plus, pourtant : il a courbé l'échine, accepté tous les reproches sans broncher, s'est montré aux petits soins en permanence et a fait tout ce qui était en son pouvoir pour prouver à Sophie qu'il regrettait amèrement ce stupide baiser et qu'il l'aimait plus que tout au monde…

Mais peut-être n'avait-il en réalité aucune chance de se faire pardonner, peut-être qu'à partir du moment où elle est tombée sur ce texto et a découvert qu'il avait embrassé Ludivine, il était condamné.

— Je veux qu'on se sépare, répète Sophie en allumant une cigarette.

Elle espère sans doute qu'en assénant une seconde fois sa décision, Joachim réagisse davantage, étant donné que, pour le moment, il se contente d'être pétrifié. Une statue qui joue à « 1, 2, 3, soleils ». Si je ne cligne pas des yeux, si je ne bouge pas d'un millimètre, alors tout ça n'aura été qu'un jeu.

Joachim observe les volutes de fumée qui se répandent dans la cuisine, se retient d'aller ouvrir la fenêtre pour éviter que l'air ne devienne irrespirable. Sophie a recommencé à fumer la semaine dernière, et quand il a essayé de dire quelque chose, elle lui a lancé un regard tel qu'il s'est abstenu. Cette odeur âcre qui lui irrite les poumons, ça fait partie de sa punition, tout comme les petites piques assassines qu'il encaisse depuis des semaines, tout comme le canapé aux ressorts désagréables qui est devenu son lit, tout comme son linge que Sophie ne lave plus avec le sien et celui de Maël, etc. Il a cru qu'en acceptant tout ça, le courroux de sa compagne irait en s'amenuisant ; il n'en est rien, en réalité. Elle en est seulement arrivée à vouloir le quitter. *Le quitter !*

Soudain, ce n'est plus le chagrin ou la culpabilité qui le submergent, mais la colère. L'incompréhension.

— Je ne peux pas croire que tu veuilles démolir tout ce qu'on a construit depuis tant d'années juste pour un baiser qui n'avait pas la moindre importance, déclare-t-il les dents serrées.

Il s'est repenti, s'est flagellé ; il ne peut pas faire plus pour que sa bêtise soit oubliée. Il comprend que Sophie se soit sentie trompée et humiliée, mais de là à parvenir à de telles extrémités, ce n'est pas envisageable ! Ce n'est pas comme si elle avait découvert qu'il avait fait l'amour avec une autre femme, ou qu'il lui mentait depuis des mois, quand même ! Un simple échange de salive de moins de quatre secondes ne peut pas suffire à bousiller toute une vie, si ?

Sophie recrache la fumée de sa cigarette en s'amusant à faire des ronds. Elle paraît si calme, si *déterminée*, que Joachim en a des sueurs froides.

— Je ne démolis rien du tout, ne va surtout pas inverser la situation, rétorque-t-elle une fois que les ronds se sont élargis, puis dissous dans l'atmosphère.

— Mais… on doit déménager et s'installer à Paris dans six mois, on a encore plein de projets ensemble !

— Oh ! Mais ne t'inquiète pas, mes projets ne vont changer en rien. Juste, ce sera sans toi…

Sophie s'interrompt, et Joachim sent qu'elle cherche à contenir son émotion, même si elle s'efforce de paraître dure et impassible. Tout n'est peut-être pas perdu, alors ? Il s'approche d'elle, elle recule aussitôt d'un pas, refuse le moindre contact physique, le moindre geste de tendresse.

— Tu ne comprends pas. Le simple fait que tu aies pu flirter avec cette fille, ça me rend malade. Pour moi, c'est la preuve qu'on n'a plus rien à faire ensemble. Rien ne pourra effacer le sentiment de trahison que j'ai depuis que j'ai lu ce texto. Celui-là et tous les autres, d'ailleurs. Tu affirmes que ce n'était qu'un baiser, mais moi, je sais bien que c'était beaucoup plus…

— Comment ça ?

— Vous vous écrivez à longueur de journée, vous vous téléphonez. Vous échangez sur des sujets qui ne la regardent en rien, comme le mal-être de Maël. De quel droit cette femme – qui n'a même pas d'enfant, en plus ! – se permet-elle de te donner des conseils sur ce qui concerne *mon* fils ? De quel droit ? questionne Sophie, le visage fermé.

Ses yeux lancent des éclairs. Joachim en déduit que sa compagne est allée plusieurs fois dans son portable pour lire ses messages. Il ne comprend pas pourquoi elle l'a espionné de cette manière, mais il sait aussi que des reproches de sa part seraient malvenus et ne feraient qu'aggraver la colère de Sophie.

Devant son silence contrit, la jeune femme poursuit :

— Le problème, ce n'est peut-être pas tant que tu l'aies embrassée, mais qu'elle soit devenue ton amie, ta confidente, alors qu'avant, c'était ma place. Tu lui as donné *ma place*, souffle-t-elle, brusquement livide.

— Je ne lui ai rien donné du tout ! Oui, Ludivine est devenue une amie, et j'aime bien parler avec elle, mais ça s'arrête là ! s'écrie Joachim.

Sophie émet un rire désabusé, écrase sa cigarette dans un ramequin de verre qui traîne à côté de l'évier.

— Et puis merde à la fin, je n'ai donné ta place à personne ! J'y peux quelque chose, moi, si tu n'es jamais là ? finit-il par lâcher, écœuré d'être considéré comme un monstre.

— Voilà, on y est, sourit Sophie avec tristesse. Les reproches. Toujours les mêmes, bien sûr. Je me demandais quand ils allaient arriver, ça m'étonnait que tu n'aies pas encore attaqué.

La jeune femme s'adosse au plan de travail, croise les bras. Pas une seconde elle n'envisage de se remettre en question, c'est si facile de se draper dans la dignité de la femme bafouée. Jamais elle ne pourrait imaginer la solitude dans laquelle se retrouve Joachim, à ne jamais parvenir à lui parler de Maël, à ne jamais réussir à capter totalement son attention tant elle est absorbée par ses dossiers… Jamais elle ne pourrait comprendre qu'il a simplement été plaisant, rassurant même, de trouver une oreille bienveillante…

— Comment tout peut s'effondrer aussi facilement alors qu'il y a un mois à peine, tout allait bien entre nous ? demande-t-il sans chercher à dissimuler l'émotion qui enfle dans sa gorge.

— Il faut croire que tout n'allait pas si bien que ça, justement. Sinon, tu n'aurais pas éprouvé le besoin de te confier à une autre que moi. Et encore moins de l'embrasser.

Devant l'inflexibilité de sa compagne, Joachim sent soudain un sentiment atroce d'impuissance le submerger. Il est en train de perdre. Il est en train de *la* perdre.

— Tu es tellement sûre de toi que j'en viens à me demander si tu n'attendais pas le moindre faux pas de ma part pour tout faire exploser… On dirait que tu utilises ce baiser comme un prétexte pour nous séparer, déclare-t-il, la nausée au bord des lèvres.

— Que veux-tu que je te dise ? Je n'ai plus vingt-cinq ans. J'ai changé, j'ai évolué, et parfois j'ai le sentiment que toi, tu en es resté au même stade. Comme si on avait pris deux chemins divergents, pour se rendre compte aujourd'hui qu'on n'est plus du tout sur la même route…

Sophie fait quelques pas jusqu'aux placards de la cuisine, saisit le pot de Nutella sur une des étagères.

— Regarde ce pot, il résume à merveille ce que je veux dire. Je l'ai acheté la semaine dernière parce que Maël avait fini le dernier pot de Nocciolata, et tu as presque eu une syncope quand je suis rentrée des courses.

Joachim se rappelle très bien ce moment, en effet. Il avait arrêté d'acheter du Nutella il y a longtemps, ce produit étant pour lui l'un des pires symboles de la destruction de la planète par l'être humain. Une déforestation massive et sans vergogne des forêts tropicales remplacées par des plantations de palmiers à huile… Et ce n'est pas parce que Greenpeace ne décide pas de boycotter ce produit qu'il a choisi d'aller dans le même sens et de cautionner ces entreprises qui ne pensent pas une seconde à l'environnement. Sophie et lui ont donc toujours acheté des pâtes à tartiner biologiques, sans huile de palme. Ça n'a jamais posé problème, et Joachim a toujours pensé qu'elle partageait plus ou moins ses convictions, même si elle n'était pas aussi investie que lui, bien sûr. Alors quand elle est revenue à la maison avec un énorme pot de Nutella et qu'elle l'a sorti d'un des sacs avec nonchalance, ça lui a demandé tous les efforts du monde pour ne pas exploser. Mais il n'a rien dit, pourtant. A considéré que cet achat n'était rien d'autre qu'un geste de défiance, pour le punir encore de son écart de conduite.

Sophie ouvre le pot de pâte à tartiner, prend une cuillère dans le tiroir et la plonge dedans. Elle déguste le Nutella en regardant Joachim droit dans les yeux. Insupportable.

— Tu es toujours cet idéaliste béat qui croit qu'aller accrocher une banderole quelque part ou boycotter une marque suffira à faire changer le monde… Mais ouvre un peu les yeux ! Je mange du Nutella et, ô miracle, il n'y a pas le moindre tsunami à l'horizon ! le nargue Sophie, la bouche pleine. En quoi ça va sauver la planète, toutes tes actions avec Greenpeace ? La seule chose que tu récoltes, c'est de passer en procès dans quelques mois, comme un criminel !

Joachim secoue la tête, blessé et perdu. La conversation n'a plus rien à voir avec le baiser échangé avec Ludivine. On parle de tout autre chose, à présent. Il pensait que Sophie le soutenait, encore plus maintenant qu'il doit comparaître devant un tribunal pour la dernière action qui a eu lieu dans une centrale nucléaire, il y a deux mois. Mais visiblement, il a encore fait fausse route. Preuve qu'il avait raison de penser que cette histoire avec Ludivine n'était qu'un prétexte… Il dévisage sa compagne, occupée à lécher consciencieusement sa cuillère.

— Et toi, tu ne crois plus en rien, lâche-t-il avec dépit. Tu es désabusée et sans espoir pour l'avenir. Tu crois que toutes les luttes sont vaines, et tout ce que tu inculques à Maël, c'est que dans la vie, la seule option, c'est de *se résigner !*

Il a haussé le ton sans s'en apercevoir, et Sophie reste un instant interdite, sa cuillère à la main. Puis, lentement, elle la dépose dans l'évier, revisse le couvercle du pot de Nutella, pensive.

— Dans ce cas… je suppose qu'on est sur la même longueur d'onde. On n'a plus rien à faire ensemble, murmure-t-elle sans lever les yeux vers lui.

Joachim se prend le visage entre les mains, hagard. Comment est-il possible que tout bascule de cette façon ? Depuis trois semaines, il a pris conscience qu'il aimait Sophie de tout son cœur, et qu'il serait prêt à tout pour se racheter, pour ne surtout pas la perdre. Et dans le même intervalle, elle semble s'être rendu compte qu'elle ne l'aimait plus tant que ça, tout compte fait. Comme si ce vulgaire baiser avait agi comme un catalyseur. L'étincelle qui avait allumé la mèche d'une bombe que plus rien ne peut désormais empêcher d'exploser.

Quelque chose cède à l'intérieur de lui. Il devient suppliant, même s'il sait que c'est la dernière chose qui peut faire revenir une femme. Il a beau se sentir lui aussi trahi, en colère, blessé, il ne peut s'empêcher de la supplier.

— Ne fais pas ça, je t'en prie. Je t'aime, Sophie…

Elle se retourne, les yeux emplis de larmes.

— Je ne crois pas, non, rétorque-t-elle avant de s'enfuir de la pièce.

Sophie

Hier, elle a retiré de son cou la chaîne en argent et le camée bleu nuit qu'elle porte depuis le premier anniversaire fêté avec Joachim. C'est sa grand-mère maternelle qui le lui avait donné, pour qu'il l'offre un jour à la femme de sa vie. Sophie n'a plus qu'à le rendre à Joachim, désormais.

Elle a donc mis le pendentif sur son bureau, bien en évidence. La silhouette de femme gravée dans la porcelaine n'a pas bronché. Joachim non plus, quand il est tombé dessus ce matin. Il s'est contenté de saisir le bijou et de le ranger dans le tiroir de son bureau. Et hop, effacé. Sophie a eu envie de fondre en larmes, mais a résisté. Elle voudrait que Joachim agite une baguette magique et efface tout ce qui s'est passé, tout en sachant que c'est impossible. Il n'y a rien qu'il puisse faire pour revenir en arrière, et, au fond, il a sans doute raison quand il affirme que Sophie utilise ce baiser comme un prétexte pour le quitter. Le mot « prétexte » est trop fort, bien sûr, mais elle se pose des questions sur leur couple depuis un moment, déjà. Elle avait imaginé qu'un déménagement à Paris serait peut-être l'occasion de repartir sur de nouvelles bases, de redonner un nouveau souffle à leur histoire, mais elle s'est trompée. En réalité, c'était déjà trop tard ; cette histoire avec cette collègue n'a fait que mettre au grand jour ce qu'elle ressent au plus profond d'elle-même depuis longtemps déjà.

Ou plutôt, ce qu'elle ne ressent *plus*.

Quand elle voit l'air malheureux et brisé de Joachim, elle voudrait trouver en elle les ressources pour que tout soit comme avant entre eux, mais l'amour ne se commande pas, malheureusement. Quand le temps de la colère sourde sera passé, elle conservera pour lui de l'affection et de la tendresse, c'est évident. Mais la passion, l'envie d'avancer ensemble coûte que coûte, le manque dès la moindre absence, l'admiration, l'émerveillement d'être aux côtés de quelqu'un, tout ça n'existe plus. Tout ça s'est érodé avec le temps, le temps qui l'a changée, elle, pendant que lui n'évoluait pas… Est-il coupable d'être resté le même rêveur au fil des années ? Non, sans doute que non. Mais est-elle coupable pour autant d'avoir mûri, d'être devenue une autre personne que celle qu'elle était à vingt-six ans ?

Tout ce qui l'attendrissait ou gonflait son cœur de fierté quand elle a rencontré Joachim n'occasionne désormais plus que de l'agacement. Son militantisme aveugle et complètement en dehors de la réalité, ses convictions idéalistes d'œuvrer pour un monde meilleur pendant que le reste de l'humanité saccage tout… Sa manie de ramasser des objets abandonnés et inutiles dans la rue pour fabriquer des choses tout aussi inessentielles : une vieille roue de vélo qui devient un pêle-mêle de photos, un presse-purée à moitié rouillé qui est recyclé en abat-jour, des panneaux de circulation qui finissent accrochés aux murs… Avant, elle trouvait cette décoration originale et inventive ; aujourd'hui, elle a l'impression de vivre chez Louis la Brocante ou Emmaüs. Son refus d'acheter le moindre rouleau de papier cadeau, mais enfin, Sophie, c'est du gâchis, il suffit de garder des prospectus ! Ah ça oui, à part qu'avec l'autocollant « STOP PUB » sur la boîte aux lettres, il n'y a plus une seule publicité qui rentre chez eux… Sa façon de siffloter dès qu'il se lève, le matin, parce qu'il est toujours de bonne humeur. Même ça, elle ne le supporte plus, en réalité.

Elle n'a aucune raison d'être aussi exaspérée par lui, et pourtant, elle est incapable de contrôler ses sentiments. À trente-sept ans, soudain, elle a envie d'autre chose. Elle a *besoin* d'autre chose. Et Joachim a beau prétendre le contraire et la supplier de lui accorder une chance, elle est convaincue que lui aussi a besoin d'autre chose. Sinon, il n'aurait pas noué une relation aussi forte avec une autre femme, au point de lui confier les choses les plus intimes de sa vie…

Joachim semble croire qu'elle n'a pas de cœur ; il est à mille lieues de la comprendre, comme toujours. La nuit, elle se réveille plusieurs fois en ayant l'impression terrible de suffoquer, de ne plus trouver d'oxygène dans la chambre. Il lui faut de longues minutes pour parvenir à s'apaiser, et quand, enfin, sa respiration redevient régulière, ce sont les larmes qui prennent le relais. Des larmes silencieuses qui dévalent ses joues et imbibent son oreiller. Ce n'est pas parce que c'est elle qui prend la décision de le quitter qu'elle est moins malheureuse que lui.

Elle est devenue une montagne de chagrin et de colère, elle voudrait pouvoir se rouler en boule comme un hérisson et que plus personne ne l'approche tant que ses plaies n'auront pas cicatrisé. Pourtant, c'est à elle qu'incombe d'annoncer à Maël que leur vie à trois touche à sa fin. Forcément, puisque c'est son choix, répète Joachim en secouant désespérément la tête.

Alors, aujourd'hui, s'ils montent tous les deux d'un pas lourd dans la chambre de l'enfant, Sophie est consciente que ça va être à elle de faire tout le sale boulot.

Maël est assis par terre, au milieu de centaines de pièces de Lego éparpillées sur le parquet.

— On peut te parler, mon chat ? demande-t-elle tout en s'asseyant, elle aussi, au sol.

Le garçon lève des yeux étonnés, hoche la tête. Joachim s'installe à côté d'elle, croise les jambes en tailleur.

Il n'y a pas de bonne manière de dire ce qu'elle a à dire. Pas de bonne façon d'expliquer à un enfant que la vie de famille qu'il a connue depuis tout petit va brusquement s'effondrer. Ils n'ont même pas encore évoqué en détail les changements avec Joachim, en plus… Il s'est contenté de déclarer qu'il allait trouver un appartement, que Sophie pouvait demeurer dans la maison les quelques mois qui restaient avant de la vendre, qu'ils se débrouilleraient financièrement. Elle a supposé que s'il se montrait si conciliant, c'était parce qu'il s'estimait responsable de tout ce qui arrivait. Elle le voit errer comme un zombie de pièce en pièce, ignore s'il va bientôt se reprendre ou continuer à se laisser complètement aller. La seule question qu'il a posée, un soir, tenait en deux mots : « Et Maël ? » Sophie a éludé, a affirmé d'un ton détaché que tout se passerait bien, qu'ils étaient assez intelligents pour agir en fonction de son intérêt et de son bonheur. Joachim a hoché la tête, a paru rassuré, et elle n'a pas eu le cœur de poursuivre cette discussion. Chaque chose en son temps…

Elle forme les phrases les plus simples possibles pour que son fils comprenne la situation sans pour autant paniquer des changements à venir. Le petit écoute attentivement sa mère, et dirige son regard vers Joachim à intervalles réguliers, comme pour s'assurer que tout ça n'est pas une mauvaise blague.

Pas une seule fois il ne demande « pourquoi ? ».

Sophie prend soin de souffler à Maël qu'elle et Joachim l'aiment très fort et que la séparation ne changera évidemment rien à leur amour pour lui, mais dès que les mots sortent de sa bouche, elle les trouve si cliché qu'elle les regrette aussitôt. Lorsqu'elle a fini de parler, Maël se tourne vers son père et lui demande :

— Tu vas partir quand ?

— Je ne sais pas encore, bientôt. Dès que j'aurai trouvé un endroit sympa à louer…, murmure-t-il tout doucement.

— C'est obligé ? insiste l'enfant, le regard sombre.

Ni Sophie ni Joachim ne prennent la parole, et le lourd silence qui s'abat dans la chambre vaut réponse pour le petit garçon. Il contemple ses Lego, songeur.

— Je vais venir vivre avec toi, alors ? questionne-t-il au bout de quelques longues minutes.

Joachim hausse les sourcils, surpris. Sophie tressaille ; il ne lui était même pas venu à l'idée que Maël puisse penser à suivre Joachim. Son foyer est ici, dans cette maison. Avec elle, surtout ! C'est ce qu'elle lui explique avec le plus de bienveillance possible, quand bien même une angoisse sourde lui vrille soudain l'estomac. Ça peut paraître fou, mais ni elle ni Joachim n'ont vraiment réalisé la portée d'une séparation. Ou, si lui l'a anticipée, il n'en est rien pour Sophie.

La mère parle d'un week-end sur deux en bredouillant, en bégayant, en consultant du regard celui qui va devenir son ex-compagnon. Joachim regarde ostensiblement par la fenêtre, rejette en bloc tout dialogue, laisse Sophie se débattre seule dans les sables mouvants qu'elle a créés.

— Je peux continuer mes Lego ? finit par murmurer Maël, le visage fermé.

Sophie et Joachim se lèvent et sortent de la chambre, impuissants tous les deux. Lui dévale l'escalier, attrape sa parka kaki et sort de la maison sans rien dire. La jeune femme reste seule, un peu sonnée.

Elle se laisse tombe sur leur lit, *son* lit, désormais.

Ce n'est que maintenant qu'elle prend conscience du tremblement de terre qu'elle a déclenché.

Maël est son fils. *Son* fils.

Elle a parlé d'un week-end sur deux parce qu'elle s'est trouvée prise au dépourvu par les interrogations de Maël, mais il est hors de question qu'elle partage son enfant. Bien sûr, Joachim pourra continuer à s'en occuper et à le voir, le mercredi par exemple, et pourquoi pas certains soirs de semaine, mais pas plus. Et une fois qu'ils auront déménagé à Paris l'été prochain, tout ça ne sera plus possible, de toute façon. Peut-être pourra-t-elle alors envisager que Maël aille de temps en temps chez lui pour les vacances scolaires, mais c'est tout.

Pour la première fois, elle se demande ce qu'a bien pu imaginer Joachim, si tant est qu'il ait été en état d'imaginer quoi que ce soit, lui qui ne voit jamais au-delà de la journée présente…

Elle ne coupera pas son fils en deux, il n'aura pas deux maisons, ça, jamais. Joachim ne peut quand même pas voir les choses autrement, si ?

Elle ne partagera pas son petit garçon avec lui, quand bien même il a toujours très bien pris soin de lui. Quand bien même il a toujours été un bon père.

Mais pas son *vrai* père.

Maël

Aujourd'hui, c'est mon anniversaire. « Douze ans, c'est vraiment un âge de grand », m'a dit papa au petit déjeuner ce matin. Je lui ai fait remarquer qu'il répétait ça chaque année et que donc ça n'avait pas beaucoup de sens, mais il a insisté, l'air soudain triste : « Non, douze ans, c'est vraiment un âge de grand, crois-moi… »

Il m'a demandé si j'avais préparé mon sac à dos, et j'ai hoché la tête ; évidemment que toutes mes affaires étaient prêtes, même si je n'avais pas le cœur à m'en occuper. Il faisait encore nuit quand on est sortis, et lorsqu'on est arrivés au parc Jean-Baptiste-Lebas, il était désert.

Sans se concerter, on s'est dirigés ensemble vers le grand marronnier le plus proche de la toile d'araignée, celui dont les branches vont au-delà des grilles rouges, jusque sur le trottoir. Papa a sorti la pelle de son sac et s'est mis à creuser au pied de notre arbre pendant que je faisais le guet. Au loin, j'ai vu un jogger avec des baskets jaune fluo entrer dans le parc, et j'ai toussoté pour que mon père lève la tête et s'immobilise. Il s'est relevé et a fait comme si de rien n'était le temps que l'homme en survêtement noir avec une lampe frontale passe et ressorte de l'autre côté du parc ; puis il s'est agenouillé de nouveau.

Quelques instants plus tard, papa a déterré notre grosse boîte en plastique encore soigneusement emballée dans un sac isotherme scotché. Deux protections valent mieux qu'une, c'est pour ça que tous les ans, on fait très attention à notre capsule temporelle : ce serait une catastrophe si elle était abîmée ou, pire, si elle disparaissait !

C'est la cinquième fois qu'on la déterre, et je pousse un soupir de soulagement quand je constate qu'elle est intacte, exactement comme quand on l'a déposée l'an dernier, pour mes onze ans. C'est mon père qui a instauré ce rituel à deux quand j'ai fêté mes sept ans – enfin, à l'origine, il avait proposé à maman de participer, mais je crois qu'elle n'a absolument pas compris l'intérêt d'enterrer une boîte pour la déterrer et la remettre en terre tous les ans. Ma mère n'a jamais été très douée pour les choses qui sortent un peu de l'ordinaire, de toute façon. Je crois même que la première fois, elle avait dit qu'on pouvait très bien laisser la boîte en plastique au-dessus d'un placard de la cuisine ou sous mon lit pendant un an, plutôt que de s'embêter à aller la mettre dans le parc au risque qu'elle finisse volée. N'importe quoi ! Ça n'aurait aucun sens de laisser la boîte à la maison, aucun aventurier ne ferait ça !

Donc, comme je disais, tous les ans, le jour de mon anniversaire, papa et moi on va au parc pour retrouver notre capsule temporelle.

Cette fois-ci, ce serait mentir que d'affirmer qu'on y est allés le cœur léger. Je crois qu'on en avait tous les deux gros sur la patate, mais qu'on faisait semblant d'être joyeux pour ne pas que l'autre s'en rende compte. Parce que sinon, ça aurait été comme quand quelqu'un bâille à côté de nous ; on aurait direct eu encore plus envie de pleurer.

Délicatement, Papa a enlevé le Scotch, puis il a retiré le sac isotherme. Il m'a tendu la boîte (en fait, c'est un gros saladier Tupperware de maman, mais on l'a pris en cachette sinon elle aurait piqué une crise), et on est allés s'asseoir sur le banc qui avait l'air le moins mouillé. Par précaution, j'ai étalé le sac de Picard sur le bois avant de m'installer dessus.

J'ai ôté le couvercle et ça a fait un gros « pop ». À l'intérieur de la capsule, j'ai retrouvé ma figurine de Dark Vador, un bracelet en élastiques multicolores fabriqué au centre aéré quand j'avais huit ans, la carte sonore que mamie m'avait envoyée pour un Noël, celle qui faisait encore « Vive le vent d'hiver » quand on l'ouvre, un origami en forme de dinosaure que j'avais fabriqué à l'anniversaire de Lina, et la médaille du cross de l'école que maman avait gagnée en faisant la course des parents. Je me rappelle encore cette journée comme si c'était hier, alors que c'était il y a plus d'un an : j'avais fini quatrième à la course des CM2 et j'avais eu du mal à cacher ma déception d'être passé à un cheveu de remporter une médaille. Papa m'avait dit que l'important, c'était de participer, mais ça m'avait encore plus énervé de l'entendre essayer de me consoler de cette façon. C'est à ce moment-là que maman avait dit qu'elle allait faire la course des parents, et quand je lui avais fait remarquer qu'elle n'était même pas en tenue de sport, elle avait répondu que n'importe qui pouvait courir avec des Stan Smith. Elle était allée se placer sur la ligne de départ avec les autres parents et les maîtresses, et elle avait couru les trois tours du parcours sans jamais ralentir. Elle avait fini deuxième ! Quand elle avait franchi la ligne d'arrivée, elle était toute rouge et si essoufflée qu'elle ne pouvait même plus parler, mais elle m'avait tendu la médaille qu'elle venait de recevoir en soufflant : « Tiens, c'est pour toi, mon grand… »

J'avais eu envie de sauter dans tous les sens tellement j'étais fier qu'elle ait gagné !

En plus des cinq objets que j'avais déjà mis à l'intérieur de la capsule, il y avait deux petites feuilles de papier roulées comme des cigares avec un élastique autour. Nos souhaits pour l'année dernière.

J'étais censé, comme chaque année, relire le vœu que j'avais fait pour savoir s'il s'était réalisé. Papa m'a regardé d'un air interrogateur.

— Tu ne l'ouvres pas ?

— Pas la peine, je me souviens de ce que j'ai écrit l'année dernière.

— Et alors ? Est-ce que ton vœu est devenu réalité ? a-t-il questionné, un sourire fragile au bord des lèvres.

— Non, j'ai répondu.

Il a eu l'air déçu pour moi, mais j'ai ajouté :

— Pas encore… Et le tien ?

Mon père a pris son rouleau et a retiré l'élastique tout doucement. Il a déplié son papier et a relu ce qu'il avait écrit en janvier dernier. J'ai fait exprès de regarder de l'autre côté, car c'est très important de ne jamais révéler les vœux qu'on fait si on veut vraiment qu'ils se réalisent un jour. Tout le monde sait ça. Papa a mis le papier dans sa poche, et quand j'ai de nouveau tourné la tête vers lui, j'ai vu qu'il avait les yeux tout rouges. Mais je n'ai rien demandé, parce qu'il ne fallait pas être très malin pour savoir qu'il avait dû souhaiter quelque chose par rapport à maman et que tout avait déraillé quand même…

— Le mien non plus, il a murmuré en reniflant et en essayant de sourire quand même. Le mien non plus, mais ça ne va pas nous empêcher d'écrire un nouveau vœu pour cette année, pas vrai ?

Il a sorti de la poche intérieure de son manteau une petite feuille sur laquelle il avait déjà écrit son nouveau vœu, et l'a enroulée avant de la jeter dans le saladier-capsule.

— Tu n'as pas préparé ton nouveau souhait ? il a demandé, étonné, en remarquant que je ne faisais rien.

J'ai secoué la tête.

— Non. Je veux refaire le même que l'an dernier. C'est possible ?

— Tout est possible, Maël.

Alors j'ai remis mon rouleau dans la boîte moi aussi.

Papa n'avait pas besoin de lire mon papier pour savoir que ce que je souhaitais par-dessus tout, c'était de pouvoir être une fille. Et moi, je n'avais pas besoin de lire le sien pour savoir qu'il avait dû demander que maman et lui ne se séparent plus…

— Qu'est-ce que tu as choisi, comme souvenir de cette année ? a demandé mon père, soudain curieux.

Chaque année, j'avais le droit de mettre un objet dans la capsule. Ce devait être quelque chose qui, pour moi, était le symbole de cette année-là. Quelque chose d'important à mes yeux.

J'ai sorti de mon sac une page de journal que j'avais glissée dans une pochette en plastique pour le protéger. Papa a eu l'air surpris quand il s'est rendu compte que c'était l'article que *Libération* avait fait au moment de sa dernière action en novembre, celle dans la centrale nucléaire de Gravelines. Surpris et touché en même temps.

J'ai déposé l'article de journal avec mes cinq autres trésors, et on a refermé la capsule. Un regard autour de nous nous a confirmé que le parc était encore désert, même si le jour commençait à se lever. Papa est allé remettre le saladier au pied du marronnier et a rapidement rebouché le trou. J'ai disposé soigneusement des feuilles mortes sur la terre fraîche pour que notre passage soit impossible à déceler, et on est rentrés tous les deux à la maison.

Maman venait juste de se lever, et je l'ai rejointe dans sa chambre, juste parce que j'avais soudain envie de lui faire un câlin.

— Bon anniversaire, mon chat, elle a soufflé en m'embrassant sur la joue. Tu sais que douze ans, c'est vraiment un âge de grand ?

J'ai eu envie de lui répondre que papa m'avait déjà dit la même chose, mais je ne l'ai pas fait. Elle avait obtenu d'être en télétravail aujourd'hui, comme c'était mon anniversaire et que la journée était exceptionnellement vaquée au collège. Je ne sais pas bien pourquoi elle a fait ça, puisque de toute façon, ce sera comme d'habitude : elle va s'enfermer dans sa chambre pour travailler et être au téléphone avec ses collègues toute la journée. Le nez dans ses dossiers à Lille ou à Paris, qu'est-ce que ça change ?

Je me suis assis sur le lit, je l'ai regardée replier les vêtements empilés sur sa commode pour les ranger.

Sur la fausse cheminée en face du lit, les livres avaient été remis en ordre, eux aussi. Et, surtout, le cadre photo que j'avais toujours connu là avait disparu.

Celui où papa me tient dans ses bras pour me donner le biberon et où maman, hilare, lui fait des oreilles d'âne sans qu'il s'en rende compte.

— Tu as enlevé la photo avec papa ? j'ai demandé, inquiet.

Maman a haussé les épaules sans cesser de plier son linge.

— Oui… C'est compliqué, Maël…

J'ai bondi hors du lit. Elle a essayé de m'attraper par l'épaule, mais je me suis dégagé brusquement pour sortir de sa chambre. Elle a crié : « Maël, reviens ! », mais j'ai fait comme si je n'entendais pas.

Après tout, moi, elle ne m'entend jamais.

CHAPITRE 6

FÉVRIER

Joachim

Le cœur lourd, il a fini d'empaqueter ses livres. Tout rentre dans deux cartons, parce qu'il n'a pris que ceux auxquels il tient vraiment. Sophie a voulu partager tous les ustensiles de cuisine, le linge de maison, les produits dans la salle de bains, toutes ces choses essentielles au quotidien et dont Joachim n'a que faire.

Il n'a qu'une envie, en réalité : partir les mains dans les poches sans rien emporter de cet immense et incompréhensible gâchis.

Il n'a qu'une envie, en réalité : qu'au dernier moment, Sophie le rattrape et le retienne par le bras, j'ai changé d'avis, tu as raison, on ne va quand même pas tout foutre en l'air pour si peu, je t'aime, reste avec nous…

Mais il entend les deux voix au rez-de-chaussée, et il sait que ça ne se passera pas du tout comme dans une comédie romantique. Elle ne reviendra pas en arrière. La preuve : elle parvient à plaisanter et à rire aux reparties stupides et dégoulinantes de fausse courtoisie de l'agent immobilier à qui elle a choisi de confier la vente de la maison. Car si elle fait tout voler en éclats, elle ne change rien à ses projets : elle ira s'installer à Paris dès cet été pour se rapprocher de son travail. Elle ne lui en parle pas, mais il ne serait pas étonnant qu'elle ait déjà commencé à prospecter pour trouver un appartement dans la capitale. Pas une seconde elle ne semble se poser la question de Maël. Elle lui a affirmé qu'il pourrait le voir dès qu'il le voudrait ; le garder le mercredi après-midi comme avant, le recevoir chez lui le soir en semaine, de la sortie du collège au retour de Sophie, pourquoi pas même l'avoir de temps en temps pour le week-end si jamais Maël en a envie…

« Si jamais Maël en a envie » : rien que ces quelques mots lui ont vrillé l'estomac. Comment Sophie peut-elle imaginer que Maël n'éprouve pas le besoin de passer du temps avec lui ? Il s'est occupé du petit garçon depuis ses cinq mois ; il a changé ses couches et s'est levé en pleine nuit pour lui donner le biberon ou le bercer dès qu'il avait mal aux dents, il a filmé chacun de ses exploits et a changé des dizaines de fois ses draps au moment de l'apprentissage de la propreté, il a été là à chaque Noël, à chaque anniversaire, à chaque joie, à chaque chagrin. Il s'est attaché à ce gamin comme si c'était le sien, à un tel point qu'il oublie même parfois qu'il n'est pas son père biologique. Et aujourd'hui, quoi ? Parce que Sophie a décidé de le quitter, elle croit que Maël va instantanément s'éloigner de lui et le renier comme sa mère le fait ? Cette pensée paraît complètement absurde, et pourtant, Joachim est tellement mal qu'il finit parfois par douter du lien qui existe entre Maël et lui. Est-ce que l'enfant pourrait lui tourner le dos, lui aussi ? Se ranger aux côtés de sa mère et passer à *autre chose* ? Se désintéresser de lui comme il s'est désintéressé des Playmobil, du *Journal de Mickey*, de sa lunette astronomique ?

Il avait demandé à Sophie si elle avait l'intention de révéler à Maël qu'il n'était pas son père biologique, sans même savoir ce qu'il serait bon de faire ou non. À l'époque, il n'avait pas vraiment eu voix au chapitre quand elle avait décidé de ne rien dire à son fils. Les choses se sont faites quasi naturellement : il a débarqué dans la vie de la mère isolée et du nourrisson, a eu le cœur assez grand pour les deux, sans aucune retenue, absolument aucune. Lors d'un rendez-vous chez le pédiatre pour les vaccins de Maël, le petit avait marché de la table d'auscultation à Joachim, de cette façon si pataude et si attendrissante qu'ont les bébés quand ils font leurs premiers pas. Tout en griffonnant dans le carnet de santé, le médecin l'avait encouragé machinalement : « C'est bien, avance vers papa ! » Joachim se rappelle encore le sourire gêné de Sophie, le regard surpris qu'ils avaient échangé à cet instant-là. Maël s'était rué dans les bras de Joachim, manquant de trébucher au dernier moment, et la jeune femme s'était écriée : « Bravo, tu as marché jusqu'à *papa* ! » Plus tard dans la soirée, quand ils avaient reparlé de la scène, au calme, Sophie avait déclaré qu'à seize mois, Maël était trop petit pour comprendre que son père n'était pas Joachim. Qu'il serait bien temps de lui en parler plus tard, quand il poserait des questions. Ce moment n'était pas arrivé avant que le petit garçon ait cinq ou six ans, quand il s'était interrogé sur le fait qu'il portait le nom de famille de sa mère et que celui de Joachim était différent.

Prise au dépourvu, Sophie avait répondu qu'à la naissance d'un bébé, on avait le droit de choisir qu'il porte le nom de famille du père, de la mère, ou les deux accolés, et qu'ils avaient choisi le sien parce que Maël Mancini sonnait mieux que Maël Borel. Non seulement la rime n'aurait pas été très jolie, mais en plus, Sophie tenait beaucoup à ce qu'elle appelait « les initiales du bonheur » : MM. Un peu comme M&M's, avait remarqué Maël, et tous les trois avaient souri. Le petit garçon s'était contenté de cette réponse qu'il avait visiblement jugée satisfaisante. Sophie avait murmuré à Joachim qu'il était trop tard pour se lancer dans de longues explications inutiles, qui de toute manière ne feraient que causer du chagrin à Maël. Joachim n'avait pas insisté, tout simplement parce qu'il craignait par-dessus tout que le regard de l'enfant ne change s'il apprenait qu'il n'était pas son père biologique. Il avait peur que l'équilibre magique se rompe instantanément et que reconquérir le petit garçon – son amour et sa *confiance* – ne soit plus de l'ordre du possible…

Voilà comment on se retrouve aujourd'hui dans une situation merdique, songe Joachim en décrochant ses vêtements des cintres et en les entassant pêle-mêle dans la grosse valise à roulettes qui, jusqu'à présent, leur servait pour chacun de leurs voyages. Maël vient d'avoir douze ans, on lui a toujours caché la vérité sur son histoire, et ceux qu'il croit être ses parents se séparent du jour au lendemain… Est-ce qu'on peut faire plus injuste ?

Les voix de Sophie et de l'agent immobilier se rapprochent ; ils sont tous les deux dans l'escalier, désormais. Sophie va venir montrer les trois chambres de la maison, Joachim entend le commercial s'extasier sur la luminosité et la taille de l'espace de vie du rez-de-chaussée. « Pour une maison ancienne, c'est vraiment incroyable ! » s'exclame-t-il avec un enthousiasme presque puéril.

Joachim a trouvé un petit trois-pièces meublé à cinquante mètres du métro Porte des Postes, a signé le bail aussitôt, même si le quartier est loin – très loin, même – d'être le mieux fréquenté de Lille. Maël a déjà l'habitude de prendre le métro pour aller à ses cours de roller ou à l'hôpital, c'est ce qui l'a décidé. Trois arrêts à peine pour venir le voir : République, Gambetta, Wazemmes, Porte des Postes. Joachim n'aurait pas pu se permettre, financièrement, de prendre un appartement en centre-ville ; au pire, il ira chercher Maël au métro pour ne pas le laisser se débrouiller seul dans un endroit pas toujours très rassurant. De la fenêtre de la chambre, il voit les escalators de la sortie de la station : on ne peut pas être plus près...

Joachim aurait pu faire traîner les choses, tenter de gagner du temps en cherchant un appartement vide plutôt qu'un meublé disponible de suite. Mais à quoi bon ? Pour ça, il aurait fallu qu'il y ait encore une once d'espoir que les choses entre Sophie et lui s'arrangent. Mais dans ses yeux, depuis des semaines, il ne lit plus que du *dégoût*.

Du dégoût. Après plus de onze années ensemble, voilà tout ce qu'il reste de son côté à elle. Il n'a plus la force de croiser ce regard qu'il ne reconnaît pas, et tout ce qu'il veut, c'est en finir, arracher le pansement d'un coup sec en espérant que ça fasse un peu moins mal ainsi.

La porte de la chambre s'entrouvre et Sophie s'écarte pour que l'agent immobilier, un gamin d'à peine vingt-cinq ans aux cheveux noirs gominés, y entre.

— Très bien aménagée, avec tous ces placards ! s'écrie-t-il en notant on ne sait quoi sur sa tablette tactile.

Joachim ne se retourne même pas pour saluer l'inconnu, se contente de lui jeter un coup d'œil en coin, et l'atmosphère devient quasi instantanément pesante. L'agent immobilier s'empresse de ressortir et de passer aux autres chambres. Il termine par la salle de bains, apprécie qu'il y ait une baignoire d'angle, et s'arrête sur le palier pour prendre quelques photos.

— Votre maison est un produit très intéressant, et surtout, son point fort est sa localisation en plein centre-ville, à quelques minutes à pied de la gare Lille-Flandres et des rues piétonnes ! Je suis certain qu'elle ne restera pas longtemps sur le marché…, explique-t-il à Sophie.

— Tant mieux ! rétorque-t-elle avec une chaleur qui écœure Joachim. On déménage à Paris cet été, donc nous ne sommes pas pressés, mais c'est vrai que si on peut éviter un prêt-relais, ce serait appréciable.

Joachim s'accroche si fort à la porte coulissante de la penderie que les articulations de ses doigts deviennent blanches. Soudain, la bile remonte dans son œsophage et il se retient de se ruer aux toilettes. « On déménage à Paris » ?

On ?

Sophie

Elle a essayé de faire les choses bien, ce soir. Elle a préparé des hamburgers maison, avec du fromage de chèvre – ce sont les préférés de Maël. En guise de dessert, elle a fait éclater du maïs dans la grande cocotte pour que son fils et elle puissent déguster du pop-corn dans le canapé. Elle est allée acheter le DVD de *La Nuit au musée 3*, que Maël n'a pas encore eu l'occasion de voir.

Mais à présent qu'ils sont lovés l'un contre l'autre dans le grand sofa gris du salon et que la statue de Franklin Roosevelt prend vie, Sophie se rend compte qu'elle est incapable de se concentrer sur l'intrigue. La seule chose dont elle a envie, c'est de fondre en larmes. La maison paraît vide depuis que Joachim est parti ; un peu comme si chaque mot prononcé, chaque bruit, résonnait un peu plus fort. Quant à Maël, elle est parfaitement consciente qu'il n'en mène pas large lui non plus, même s'il n'exprime pas ses inquiétudes. Et elle a beau être convaincue d'avoir fait le bon choix, il n'en reste pas moins que le chemin qu'elle a décidé d'emprunter est loin d'être facile. Depuis des mois, elle sentait qu'elle et Joachim s'étaient beaucoup trop éloignés pour parvenir à se retrouver. Mais pour reconstruire une vie sans lui, il lui faudra du temps, elle le sait.

En plus, elle n'a même pas été capable de caraméliser correctement le pop-corn, comme le faisait toujours Joachim. Son fils n'a pas émis de commentaires, mais quand ils l'ont mangé tous les deux, Sophie a bien senti à quel point les grains de maïs étaient *fades*.

Il faudra du temps.

Elle passe le bras autour des épaules de Maël, et il se pelotonne un peu plus contre elle, remonte ses genoux contre son torse. Sophie voudrait pouvoir le protéger de tous les malheurs possibles, mais au lieu de ça, elle contribue à faire tanguer son monde et à le faire souffrir... Elle tire le gros plaid en polaire jusqu'à son menton, et soudain, son fils lui paraît minuscule, recroquevillé comme il l'est. Comme le temps passe vite...

— Tu es mon petit bébé, tu le sais, ça ? murmure-t-elle d'une voix sourde.

Sous le plaid, Maël hoche la tête.

— Tu veux bien me raconter ma naissance ? demande-t-il en levant les yeux vers elle.

— Encore ? s'exclame Sophie. Mais je te l'ai déjà racontée des milliers de fois !

Maël sourit doucement. Il adore, depuis tout petit, que sa mère lui raconte comment il est arrivé au monde. Il ne s'en lasse jamais. Sophie soupire ostensiblement, fait mine de ne pas avoir envie alors qu'au fond d'elle, elle est ravie que quelque chose parvienne à le dérider un peu. Elle serait prête à lui détailler cent fois de suite son accouchement si ça pouvait suffire à lui rendre le sourire.

— Comme tu le sais, j'ai voulu garder la surprise de savoir si tu étais une fille ou un garçon jusqu'au bout, et ce n'est que lorsque la sage-femme a posé ton petit corps tout chaud sur ma poitrine que j'ai enfin demandé ton sexe. Elle m'a répondu en souriant : « C'est un magnifique petit garçon ! » Je me le rappelle encore comme si c'était hier…

Sophie se replonge dans ses souvenirs de cette journée du 12 janvier. Comme à chaque fois, elle raconte le rose, pas le gris, même si elle n'oublie rien, évidemment. Elle a mené sa grossesse contre vents et marées, et a tenu à garder la surprise du sexe, c'est vrai. Mais ce qu'elle ne raconte pas à Maël, ce qu'elle n'a jamais raconté à personne, d'ailleurs, c'est l'éclair de déception qu'elle a ressenti malgré elle quand elle a su qu'elle venait d'accoucher d'un garçon. Pendant des mois, elle s'était projetée, sans vraiment en être consciente, avec une petite fille. Elle avait attendu, *espéré* une petite fille, sans vraiment savoir pourquoi.

« C'est un magnifique petit garçon ! » s'était effectivement exclamée la sage-femme en posant le bébé sur elle. Mais Sophie n'avait pu s'empêcher de se sentir confusément déçue, et même si ça n'avait duré que quelques secondes à peine, même si ça avait aussitôt été balayé par une vague de culpabilité, elle n'avait jamais pu oublier sa réaction. L'effort que ça lui avait demandé de parvenir à refermer ses bras sur son fils, le sourire crispé qu'elle avait eu en répondant « Maël » quand la sage-femme lui avait demandé d'un ton jovial : « Et comment va se prénommer ce bonhomme ? » Une fois seule avec son fils en salle de naissance, elle avait pleuré en silence en caressant ses petites joues déjà rebondies. Il avait planté ses immenses yeux bleu marine dans les siens, comme s'il comprenait son chagrin, et elle avait eu *honte* d'elle. Déjà qu'il n'avait pas de père, si en plus sa mère n'était pas capable de se montrer à la hauteur et de l'aimer de tout son cœur… « Mon petit garçon, mon petit Maël… », avait-elle chuchoté en boucle, comme un mantra, jusqu'à ce qu'ils s'endorment tous les deux.

— Et pour les prénoms ? demande Maël en se redressant dans le canapé.

Il a beau connaître à l'avance la moindre des phrases que sa mère va prononcer, il n'en est pas moins impatient, et Sophie secoue la tête en riant.

— Eh bien, j'ai dû choisir deux prénoms : Maël pour un garçon, et Loïs pour une fille ! J'avais même préparé deux faire-part différents, et je n'avais acheté que des bodies et des pyjamas blancs ou verts !

Sophie revoit son bébé dans son petit berceau en plastique, elle sent encore l'onde d'amour qui l'a submergée à ce moment-là, quelques heures après la naissance. Quelque chose de si intense qu'elle n'aurait jamais cru être capable d'éprouver un sentiment aussi fort. Un instinct maternel quasi animal qui ne l'a plus jamais quittée malgré les années. Aujourd'hui encore, elle ferait n'importe quoi pour protéger son petit garçon.

Elle raconte, encore, à Maël le séjour à la maternité, le retour à la maison, les nuits entrecoupées, le petit doigt qu'elle lui donnait pour qu'il le suce avidement car il ne voulait ni son pouce ni une tétine.

Elle tait la solitude, cette solitude si aride qu'elle en suffoque parfois encore. Sa mère, Erica, lui avait proposé de venir pour la fin de la grossesse et l'accouchement, mais ça aurait signifié l'accueillir plusieurs semaines dans son petit appartement, puisqu'elle était partie s'installer à Nice depuis sa retraite. Et elles ne s'entendaient pas suffisamment pour ne pas en venir à s'étriper au bout de quelques jours… Sophie avait préféré décliner poliment la proposition, avait expliqué à sa mère qu'une amie était très présente et s'était proposé de l'accompagner le jour de l'accouchement, même si ce n'était qu'un mensonge. En réalité, elle avait envie de vivre ce moment seule, pour se prouver à elle-même qu'elle était forte et n'avait besoin de personne, tout en étant terrorisée de l'inconnu que la naissance de son bébé allait représenter. Le soir du 11 janvier, vers 21 heures, elle avait pris le métro pour se rendre jusqu'à la maternité Saint-Vincent-de-Paul. Elle s'était tenue bien droite en s'agrippant au poteau du milieu de rame, avait expiré le plus longuement possible à chaque contraction. Personne ne s'était aperçu de rien. Elle était arrivée à l'accueil pliée en deux, et, au moment où on l'avait installée dans une chambre vert pâle, elle avait si mal qu'elle n'était plus capable que de s'agenouiller en gémissant de douleur. Un interne était venu l'examiner, avait décrété que le col n'était même pas encore ouvert et qu'il allait falloir se montrer courageuse. Sophie avait eu envie de le gifler, s'était contentée de serrer les dents au point d'avoir mal à la mâchoire.

Cette nuit-là, il y avait déjà quatre accouchements en cours à la maternité. Et il n'y avait que quatre salles de naissance, avait expliqué la sage-femme à Sophie qui ne parvenait plus à contenir ses cris à chaque vague de contractions. Elle ne pouvait pas avoir de péridurale pour la soulager tant qu'une des salles ne se libérait pas. Elle avait souffert jusqu'au petit matin, manquant de s'évanouir tellement la souffrance était intense. Lorsque enfin elle avait pu passer en salle de naissance, son col était entièrement ouvert et le bébé était déjà engagé dans le bassin. « Je suis désolée, mais vous allez bientôt accoucher, il est trop tard pour la péridurale... », avait murmuré la sage-femme en se mordant la lèvre inférieure. Devant la mine paniquée de Sophie, elle avait aussitôt ajouté : « Mais ne vous inquiétez pas, je suis là, avec vous, et tout va bien se passer, je vous le promets. »

Sophie n'a gardé de la naissance qu'un souvenir de solitude atroce et de douleur au-delà du tolérable. La sage-femme lui avait dit, après coup, qu'elle oublierait. Mais elle n'a jamais oublié. Ni la grossesse ni l'accouchement. Ni le chagrin ni la souffrance. Joachim a compris le traumatisme qu'avait représenté la naissance de Maël, et jamais il n'a insisté pour un deuxième enfant. Elle n'en aurait pas été *capable*, quand bien même elle en aurait eu envie. Aujourd'hui encore, elle ne sait pas comment elle a pu survivre à ce jour-là.

— Comment tu les avais choisis, mes prénoms ? demande soudain Maël avec curiosité.

Voilà bien une question qu'il n'avait encore jamais posée, songe Sophie, un sourire un peu nostalgique aux lèvres. Comme quoi, on peut raconter des dizaines de fois le même souvenir, tout n'est jamais complètement dit...

Elle lui raconte qu'elle a choisi le prénom Maël parce qu'elle en aimait la sonorité, la douceur qui s'en dégageait. Quant au prénom Loïs, elle explique à son fils, brusquement émue malgré elle, qu'une des seules choses que sa mère avait conservées de son père, après son décès lorsqu'elle était encore trop petite pour se souvenir de lui par la suite, c'était un carton rempli de vieux *comics* des années 1970, tout cornés à force d'avoir été lus et relus. Erica les avait donnés à Sophie quand elle avait eu treize ans, prends-en soin surtout, ton père tenait à cette collection comme à la prunelle de ses yeux. Sophie, à son tour, s'était plongée dans les aventures de Superman, Captain America, Batman et les Quatre Fantastiques. Comme son père avant elle, elle avait rêvé, été happée par tous ces super-héros invincibles. Et surtout, elle était irrémédiablement tombée en admiration devant la force de caractère et la ténacité d'une certaine Lois Lane. Ceux qui n'y connaissaient pas grand-chose ne voyaient en elle que la femme amoureuse de Superman, alors que cette vision était tellement, tellement réductrice : Lois Lane avait un tempérament de feu, et elle savait se battre comme personne, grâce à son père militaire qui lui avait enseigné le combat au corps-à-corps et le tir à l'arme à feu. Elle était la meilleure journaliste d'investigation du *Daily Planet*, prête à mettre sa vie en péril pour aller jusqu'au bout d'une enquête. Adolescente, Sophie avait punaisé un immense poster de Lois Lane au-dessus de son lit, comme d'autres accrochaient Che Guevara ou Rocky Balboa. Elle s'était juré que si un jour elle avait une fille, elle l'appellerait Loïs. Alors, quand onze ans plus tard, elle était tombée enceinte, il n'y avait même pas eu matière à réflexion.

— Et papa, il aimait bien ces deux prénoms-là aussi ? interroge encore Maël avec curiosité, ravi de ces confidences.

Sophie tressaille. Dans tous ses récits, elle n'a évidemment jamais mentionné Joachim, et, étrangement, le garçon ne s'en est jamais étonné. N'a jamais posé la moindre question.

Jusqu'à aujourd'hui.

Ce pourrait être le moment de révéler la vérité, mais Sophie n'y est pas du tout préparée. Pour éviter de mentir, elle fait mine de ne pas avoir entendu la question de son fils et se lève pour aller jusqu'à la cuisine. Les mains tremblantes, elle ouvre le réfrigérateur et s'écrie :

— Ça te dit, un verre de Coca ?

Quelques secondes s'écoulent, puis Maël finit par demander d'un ton déçu :

— Il ne reste plus d'Orangina ?

Et le cœur de Sophie reprend un rythme régulier.

Maël

Aujourd'hui, je passe la journée avec papa, et quand maman m'a demandé comment ça allait au petit déjeuner, je n'ai pas su quoi répondre. Parfois, tout devient flou dans ma tête. D'un côté, je suis impatient que mon père vienne me chercher ce matin, j'ai hâte de le voir et de passer du temps avec lui. Mais d'un autre... je ne sais pas. Je me sens encore plus triste, parce qu'avant je n'avais pas besoin de compter les moments avec lui, il *était là* et c'était tout... J'ai l'impression que maintenant, il ne reste plus que des miettes à picorer, et que dès qu'on m'en propose une poignée, je dois me ruer dessus car je ne sais pas si on m'en donnera de nouveau plus tard.

Je voudrais que tout soit comme avant.

Je ne vois pas en quoi la séparation de mes parents est une bonne chose. Papa est malheureux. Maman est malheureuse, même si elle refuse de le reconnaître. Et moi aussi, je suis malheureux. Quel est l'intérêt, alors ? Ma mère a essayé de m'expliquer que parfois, dans la vie, il fallait prendre des décisions difficiles, qui peuvent rendre malheureux au début, mais qui sont pourtant les bonnes. Un peu comme quand on décide de se remettre au sport : au début, on a des courbatures partout et c'est horrible, mais plus tard, on voit les bénéfices.

N'importe quoi.

Quand papa sonne à la porte d'entrée, ça me fait tout drôle. C'est un peu la preuve irréfutable qu'il n'est plus chez lui. Son trousseau de clés est resté accroché au porte-clés dans l'entrée, il a juste retiré le petit singe en plastique dingue que je lui avais fabriqué pour une fête des pères, en primaire.

Il est en face de moi, avec sa figure toute chiffonnée et son sourire de travers qui ne trompe personne, surtout pas moi. Tous les deux, on ne sait pas trop quoi faire. Il dit : « Salut, bonhomme, tu es prêt ? », et, un peu gauche, je réponds : « Oui, j'ai déjà mis des baskets. » Il finit par me serrer contre lui et je passe mes bras autour de sa taille. Je respire l'odeur de son sweat-shirt à capuche, le noir tout délavé avec un crâne blanc et le logo de Sea Shepherd qui occupe toute la manche droite.

Là, je suis bien. Chez moi.

Au bout de quelques minutes, papa s'écarte de moi.

— Je t'emmène faire quelque chose de secret, aujourd'hui, annonce-t-il d'un air mystérieux.

Je l'étourdis de questions, mais il secoue la tête.

— Tu ne sauras rien avant qu'on soit arrivés !

Je cours embrasser maman ; elle est occupée à plier du linge dans sa chambre. Elle fait comme si tout allait bien, mais je sais qu'elle fait exprès de ne pas descendre.

— Amuse-toi bien, mon chat. À ce soir, murmure-t-elle sans croiser mon regard.

Dans la rue, je continue de poser des questions à papa pour avoir des indices du lieu où on va, mais il refuse de m'en dire plus.

Alors quand on arrive devant le grand supermarché du centre commercial, je me gratte la tête, perplexe.

— On va faire des courses ? je demande en essayant de cacher ma déception.

— Pas vraiment, non. On va rejoindre le groupe de gens, là-bas.

Et, effectivement, on s'approche de cinq personnes déjà en grande discussion. Un couple de personnes âgées, un homme de l'âge de papa, et deux filles plus jeunes. Papa fait les présentations : Claude et Liliane, Bertrand, Clarisse et Laura.

— Tu es venu avec ton fils ? demande Clarisse.

— Oui, il a très envie de voir ce qu'on fabrique à Greenpeace, et je me suis dit que l'activité prévue aujourd'hui serait un bon baptême pour lui ! répond papa en m'adressant un clin d'œil.

Aussitôt, mon cœur s'emballe. Moi aussi je vais être activiste, alors ! Je vais m'enchaîner quelque part, déployer une immense banderole en hauteur !

— Ouh là, doucement, petit, rit Liliane devant mon enthousiasme soudain. Ici, tu es au groupe local, on cherche surtout à informer les gens des problèmes écologiques, on ne mène pas des actions de confrontation comme ton père le fait au niveau national !

Je fronce les sourcils. Laura sort de son grand sac à dos des K-Way blancs marqués de « Greenpeace » en vert sur le devant et sur le dos. Tout le monde en enfile un à la vitesse de l'éclair, et papa me tend le mien :

— Il sera trop grand pour toi, mais ce n'est pas grave.

Je le mets et retourne deux fois le bord des manches pour que ce ne soit pas trop bouffant. Je remonte la fermeture Éclair et quand je croise le regard de mon père, j'y vois une sorte de joie que je n'ai pas aperçue depuis un moment déjà. Claude ouvre sa sacoche et en sort une liasse de prospectus et d'autocollants. Il en distribue à tout le monde et quand il arrive à ma hauteur, il m'explique qu'aujourd'hui, l'activité a pour objectif de dénoncer la marque de biscuits Oreo, qui utilise de l'huile de palme issue de la déforestation.

— Le but, c'est d'informer les clients que ce fabricant détruit la planète alors qu'il pourrait préparer ses biscuits autrement. Bertrand et Clarisse vont rester devant le magasin avec une grande banderole, pendant que nous irons au rayon biscuits pour coller ces autocollants sur tous les paquets d'Oreo.

Je regarde les autocollants que me tend Claude : des rectangles rouge vif sur lesquels est écrit en gros « OREO, LE GOÛT DE LA DÉFORESTATION ».

— Nous allons également distribuer ce flyer aux clients du magasin, où toute notre campagne est expliquée en détail, et nous leur proposerons de signer une pétition pour que les dirigeants d'Oreo changent leur façon de faire. Tu comprends ?

Je hoche la tête, déjà conquis, et Claude caresse sa moustache blanche d'un air pensif. Puis il regarde mon père et lance :

— Tu es sûr qu'il n'est pas trop jeune ?

Mon père croise les bras, plante son regard dans le mien. J'ai peur qu'il ne fasse marche arrière et me demande de rester devant le magasin.

— Tu as compris pourquoi on était là, Maël ?

— Pour avoir des palmeraies et produire de l'huile de palme, des pays comme l'Indonésie décident de raser des forêts tropicales entières. Ça augmente la pollution, et en plus, ça met en danger les animaux qui vivent dans ces forêts, puisqu'ils n'ont plus nulle part où aller. Oreo est une des marques qui encouragent ce fonctionnement, et on vient ici pour que ça change, je déclare d'une voix que j'essaye de ne pas faire trembler.

Claude hoche la tête, et visiblement, c'est le signe qu'il valide ma participation à l'action. Je pousse un soupir de soulagement, et remercie intérieurement M. Crozon, mon prof de SVT, de nous avoir fait un cours sur la déforestation le mois dernier.

La journée file à toute allure. Après avoir quitté les autres militants de Greenpeace en fin de matinée, je propose à papa d'aller manger au McDonald's, juste pour l'embêter un peu. Finalement, on déjeune de spaghettis au pesto chez lui, dans son nouvel appartement. Je lui demande quand je pourrai venir dormir chez lui – en plus, il y a deux chambres, même si elles sont plus petites qu'à la maison – et il me répond qu'il faut laisser le temps faire les choses. Je ne comprends pas trop ce que ça veut dire, mais je choisis de ne pas insister car son visage s'est brusquement fermé.

On passe l'après-midi à jouer à des jeux de société et à construire un gigantesque circuit de billes tous les deux. Puis il est déjà l'heure de rentrer. Je regarde le circuit qui occupe presque la totalité du salon.

— On est obligés de le défaire ?

— Non, on peut le laisser comme ça, ça ne me gêne pas…

— Il restera jusqu'à la prochaine fois où je viendrai chez toi ? je demande, soudain triste.

Papa acquiesce et j'ai envie de me jeter dans ses bras pour ne plus jamais le quitter.

Quand je rentre, maman est installée dans le canapé avec son ordinateur portable. Je suis sûr qu'elle a travaillé toute la journée, comme je n'étais pas là. Je m'assieds à côté d'elle, le cœur lourd.

— Tu as passé une bonne journée ? Qu'est-ce que vous avez fait ? demande-t-elle en reposant son ordinateur sur la table basse.

Je hausse les épaules.

— Rien de spécial. On était à deux, c'est tout, je lance sur un ton plus agressif que je ne pensais.

Sans savoir pourquoi, je n'ai aucune envie de lui raconter ce que j'ai fait avec papa. De toute façon, elle ne comprendrait pas.

— Je vois..., rétorque maman en fronçant les sourcils. Et sinon, quand est-ce qu'on va te couper les cheveux ? Ils sont vraiment de plus en plus longs, ça ne ressemble plus à grand-chose, franchement...

Je m'écarte d'elle, contrarié. Je n'ai aucune envie de me couper les cheveux, et elle le sait très bien.

— Regarde-toi, Maël. Tu as en permanence une mèche devant les yeux, et ils t'arrivent au menton ! Ça fait négligé.

Elle tente de remettre ma mèche derrière mon oreille, mais je me dégage.

— C'est ma tête, pas la tienne, je rétorque en me levant du canapé. Je fais ce que je veux.

Je fais ce que je veux.

CHAPITRE 7

MARS

Joachim

Un mois qu'il est parti, un mois qu'il a emménagé dans cet appartement sordide qu'il n'a même pas le courage de décorer. S'il était plus rationnel, il serait capable de se dire que son trois-pièces n'a rien de sordide, en réalité ; que c'est seulement l'absence de Sophie et de Maël qui le rend sans âme. Mais Joachim n'est qu'une montagne de chagrin, un chagrin qui lui paraît insondable et inextinguible. Plus les jours passent, plus son espoir s'amenuise. Plus son espoir s'amenuise, plus il se rend compte de ce qu'il a perdu.

De ce qui n'est plus.

D'autres que lui sombreraient dans l'alcool, se remettraient à fumer des joints comme des adolescents, sortiraient tous les soirs pour oublier leur solitude dans n'importe quels bras un tant soit peu accueillants. Joachim se contente de se noyer dans le travail et dans les séries télé qu'il enchaîne tous les soirs, le regard vitreux, affalé dans un lit trop grand pour lui.

Le dimanche soir, c'est le pire. Ça a toujours été le pire, sans qu'il sache vraiment dire pourquoi. Une main de fer l'attrape à la gorge dès que la nuit commence à tomber, et c'est comme s'il ne parvenait plus à respirer jusqu'au lendemain.

Alors quand il entend son téléphone sonner à 21 heures et que le prénom de Sophie apparaît sur l'écran, son cœur a un loupé. Se pourrait-il que… En une fraction de seconde, toutes les hypothèses les plus joyeuses explosent dans sa tête, et, évidemment, elles se résument toutes à une seule : elle a changé d'avis, elle veut qu'il revienne. Son portable continue de sonner sans qu'il parvienne à esquisser le moindre geste pour répondre. En une fraction de seconde supplémentaire, toutes les hypothèses les plus sombres dégoulinent comme une coulée de lave sur les parois de son crâne : il est arrivé quelque chose à Maël, il est arrivé quelque chose à Sophie, il est arrivé quelque chose *de grave*.

Le temps qu'il se ressaisisse, l'écran affiche « Appel manqué ». Manqué. Il a déjà manqué tellement, depuis un mois. Trente-quatre jours sans eux, très exactement. Bientôt trente-cinq, quand ce foutu dimanche soir sera derrière lui.

Les mains tremblantes, il compose le numéro de Sophie, qu'il connaît par cœur depuis si longtemps. Il a toujours tenu à ne pas se contenter d'appuyer sur le contact « Sophie » pour lui téléphoner ; il disait toujours, en plaisantant, que si un jour il lui arrivait quelque chose, il voulait ne pas avoir oublié le numéro de celle sans qui il ne serait rien. S'il se réveillait un jour à l'autre bout du monde, sans aucun souvenir de comment il avait bien pu atterrir là, il voulait être capable de trouver un téléphone et de composer son numéro pour la retrouver.

Elle décroche dès la première sonnerie. Sa voix est un murmure ; Maël doit être couché et elle ne veut pas le déranger. Joachim l'imagine seule dans la cuisine, avec son grand mug de thé brûlant rempli à ras bord. Peut-être même est-elle emmitouflée dans le plaid en polaire ; elle a toujours été frileuse.

— C'est moi…, annonce-t-il sans trop savoir quoi dire d'autre.

À l'autre bout du fil, il y a un blanc, puis Sophie répond :

— Merci de me rappeler. Il fallait qu'on discute de certaines choses…

Joachim sent aussitôt que la conversation risque de ne pas illuminer l'ambiance du dimanche soir. Il est debout devant la fenêtre de son appartement qui donne sur la rue éclairée par les lampadaires orange, il observe les allées et venues de ceux qui ne sont pas encore chez eux, peut-être parce qu'ils détestent les dimanches soir eux aussi. Il pense à Grand Corps Malade et à la chanson qui lui donnait des frissons chaque fois qu'il l'entendait, cette chanson qui semblait avoir été écrite pour lui, cette chanson qu'il hait aujourd'hui et lui donne envie de se recroqueviller au fond de son lit pour ne plus jamais en sortir.

Il écoute ce que Sophie a de si important à lui dire. Il écoute et il ne parle pas. Elle pense peut-être que c'est parce qu'il est en colère, mais en réalité, c'est parce qu'il est paralysé. Sous le choc. Encore.

Elle lui explique qu'elle a beaucoup réfléchi depuis un mois. *(Tu as envie que je revienne, alors ? Tu t'es rendu compte que cette séparation n'avait aucun sens, que tous les deux, on avait besoin l'un de l'autre pour être heureux ?)* Que tout ça n'est plus possible *(Je suis bien d'accord avec toi, Sophie, si tu savais comme j'en crève d'être sans vous…)*, que la situation n'est pas saine pour Maël, qu'il est de plus en plus déstabilisé. Elle ajoute qu'il est en sixième, et qu'il est en réalité assez grand pour rentrer du collège après ses cours et attendre seul à la maison qu'elle revienne à 19 heures. *(Tu es en train de dire que tu ne veux plus que je le voie les soirs de semaine, c'est ça ?)* Et que c'est pareil pour le mercredi : il a cours toute la matinée, et elle s'est arrangée pour le reste de la journée ; la mère de Lina l'accueillera avec plaisir pour le déjeuner et emmènera les deux adolescents à leur cours de roller en début d'après-midi. *(Qu'est-ce que tu fais, Sophie ? Qu'est-ce que tu fais, au juste ?)* Que tout sera bien plus simple comme ça, et, surtout, les choses seront plus claires pour Maël. *(De quoi tu parles ? Qu'est-ce qui sera plus clair ?)*

Lorsque Sophie a terminé sa tirade, Joachim déglutit avec difficulté ; c'est comme si des milliers d'épingles tapissaient sa gorge. Il n'a pas encore prononcé le moindre mot, et il cherche comment réagir à un cataclysme qu'il n'avait, une fois de plus, pas prévu.

— Et pour le psy ? finit-il par bredouiller d'une voix sourde.

— J'en ai parlé à Maël et il m'a répondu qu'il n'en avait plus vraiment besoin, rétorque aussitôt Sophie d'un ton coupant.

Joachim serre les poings, soudain écœuré qu'elle soit toujours incapable de comprendre l'importance pour Maël d'être suivi et accompagné. Le petit cherche en permanence à protéger tout le monde et à ne causer de souci à personne, et sa propre mère est trop centrée sur elle-même pour en prendre conscience !

— Tu te trompes. Il en a besoin, justement. Il en a besoin pour aller mieux et se construire, et ce n'est pas parce que tu ne veux plus de moi dans ta vie que Maël doit en pâtir !

Tu sais très bien que je suis disponible – et que j'ai toujours été disponible – pour l'emmener à ses séances le mercredi…

Sophie soupire.

— On parle d'un rendez-vous toutes les trois semaines. J'en reparlerai à Maël, et s'il y tient, je me débrouillerai pour poser une demi-journée de congé et le déposer à l'hôpital. Pas la peine de monter sur tes grands chevaux, déclare-t-elle avec la froideur qui est devenue habituelle chez elle.

Joachim se met à faire les cent pas dans son appartement, tel un lion en cage. Il n'est pas stupide, il comprend très bien où Sophie veut en venir, même si elle ne prononce pas les vrais mots et qu'elle cherche à enrober les choses plutôt qu'à vider son sac de manière frontale.

— Depuis un mois, je ne vois plus Maël que deux heures les soirs de semaine, le mercredi après-midi quand je l'emmène au roller ou à l'hôpital, et un samedi sur deux ou trois… Il va me rester quoi, au juste ? Une ou deux journées par mois, quand tu l'auras décidé ? demande-t-il, soudain submergé de colère.

— Dans quelques mois, Maël et moi allons déménager à Paris. Autant couper les ponts dès maintenant.

Joachim suffoque. « Couper les ponts » ? C'est une blague. Une blague de très mauvais goût. Le parpaing qu'il reçoit en plein sur la poitrine est lancé si violemment qu'il est obligé de s'asseoir sur une chaise.

— Qu'est-ce que tu racontes, Sophie ? Je t'ai dit que j'allais quand même m'installer en région parisienne de mon côté, pour pouvoir rester proche de Maël et continuer à m'occuper de lui…

À l'autre bout de la ligne, le silence s'étire, et Joachim a l'impression de vaciller au bord d'un gouffre.

— Je ne crois pas que ce soit une bonne idée. La dernière fois que tu as eu Maël pour la journée, tu n'as rien trouvé de mieux que de l'emmener faire l'apprenti activiste à Greenpeace, alors qu'il n'a que douze ans ! Tu n'as même pas jugé bon de m'en parler avant, et je me suis retrouvée devant le fait accompli, quand il me l'a dit le lendemain. La vérité, c'est que tu as une mauvaise influence sur lui. Depuis la semaine dernière, il est tout fier parce que son père est passé devant le tribunal pour ses frasques dans une centrale nucléaire, non mais franchement, quel exemple tu lui donnes ?

— Je voulais juste partager quelque chose avec lui, quelque chose d'*important*..., murmure Joachim, blessé.

— Eh bien, tu aurais peut-être dû te contenter de partager une pizza avec lui, assène Sophie avec sécheresse.

Il serre les dents. Il vient d'écoper de deux mois de prison ferme, une première pour des militants de Greenpeace qui n'ont fait que dénoncer les failles du nucléaire en France. N'importe qui peut entrer dans une centrale, voilà la situation telle qu'elle est. Jamais il ne renoncera à ses convictions ni n'en aura honte. Au procès, tous les activistes présents étaient soutenus par leur famille venue les accompagner. Joachim, lui, s'est retrouvé tout seul. Ce jour-là, ça lui a explosé en pleine figure, comme un feu d'artifice : il n'a plus de *famille*. Il a espéré jusqu'au bout que Sophie se montre, tout en se détestant de se sentir si fragile et si dépendant. Elle n'est jamais venue, elle l'a *abandonné*, encore. Personne ne l'a serré dans ses bras pour le réconforter quand la sentence inattendue de prison ferme est tombée. Il y a seulement eu l'avocat de l'ONG qui lui a tapé sur l'épaule en lui assurant de ne pas s'inquiéter, qu'ils allaient faire appel et que ça ne se passerait pas comme ça.

— Je suis désolée, mais je n'ai pas envie que mon fils suive les traces d'un idéaliste et se retrouve en prison dans quelques années.

Joachim s'étrangle.

— *Ton* fils ? répète-t-il, hagard.

— Oui, *mon* fils. Je crois qu'il est temps d'arrêter toute cette comédie, tous ces mensonges. Maël a le droit de connaître la vérité…

— Tu vas lui dire quoi, au juste ? murmure Joachim, exsangue.

— Que tu n'es pas son père.

Les mots lui font l'effet d'un uppercut en plein visage. Il chancelle, soudain, ses jambes sont de coton et tout se met à tourner dans la pièce.

Il n'est pas le père de Maël. Il n'a aucun droit sur lui, Sophie ne lui doit rien, et elle peut effectivement décider de couper les ponts, comme elle dit.

Le téléphone tombe de sa main, émet un claquement mat quand il rencontre le carrelage blanc.

La bile remonte dans son œsophage, acide et brûlante.

Il n'est pas le père de Maël.

Et pourtant…

Et pourtant il l'aime comme son propre fils depuis ses cinq mois. Il l'aime si fort qu'il a accepté de ne jamais avoir d'enfant avec Sophie. Est-ce que, s'il avait été le père biologique de Maël, il l'aurait aimé encore plus fort ? Il ne peut pas le savoir, puisqu'il n'a pas eu la chance d'avoir un enfant de sa chair. Mais ce qu'il sait, c'est qu'il lui paraît impossible d'aimer un enfant plus qu'il aime Maël depuis toujours. Il n'imagine pas un instant un monde sans lui, il pourrait tuer pour le protéger, il pourrait se sacrifier pour lui et son bonheur. Il a passé des nuits blanches à veiller sur lui, à le soigner, à le bercer, à tout arrêter pour lui dès qu'il était malade. Il a chassé les poux, les cauchemars, les fantômes sous le lit, la fièvre, les chagrins d'enfant. Il a changé les couches, étalé du liniment sur ses petites fesses rouges, épongé les flaques de vomi. Il a nettoyé les genoux écorchés, les baskets pleines de crotte de chien et les pantalons tachés d'herbe. Il a corrigé les dictées, fait réciter les poésies et les tables de multiplication, lu des centaines d'histoires de T'choupi et de Franklin. Il a donné des bains, fait des bulles de savon à n'en plus finir juste pour voir Maël sourire aux anges et tenter de les attraper de sa petite main. Il a filmé les spectacles de danse à toutes les kermesses de l'école, a accompagné Maël aux bébés nageurs, au solfège, aux cours de théâtre, aux anniversaires des camarades de classe. Il a joué des après-midi entiers au jeu de sept familles, aux Mystères de Pékin, au Monopoly, aux dames, à Dessinez c'est gagné, au Cluedo. Il a fait des câlins devant la grille de l'école, des bagarres dans l'obscurité le soir avant de se coucher. Il a beurré des tartines, épluché des kilos de pommes et de poires pour chaque goûter, pressé des pamplemousses, dessiné des bonhommes smileys sur des œufs au plat, ouvert des milliers d'Apéricube parce que la languette était trop compliquée pour l'enfant. Il a lacé des chaussures, remonté des fermetures Éclair, noué des écharpes, resserré des pantalons trop larges. Il lui a appris à faire du vélo, à dessiner des dragons et des princesses, à faire le poirier, à glisser sur un skateboard sans tomber.

Il a fait tout ça, et maintenant on lui assène qu'il n'est pas le père de l'enfant à qui il a tout donné.

Il reste là, hagard. Assommé.

Vide.

Sophie

— Je ne vois pas ce que ça change, déclare Maël sans regarder sa mère dans les yeux.

Sophie soupire, longuement. Elle voudrait trouver les mots pour expliquer à son fils que, justement, ça change tout.

Ça change tout, même s'il ne le comprend pas encore. Même si, pour l'instant, il n'est pas de cet avis. Même s'il va sans doute lui falloir du temps pour digérer ce qu'il vient d'entendre, pour en prendre la pleine mesure, pour accepter la situation. Là, il est *sonné*, quand bien même il paraît calme et impassible. Même pas mal. Mais Sophie n'est pas dupe : viendra forcément le temps de la colère et de l'incompréhension, le temps des reproches et du sentiment d'avoir été trahi, avant que l'accalmie ne se réinstalle et qu'un nouvel équilibre ne puisse se créer.

À vingt-quatre ans, alors qu'elle venait de terminer ses études et de décrocher son premier poste au siège d'un grand groupe hôtelier à la suite d'un stage où elle avait fait ses preuves, elle avait rencontré Romuald. Un étudiant au sourire espiègle qui l'avait tout de suite charmée, même s'il serait faux d'affirmer que Sophie était tombée amoureuse de lui. Il la faisait rire, elle le trouvait séduisant, mais l'histoire s'arrêtait à quelques discussions, quelques verres, et quelques nuits sans promesses ; rien de plus. À l'époque, c'est son amie Sarah – perdue de vue depuis bien longtemps désormais – qui avait insisté pour la traîner aux cours de rock de l'École nationale supérieure d'arts et métiers de Lille ; elle ne voulait pas y aller toute seule et Sophie s'était laissé convaincre : après tout, ce n'était qu'un soir par semaine, la séance ne coûtait que deux euros, et c'était l'occasion de se changer les idées. Au début, elles s'amusaient à danser entre elles, mais au bout de quelques cours, Sarah s'était trouvé un prétendant qui n'attendait qu'une chose : apprendre les passes et danser avec elle. Sophie s'était retrouvée sans cavalière, et quand le professeur de rock avait demandé dans son micro s'il n'y avait pas un jeune homme disponible dans la salle, elle avait eu la honte de sa vie. Le rouge lui était monté aux joues, et elle n'avait pas eu besoin de se regarder dans un miroir pour savoir que son visage était cramoisi. Aussitôt, elle avait esquissé un pas en direction de la sortie, mais le professeur l'avait arrêtée. Lui avait montré de l'index un garçon aux cheveux un peu trop longs, vêtu de la traditionnelle blouse grise des étudiants de l'école. Romuald.

Ce soir-là, ils avaient dansé, donc. La semaine suivante également, et celle d'après encore. Il l'avait invitée à boire un verre, elle avait accepté. Il l'avait embrassée, elle n'avait pas reculé. Il lui avait proposé de l'accompagner à sa petite chambre d'interne, elle ne s'était pas fait prier, d'autant plus que l'interdit avait quelque chose d'assez excitant.

Tout ça n'avait rien de sérieux. Juste un peu de plaisir par-ci par-là. Pas de sentiments véritables : ils faisaient partie de deux mondes bien différents. Lui était encore étudiant, et même s'il était en dernière année, il ne savait pas vraiment ce qu'il voulait faire de sa vie, hormis aller s'installer en Australie parce qu'il avait toujours rêvé de vivre dans ce pays. Sophie, elle, avait déjà un emploi du temps bien réglé, un salaire, un patron, un plan de carrière établi, des ambitions, des échelons à gravir jusqu'à devenir un jour la directrice marketing d'une grande marque de prêt-à-porter ou de cosmétiques.

La petite croix bleue qui était apparue un matin de printemps dans la fenêtre d'un bâtonnet en plastique était venue tout chambouler. En comptant son stage, ça faisait à peine huit mois qu'elle occupait son poste. Avoir un enfant ne faisait absolument pas partie de ses projets à court ou même moyen terme, et pourtant avorter lui avait aussitôt paru inimaginable. Elle faisait partie de ces personnes qui croient que rien n'arrive jamais par hasard. Alors oui, cette grossesse était une tuile. Une vraie. Mais si un enfant avait décidé de s'accrocher à elle, elle ne *pouvait pas* lui refuser le droit de venir sur terre. Elle ferait avec et advienne que pourra.

Lorsqu'elle avait annoncé à sa mère l'événement pas si heureux que ça à venir, Erica avait levé les yeux au ciel en psalmodiant quelques mots de piémontais qui signifiaient certainement « Quelle tuile ! », bien que Sophie ne comprenne pas suffisamment le dialecte maternel pour en être certaine. Mais sa mère avait respecté son choix. Après tout, elle avait élevé sa fille en lui serinant qu'il fallait toujours, en toutes circonstances, être une femme forte et indépendante. Toute son enfance, Sophie avait entendu ce refrain, comme une litanie : « Nous sommes des femmes fortes. Nous sommes des femmes indépendantes », prononcé à chaque obstacle, chaque contrariété, chaque chagrin. Le père de Sophie était mort d'une crise cardiaque quand elle avait à peine quatre ans, et sa mère avait toujours affirmé avec amertume qu'il les avait *abandonnées* et qu'elles n'avaient donc pas d'autre choix que d'être *invincibles*. Sans doute pour inculquer à Sophie la ténacité et le courage, elle lui avait parlé de toutes ces femmes incroyables, qui avaient accompli de grandes choses uniquement grâce à leur force de caractère. Sophie avait grandi avec Simone Veil, Hubertine Auclert, Amelia Earhart, Gisèle Halimi, Marie Curie, Emmeline Pankhurst et Rosa Parks. « Nous sommes des femmes fortes », et ce mantra, au fil des années, avait endurci Sophie et l'avait convaincue que son plus grand devoir dans la vie serait de ne jamais, absolument jamais, montrer la moindre *fragilité*.

Lorsque, par souci d'honnêteté, elle avait parlé de sa grossesse à Romuald, il s'était aussitôt exclamé, le regard déjà fuyant :

— Je ne veux pas d'un enfant à même pas vingt-cinq ans, je n'ai encore rien fait !

Ce à quoi Sophie avait rétorqué d'un ton plus qu'acerbe :

— Parce que tu crois que moi, j'en veux un maintenant ?

Romuald avait exécuté à la perfection un glissé dans le dos puis enchaîné sans le moindre souci avec la caresse double alternée que le professeur de rock venait de montrer au groupe. Quand Sophie et lui étaient revenus en position de départ, Romuald avait lâché sa main et avait déclaré, visiblement soulagé :

— La question est donc réglée.

Sophie avait serré les dents, s'était répété dans sa tête qu'elle était une femme forte et indépendante, et la conversation n'avait pas été plus loin. Elle n'était plus jamais revenue à un cours de rock, et Romuald n'avait plus jamais tenté de lui téléphoner ou d'entrer en contact avec elle. Elle était incapable de dire s'il était persuadé qu'elle avait avorté ou si ça lui était simplement égal à partir du moment où il n'était plus impliqué.

Ça n'avait pourtant rien eu d'évident de mener une grossesse toute seule, de s'imaginer élever un bébé en mère célibataire tout en ne faisant pas une croix sur ses rêves professionnels. Elle avait souvent craqué, au fur et à mesure que son ventre s'arrondissait et qu'elle ne pouvait partager ses angoisses avec personne hormis quelques amies qui, de toute façon, ne comprenaient pas vraiment la décision qu'elle avait prise de garder un enfant qu'elle ne désirait pourtant pas plus que ça.

Mais, quand Maël était né, il avait balayé tous ses doutes. Du jour au lendemain, il était devenu inimaginable pour Sophie d'être séparée de lui ou de devoir le partager avec un garçon qui n'était guère plus qu'un semeur de spermatozoïdes. On ne construisait pas sa vie avec un coup d'un soir, ni même avec un coup de dix soirs. Romuald avait fermé les yeux pour ne pas voir, pour ne pas savoir, et la facilité et l'insouciance avec lesquelles il s'était déresponsabilisé avaient ouvert un abîme de dureté et de rage chez Sophie. Une rage que son enfant ait pu être ainsi rejeté, une rage de toujours le protéger, envers et contre tout.

Peu après la naissance de Maël, elle avait hésité à contacter celui qui n'avait rien d'un père, pour qu'il *sache*. Mais elle s'était ravisée, submergée par un instinct maternel dévorant. Elle avait porté seule ce bébé pendant près de neuf mois dans son ventre, c'était *son* fils et personne ne viendrait jamais clamer le contraire, désormais. Romuald avait son numéro de téléphone et son adresse : s'il avait voulu prendre des nouvelles ou s'assurer de sa non-paternité, il avait les moyens de le faire. Ça n'avait pas été le cas, et elle savait par le petit ami de Sarah qu'il avait continué sa petite vie exactement comme il l'avait planifiée : il avait eu son diplôme d'ingénieur et, au moment où Maël fêtait son premier mois, il s'était envolé pour l'Australie.

Quand son fils avait eu deux mois, elle avait malgré tout fini par lui envoyer un mail avec une photo de Maël, uniquement parce qu'elle ne voulait pas que, des années plus tard, son fils lui reproche quoi que ce soit. Le message était resté sans réponse et elle avait définitivement refermé cette page de sa vie, non sans soulagement.

Voilà ce qu'elle vient d'avouer à Maël aujourd'hui, après lui avoir fait croire pendant douze ans que Joachim était son vrai père. Le garçon l'écoute sans interrompre son histoire. Quand elle cesse enfin de parler, il hoche la tête en faisant une drôle de moue. Il regarde ses pieds, ses ongles de main, puis le grand pêle-mêle de photos accroché sur le mur au-dessus de la télévision.

— Je ne vois pas ce que ça change, déclare-t-il.

Ça change tout, pourtant.

Avec Maël, elle va partir s'installer à Paris cet été, et il n'est plus question que Joachim fasse partie de leur vie. Ou en tout cas, pas autant qu'il le voudrait. Pas de garde alternée, pas non plus de week-end sur deux ou de vacances scolaires à se partager.

Elle ne cédera pas d'un pouce.

Après tout, il n'avait qu'à réfléchir deux minutes avant de partager sa salive avec celle d'une autre.

Avant de la trahir, avant de *les* trahir.

Maël

Ce matin, il pleut à verse lorsque je sors de la maison pour affronter les vingt minutes de marche jusqu'au collège. J'ai à peine vu ma mère avant qu'elle ne parte attraper son train de 7 h 12 ; comme tous les jours de semaine. Avant, j'avais l'habitude de prendre le petit déjeuner avec mon père – hors de question que je l'appelle autrement juste parce que ma mère a décidé que sa révélation allait tout faire valser sans la moindre négociation.

Il s'installait en face de moi, à table. Il buvait son café, les yeux toujours un peu dans le vague car il est de ceux qui ont un mal fou à émerger au réveil. Je me versais des céréales, puis m'absorbais dans la lecture pourtant sans intérêt du paquet.

On n'avait pas besoin de parler pour être simplement *bien* ensemble. On dit qu'on n'apprécie jamais le bonheur qu'on a avant de l'avoir perdu, et c'est tout à fait ça. Aujourd'hui, je me rends compte des petites choses anodines qui me rendaient heureux.

J'aurais dû prendre un parapluie, même si c'est la lose et qu'après j'aurais dû me le traîner toute la journée au collège. Si mon père avait été là ce matin, il m'aurait prêté sa carte de bus pour m'éviter le trajet à pied sous la flotte. Ma mère, elle, ne se soucie que de son brushing impeccable et de son train.

Elle s'est acharnée à tout faire disparaître de papa dans la maison, comme si ça allait suffire à l'effacer de ma mémoire et de mon cœur. Elle a changé toutes les photos dans les cadres et les pêle-mêle accrochés au mur ; les a remplacées par des photos d'elle et moi seulement. Elle a jeté la brosse à dents orange dans la salle de bains, n'a laissé que la bleue et la verte. Elle a évacué de l'étagère de la cuisine les petites bouteilles de coca en alu que papa collectionne, les a rangées à la va-vite dans un carton qu'elle compte lui donner on ne sait quand puisqu'il n'est plus jamais censé mettre les pieds ici. Elle a remisé tout au fond d'un placard le bol qu'il utilisait toujours pour son petit déjeuner et le mug Star Wars dans lequel il buvait son café dans la journée – ça faisait toujours des cercles marron sur son bureau et maman pestait à chaque fois que c'était quand même dingue de ne pas être capable de faire un peu plus attention.

Où que je pose le regard, c'est comme s'il n'avait jamais vécu ici. Ça me donne le vertige, qu'on puisse tout supprimer de quelqu'un en si peu de temps.

C'est un peu comme s'il était mort.

À part qu'il ne l'est pas. Il vit quelque part, pas très loin de moi, mais je n'ai plus le droit d'être avec lui. Du moins, pas autant que je le voudrais. Maman a dicté ses règles, c'est ce qu'elle fait toujours, et on doit s'y plier, qu'on soit d'accord ou non.

Comme quand elle m'a demandé : « Tu as l'air d'aller beaucoup mieux, par rapport à l'été dernier… Est-ce que tu penses que tu as vraiment besoin de continuer à aller voir ce psychiatre ? »

Genre je suis stupide. Je sais bien qu'elle a autre chose à faire que de m'emmener le mercredi à ce rendez-vous. Je sais bien qu'elle ne veut plus que papa m'y accompagne. Je sais bien qu'elle m'aime uniquement parce que je suis *son petit garçon*. Alors j'ai secoué la tête d'un air dégagé, et elle a murmuré : « On verra, alors. » C'est tout vu. De toute façon, elle ne donnera jamais son autorisation pour les bloqueurs de puberté, alors à quoi bon… ?

La dernière fois que j'ai vu papa, il y a quinze jours, il m'a dit de ne pas m'inquiéter, que les choses allaient s'arranger, que c'était tendu et compliqué en ce moment, mais que ça n'allait pas durer. Qu'il fallait juste laisser le temps à maman de digérer et de se calmer. Qu'il valait mieux faire profil bas plutôt que d'aller au combat. Il ne me regardait pas vraiment en me parlant, on aurait dit qu'il était gêné, mal à l'aise. Peut-être qu'il croyait que j'allais lui sauter dessus pour lui demander pourquoi il ne m'avait jamais dit qu'il n'était pas mon vrai père, peut-être qu'il imaginait que j'allais crier, ou pleurer. Mais ce qu'ils ne comprennent pas, tous les deux, c'est que tout ça ne change rien pour moi. Il est celui que je connais depuis toujours. Il est dans tous mes souvenirs, il est dans chaque page des albums photo que maman fait chaque année. Je me contrefiche de savoir que, quelque part, je partage mes cellules et mon sang avec un type qui n'a pas voulu de moi, de toute façon. Je m'en fiche puisque *j'ai* un père. Je ne comprends pas ce que j'ai fait de mal pour que maman veuille à ce point m'en priver.

— Tu veux qu'on en parle ? il m'a demandé d'un ton hésitant tout en branchant la console de jeux vidéo – maman a décidé que c'était une activité plus saine que de lutter contre la déforestation, alors on s'est inclinés, évidemment.

J'ai secoué la tête en attrapant la manette bleue. Mon père n'a pas bougé, alors je lui ai collé la manette rouge dans les mains en murmurant :

— Non, ça va aller.

— Mais… tu as sans doute des questions, non ?

De nouveau, j'ai secoué la tête.

— Tu es prêt à perdre à Mario Kart ? j'ai lancé avec un sourire en coin, et papa a haussé les épaules, vaincu.

Ce jour-là, j'ai gagné les trois parties d'affilée, mais je suis certain qu'il n'était pas au mieux de sa forme, car d'habitude, il s'en sort nettement mieux.

Quand j'arrive au vestiaire pour le cours de sport de 8 h 30, je suis complètement trempé. Mon jogging est bon à essorer, et j'ai l'impression que mes pieds flottent dans des baskets remplies d'eau. Des gouttes dégoulinent le long de ma nuque, je déteste ça.

J'ai pris l'habitude de toujours mettre ma tenue de sport à la maison, pour arriver déjà prêt au cours de basket-ball. Comme ça, je ne dois me changer qu'une seule fois, à la fin du cours, et généralement, je file aux toilettes avant tout le monde pour remettre mon jean et mon T-shirt en moins de temps qu'il n'en faut aux autres pour rejoindre le vestiaire. Ça passe comme une lettre à la poste. Mais ce matin, visiblement, je n'ai pas eu l'idée du siècle, car je suis obligé de faire toute la séance en étant trempé. Quand le prof nous libère enfin, je vais récupérer mon sac en bas des gradins et fonce aux toilettes pour m'apercevoir qu'elles sont exceptionnellement fermées à clé. Une feuille A4 est accrochée sur la porte : « HORS SERVICE. »

Aussitôt, je sens que je me liquéfie. Je me cramponne à l'anse de mon sac à dos et, à pas lents, je me dirige vers le vestiaire où j'entends déjà les cris et les rires des garçons qui se changent. Je me mets dans un coin, sur un banc vide. Il faut que j'enlève mon T-shirt et mon jogging, il faut que je me retrouve en sous-vêtements devant eux, et je ne vois aucun moyen d'y échapper. Dans mon sac, il y a un jean, un sous-pull et un sweat-shirt secs. Mes yeux sont rivés au sol, je ne veux pas voir leurs corps, j'ai comme l'impression d'être un voyeur, je voudrais être partout sauf ici.

— T'as un problème, Mancini ?

Je ne sais même pas qui a parlé. Je suis tout autant incapable de dire qui sont ceux qui pouffent de rire en me voyant rentrer un peu plus la tête dans les épaules et faire signe que non, je n'ai aucun problème.

Est-ce qu'on peut considérer le fait que je porte une culotte comme un problème ? Soudain, j'ai des sueurs froides. Je ne peux pas me changer ici, évidemment que non. Il faut croire que je me suis un peu trop enhardi, ces derniers temps. Ça a commencé par une culotte noire, toute simple, de maman, que j'ai étendue avec le reste de la lessive puis que j'ai discrètement récupérée une fois sèche. Au début, je l'ai mise le soir, sous mon pyjama, pour dormir. Je l'ai essayée, je me suis regardé dans le miroir de la salle de bains après avoir pris soin de fermer le verrou. Je ne sais pas pourquoi, mais j'ai eu l'impression d'être *plus moi*, comme ça. Alors je l'ai gardée, en la cachant chaque matin dans ma taie d'oreiller. Et puis j'ai eu envie de la mettre dans la journée, pour sortir, et la première fois que je l'ai fait, j'ai eu le sentiment d'être une fille. Comme si personne ne pouvait le voir, mais qu'à l'intérieur, je l'étais pour *de vrai.* Ce bout de tissu noir me rendait invincible, presque, même si ça n'avait aucun sens et que ça ne changeait rien du tout, en réalité. Ma mère ne s'en est jamais rendu compte quand je la mettais à la lessive et que j'en prenais une autre dans son tiroir de commode. Je n'en ai jamais parlé à papa, bien sûr, mais j'ai réussi à le dire au docteur Maillard, même si j'ai eu très peur qu'il éclate de rire ou qu'il me regarde d'un air dégoûté – le même qu'a déjà eu maman les rares fois où je me suis amusé à me déguiser avec une robe ou à essayer son rouge à lèvres ou ses chaussures à talons, les noires avec une bride. Mais le docteur Maillard n'a pas paru écœuré, et il n'a pas rigolé. Il m'a juste demandé :

— Quand tu portes cette culotte, est-ce que tu te sens bien ?

J'ai répondu oui, et il a souri :

— Dans ce cas, je ne vois pas où est le problème.

J'ai senti que mon cœur devenait léger, léger comme un ballon gonflé à l'hélium. Et à partir de ce jour-là, j'ai mis une culotte tous les jours.

Mais jamais encore les portes des toilettes n'avaient été fermées à clé.

J'aurais dû rester sur mes gardes, me montrer plus prudent et garder un caleçon pour les jours de sport.

Derrière moi, j'entends quelqu'un s'écrier « Mancini, p'tit zizi ! », puis les rires fuser de part et d'autre du vestiaire. Je referme mon sac, attrape mon manteau et sors sans rien répondre.

Après tout, je peux très bien rester dans mon jogging trempé jusqu'à ce soir.

Aucun problème.

CHAPITRE 8

AVRIL

Joachim

Le jour où ses yeux sont pour la première fois tombés sur Sophie, il a aussitôt su que sa vie était sur le point de basculer. Que les planètes venaient de s'aligner pour lui et qu'il devait à tout prix saisir sa chance qui ne pouvait être qu'éphémère. Ça semble cliché de dire ça, ou peut-être même mensonger, car il est facile de reconstruire la réalité après coup, une fois qu'on sait ce que l'avenir a réservé. Mais Joachim se contrefiche de l'avis des autres, et même de la façon dont Sophie levait les yeux au ciel quand, des années après, il lui murmurait dans des moments de tendresse qu'il l'avait aimée de tout son être dès le premier regard.

Lui sait ce qu'il a ressenti ce jour-là. Il se souvient de la pureté et de l'intensité de l'émotion qui l'avait saisi lorsque la jeune femme avait fait son apparition. Il était debout dans le métro, adossé contre l'accoudoir en plastique d'un des sièges. À côté de lui, deux femmes d'une cinquantaine d'années discutaient du tarif exorbitant d'un lycée privé, à voix si haute que toute la rame profitait de leur conversation. Lui tentait tant bien que mal d'avancer dans un roman qu'il avait emprunté à la bibliothèque : *La Couronne verte* de Laura Kasischke. Il l'avait choisi au hasard, simplement parce que le livre était dans les retours du jour et que la couverture avec une énigmatique silhouette de femme peinte en vert lui plaisait. Bien lui en avait pris, car il n'arrivait plus à décrocher de l'histoire, au point qu'il avait l'impression qu'Anne, Michelle et Terri faisaient partie de sa famille. Mais face aux deux pies bruyantes du métro, Joachim ne parvenait pas à se concentrer et à s'immerger dans l'atmosphère inquiétante des ruines mayas.

La rame s'était arrêtée à République sans que personne descende. La sonnerie indiquant que le métro allait repartir avait retenti, mais juste avant que les portes ne se referment, une silhouette avait foncé et jeté son sac à main en avant de façon à bloquer les parois coulissantes. Les portes s'étaient automatiquement rouvertes, et une jeune femme tout essoufflée d'avoir couru à perdre haleine était entrée dans la rame.

Sophie.

Des cheveux châtain foncé remontés en un chignon haut duquel s'échappaient des mèches rebelles. Une longue frange placée sur le côté. Des yeux noisette encadrés de khôl noir. Un chemisier noir avec de la dentelle au niveau du décolleté, un jean bleu marine avec une large ceinture de cuir. Des escarpins en daim noir.

Elle s'était passé la main sur le front pour éponger la sueur, avait essayé de se faire de l'air avec une pochette cartonnée qui visiblement était trop grande pour rentrer dans son sac. En face d'elle, les deux femmes avaient interrompu leur discussion pour la dévisager d'un air désapprobateur.

— Je déteste les gens qui empêchent le métro de repartir, c'est d'une impolitesse…, avait déclaré l'une des deux d'une voix suffisamment forte pour qu'encore une fois tous les passagers présents l'entendent.

— Et un manque d'éducation, surtout... C'est quand même triste d'être si pressée et si égoïste, comme si deux minutes d'attente allaient changer quoi que ce soit ! avait sifflé la seconde d'un ton dédaigneux, en regardant Sophie de haut en bas.

La jeune femme avait baissé la tête, honteuse. Des larmes avaient perlé de ses yeux et elle s'était aussitôt retournée pour ne pas offrir ce spectacle à ces commères. Plus tard, Joachim apprendrait que ce jour-là, Sophie venait de déposer Maël à la crèche, qu'elle avait dû changer tous ses vêtements parce qu'il avait régurgité son biberon au moment de partir, et qu'elle était en retard pour une réunion très importante avec le directeur artistique de la campagne de communication dont on venait tout juste de lui confier la coordination. À vingt-cinq ans, elle devait faire ses preuves, et la moindre erreur pouvait lui être fatale et la reléguer au rang des mères célibataires qui n'auraient jamais de carrière et dont il ne fallait pas attendre grand-chose. En courant pour rattraper son retard, elle avait glissé dans l'escalator et s'était foulé la cheville, mais n'avait pas interrompu sa course pour autant. C'était la première fois qu'elle osait empêcher un métro de repartir, et elle avait même craint de perdre son sac à main en tentant l'expérience. Lorsque la femme blonde vêtue d'un trench beige avait pesté contre elle, elle avait fondu en larmes parce qu'elle avait pensé à Maël qui s'était cramponné à elle pour qu'elle ne l'abandonne pas à la crèche et qu'elle avait à peine pris le temps de consoler tant elle avait peur de manquer sa réunion. Tout était un combat permanent quand on était seule avec un bébé et qu'on ne voulait pas pour autant faire une croix sur une carrière professionnelle. Et, oui, deux minutes d'attente pouvaient se révéler importantes, même si d'autres s'empressaient de la juger sans chercher à comprendre.

Joachim avait attrapé un paquet de mouchoirs dans sa sacoche, s'était approché de la jeune femme pour lui en tendre un. Elle l'avait remercié sans croiser son regard. Le métro s'était arrêté à Rihour, mais il n'était pas descendu, parce qu'il ne voulait pas la quitter comme ça, sans aucune chance de la revoir. À la gare Lille-Flandres, elle était sortie de la rame en claudiquant, et il lui avait emboîté le pas.

— Je vais vous aider, lui avait-il dit d'un ton sans appel en la prenant par le bras.

Étonnée, elle s'était malgré tout laissé faire. Plus tard, elle lui avouerait que sa cheville lui faisait tellement mal qu'elle avait cru ne jamais être capable d'arriver jusqu'au bureau. Il l'avait laissée devant un grand immeuble aux parois en miroir, elle avait lancé un « Merci beaucoup, il faut vraiment que j'y aille… » avant de filer sans se retourner.

Toute la journée, il avait pensé à elle, incapable de travailler correctement. Il s'était demandé si elle le prendrait pour un fou s'il venait l'attendre en fin d'après-midi. Aurait-elle peur de lui ? Serait-elle méfiante ? Ou lui accorderait-elle le bénéfice du doute ?

À 16 heures, il avait attrapé ses clés et filé pour être devant l'immeuble étincelant à 16 h 25. Il avait attendu jusqu'à 18 h 36, heure à laquelle Sophie était sortie en boitant et courant à moitié ; visiblement, c'était son habitude d'être en retard. Elle s'était figée en le voyant.

— Vous… Vous êtes resté là toute la journée ? avait-elle demandé, les sourcils froncés.

Il avait souri.

— Non, bien sûr que non. Je suis peut-être un peu timbré, mais pas à ce point-là !

Elle avait eu l'air soulagé, mais toujours sur ses gardes.

— Je dois y aller, je suis en retard..., avait-elle murmuré en faisant mine de poursuivre son chemin jusqu'au métro.

Il avait hoché la tête, tentant de masquer sa déception. Qu'est-ce qu'il avait imaginé ? Qu'elle allait lui sauter dans les bras et lui avouer qu'elle n'avait pas cessé de penser un instant à lui depuis le matin ?

— Écoutez... je comprendrais que vous trouviez étrange, voire inquiétant, qu'un inconnu vienne vous chercher à votre travail, mais ce matin... il s'est passé quelque chose. J'ai *senti* quelque chose, et c'est bête, je sais, mais mon père m'a toujours dit que lorsqu'il y avait une étincelle entre deux personnes, on le savait aussitôt, qu'il n'y avait aucune question à se poser... Alors peut-être que je me suis trompé, et ce n'est sans doute pas partagé, mais je m'en serais voulu toute ma vie de passer à côté de vous...

Joachim s'était embourbé dans son embarras, et l'air abasourdi de Sophie ne l'avait en rien aidé. Elle avait jeté un coup d'œil sur la gauche, signe qu'elle pensait avant tout à s'en aller et à se débarrasser de lui. Joachim avait toussé pour s'éclaircir la gorge.

— Ce matin, la femme dans le métro a dit que deux minutes à attendre une autre rame n'auraient rien changé à votre vie. Mais moi, je crois qu'elle se trompe, parce que ces deux minutes auraient changé la mienne, avait-il murmuré.

Elle l'avait regardé droit dans les yeux, pour la première fois.

— J'ai un bébé de cinq mois que j'élève seule, avait-elle lancé d'un ton de défi.

Il avait hoché la tête, comme s'il ne voyait pas où pouvait être le problème. Elle avait ajouté :

— Je n'ai aucun temps libre, je passe mes journées à courir entre mon fils et mon travail.

— Je comprends. Mais… je suis sûr que parfois, il vous arrive quand même de manger, par exemple ?

Elle avait enfin souri, si brièvement que Joachim n'avait pas été certain qu'il s'agisse vraiment d'un sourire.

— Ça va être compliqué, avait-elle déclaré, impassible.

— Tant mieux, parce que je n'aime pas les choses simples, avait-il répliqué.

Ce jour-là, il avait réussi à l'amadouer. Au fil des jours, puis des semaines, il était parvenu à l'apprivoiser. Quelques mois après, ils s'étaient installés ensemble, et tout avait paru si naturel que Joachim avait su que son instinct ne l'avait pas trompé.

Et pourtant… Près de douze ans après, il ne sait plus. Il a beau se dire que ce n'est pas uniquement à la fin d'un film qu'il faut juger toute l'histoire, il ne sait plus. Est-ce que, ce matin de juin, il aurait mieux valu pour tout le monde que Sophie rate le métro et prenne le suivant ? Qu'ils ne se rencontrent jamais ? Peut-être aurait-il connu une autre femme, peut-être auraient-ils eu un enfant ensemble, peut-être que tout serait différent aujourd'hui…

Allongé dans son lit, les bras croisés derrière la tête à ruminer ses souvenirs, Joachim ne parvient pas à trouver le courage de se lever et d'entamer une nouvelle journée qui sera tout aussi fade et terne que les précédentes. Pourtant, ce n'est pas le travail et les commandes à boucler qui manquent… Ludivine a annoncé la semaine dernière qu'elle venait de trouver un nouveau poste de chargée de communication dans une mairie de la métropole lilloise, et il s'est persuadé que ce départ n'avait rien à voir avec ce qui s'était passé entre eux et le fait qu'il soit glacial avec elle depuis. Tout l'indiffère depuis que Sophie l'a quitté et qu'elle tente de le couper de Maël…

Soudain, la sonnette retentit, le faisant sursauter. Il se lève d'un bond – le livreur de colis ne patiente jamais bien longtemps et, même s'il n'attend rien de particulier, mieux vaut se dépêcher au cas où –, enfile une paire de baskets et descend au rez-de-chaussée de son immeuble. Sur le pas de la porte, il découvre Maël qui attend, les mains dans les poches d'un sweat-shirt bleu à capuche.

— Qu'est-ce que tu fais là ? On est quel jour ? demande-t-il, aussi surpris que ravi de le voir.

— Vendredi.

— Vendredi… Mais, tu ne devrais pas être en cours, à cette heure-ci ?

— Je n'avais pas envie d'y aller, alors j'ai changé de route et je suis venu jusque chez toi…, bredouille Maël, le regard fuyant.

Joachim soupire, s'écarte pour le laisser passer.

Une fois qu'ils sont remontés à l'appartement, le garçon laisse tomber son sac à dos et s'affale dans le canapé. Joachim va faire couler du café, le temps de chercher comment il doit réagir. Mais Maël ne le laisse pas souffler.

— Pourquoi maman et toi vous vous êtes séparés ? attaque-t-il bien trop frontalement pour Joachim qui n'a pas encore les yeux en face des trous.

Sophie lui a expliqué qu'ils ne s'entendaient plus, qu'ils s'étaient éloignés ; que du bla-bla abstrait qui n'a aucun sens pour Maël. Joachim ignore encore comment il va s'extirper d'une conversation qu'il ne souhaite pas avoir.

— Je… J'ai fait une erreur. Une erreur qui a blessé ta mère.

— Tu ne peux pas lui demander pardon et revenir à la maison ? tente le garçon d'un ton presque suppliant.

Joachim soupire ; si seulement ça pouvait être si facile…

— Je lui ai présenté mes excuses, plusieurs fois, mais, parfois, ça ne suffit pas.

— Alors tu te résignes ?

— Non… Je ne suis pas du genre à me résigner, mais j'essaye d'accepter la colère de ta mère, et le fait qu'elle n'a plus envie de partager sa vie avec moi…

— Tu laisses tomber, quoi, assène Maël, soudain amer.

— C'est faux…, rétorque Joachim, sans savoir quoi ajouter.

Il voudrait dire à Maël qu'il ne compte pas baisser les bras aussi facilement, puisqu'il aime toujours Sophie et qu'il est persuadé qu'on ne peut pas effacer des années d'amour en un claquement de doigts. Mais il ne veut pas donner de faux espoirs à l'enfant, lui faire croire que tout peut s'arranger alors que lui-même ignore si Sophie, avec du temps et du recul, pourrait changer d'avis et lui accorder une nouvelle chance…

— Je veux rester avec toi… Est-ce que tu ne pourrais pas m'adopter ? demande soudain Maël, la mine renfrognée.

Joachim secoue la tête, ça ne marche pas comme ça, malheureusement…

— Tu es mon père depuis que je suis bébé, tu t'es occupé de moi autant que maman, alors pourquoi ça ne compte pas ?

Pourquoi je devrais te voir moins qu'elle ? Je ne comprends pas, ce n'est pas *juste* ! s'écrie Maël en croisant les bras.

— Je sais, je sais, se contente de murmurer Joachim, meurtri.

— Je ne veux pas rentrer. S'il te plaît, ne m'oblige pas à rentrer…, supplie soudain l'enfant, les larmes aux yeux, et le père lit une telle détresse dans son regard qu'il ne peut qu'acquiescer pour apaiser celui qu'il considère comme son fils.

Nerveux, il va chercher son téléphone, compose le numéro de Sophie. Elle décroche aussitôt. Lui qui pensait tomber sur son répondeur pour y laisser un message, il se retrouve pris au dépourvu.

— C'est, heu, moi. Maël est chez moi, il n'est pas allé au collège ce matin, et, heu… il ne veut pas rentrer pour le moment, il ne va pas bien du tout…

Sans rien dire, Joachim écoute Sophie s'agacer des caprices de son fils et crier au complot. Son agressivité l'exaspère au plus haut point : décidément, elle n'est jamais capable de se mettre à la place des autres… Pourtant, il se force à respirer calmement, à ne pas exploser.

Il observe Maël qui vient d'allumer son baladeur mp3 et d'enfoncer ses écouteurs dans les oreilles pour ne pas entendre le probable conflit à venir. Et soudain, il sait ce qu'il doit faire.

— Écoute. J'ai prévu de partir une semaine à New York dans quelques jours, je vais loger chez Marcus…

Il avait pris cette décision sur un coup de tête, une nuit où il ne parvenait pas à trouver le sommeil tellement il ruminait son sentiment d'injustice de ne plus pouvoir voir Maël comme il le désirait. Il avait passé un coup de fil à Marcus pour se confier, pour déverser son trop-plein de rancœur et d'impuissance, et son ami lui avait aussitôt suggéré de venir se changer les idées à New York. Joachim avait d'abord refusé : il ne voulait pas perdre la moindre occasion de voir Maël. Puis il s'était rendu à l'évidence : il y avait toutes les chances pour que, de toute manière, Sophie ne le laisse pas le voir des vacances…

À l'autre bout du fil, le silence se fait, et Joachim ajoute :

— Mon départ est prévu mercredi…

— Au moins les passeports qu'on n'a pas eus à temps pour le nouvel an vont servir à quelqu'un, réplique Sophie, mordante.

Joachim pourrait répondre que ça fait trois ans que son ancien ami de lycée l'invite régulièrement à venir lui rendre visite, mais que Sophie n'a jamais montré le moindre enthousiasme à l'idée d'aller le voir. Pourtant, ce n'est pas comme s'il avait des dizaines d'amis et qu'il était sollicité de toutes parts. Il s'abstient, malgré tout.

— Oui, et ils pourraient également servir à Maël. Je propose de l'emmener avec moi. Ça lui fera du bien de changer d'air, et, quoi que tu en penses, de passer un peu de temps avec celui qui lui a servi de père depuis toujours…

— C'est hors de question. Je veux que Maël rentre ce soir à la maison, pas la peine de lui mettre dans la tête des idées farfelues.

Sophie déteste ne pas avoir le contrôle de tout ; elle a toujours été comme ça et Joachim ne s'attendait pas à une autre réponse de sa part. Néanmoins, il n'a pas dit son dernier mot.

— On parle simplement de dix jours de vacances. Maël te téléphonera tous les jours, et tu sais très bien qu'il sera en sécurité avec moi…

— J'ai dit non. Passe-moi mon fils, maintenant.

Joachim tourne la tête vers Maël, constate qu'il a abandonné ses écouteurs et a suivi toute la conversation. Il lui tend le smartphone d'un air désolé, et le garçon chuchote :

— Je veux venir avec toi à New York, moi…

Joachim hausse les épaules et Maël attrape le portable. Pendant plusieurs minutes, il écoute le monologue de sa mère d'un air désabusé, murmure des « oui » à intervalles réguliers. Puis, quand le flot à l'autre bout du fil semble s'interrompre, il prend la parole :

— Maman… Tu n'as pas pris un seul jour de congé pour les vacances qui commencent ce soir. Je suis censé aller quinze jours au centre aéré, et tu sais à quel point je déteste cet endroit. Alors donne-moi une seule raison de ne pas m'autoriser à aller à New York avec papa.

Il fait exprès d'appuyer sur le mot « papa », et Joachim sourit malgré lui, heureux de l'amour que lui porte Maël.

Quelques instants plus tard, il raccroche, l'air satisfait.

— Elle a dit oui ? s'étonne Joachim.

Maël hoche la tête, visiblement ravi.

— Ouais. Elle a ajouté qu'elle aurait une loooongue discussion avec toi à notre retour…

Joachim sait qu'il devra sans doute payer très cher ces vacances avec Maël.

Peu importe.

Ce qui compte, c'est le sourire qui est revenu sur le visage de l'enfant.

Sophie

Lorsqu'elle a entendu le désarroi dans la voix de sa fille au téléphone, Erica a aussitôt proposé de venir la rejoindre quelques jours pour l'épauler. Sophie a tenté de l'en dissuader :

— Ça ne sert à rien de traverser la France pour si peu de temps, maman. Je travaille tous les jours et tu passerais plus de temps dans le train qu'avec moi, au bout du compte...

— J'arriverai vendredi en fin de journée et je repartirai lundi ou mardi prochain, voilà tout. On aura deux jours ensemble, ce sera très bien, a déclaré Erica d'un ton sans appel.

Sophie n'a eu d'autre choix que de céder. Après tout, elle ne devait s'en prendre qu'à elle-même : si elle s'était montrée moins émotive, sa mère n'aurait pas éprouvé le besoin de se précipiter à Lille à sa rescousse.

Elle sait bien que de l'extérieur, on pourrait se dire qu'elle a de la chance d'avoir une mère impliquée au point de tout lâcher pour remonter du sud de la France au pied levé. Mais Sophie n'est pas dupe, elle est parfaitement consciente que si sa mère fait l'effort de venir la voir, c'est pour une seule chose : lui remonter les bretelles et lui passer un savon...

Le train en provenance de Nice arrive à 18 h 37, et Sophie est à peine descendue de son Paris-Lille qu'elle se rend à la gare Lille-Europe pour accueillir Erica. Tout en attendant sa mère dans le hall, elle songe au mail que lui a envoyé Joachim juste avant de partir avec Maël pour les États-Unis.

Toi qui n'as pas eu de père, tu devrais mieux que quiconque comprendre à quel point Maël a besoin de moi. Toi qui n'as pas eu de père, tu devrais être la dernière à vouloir priver ton fils de celui qui l'aime inconditionnellement depuis toujours...

Joachim a toujours été très doué pour écrire des lettres où les phrases font mouche, où les mots sont si bien choisis qu'il est vain d'espérer rétorquer quoi que ce soit. Les rares fois où ils étaient en conflit, avant, il s'isolait pour mettre ses émotions et ses griefs par écrit, et quand il tendait sa missive à Sophie sans prononcer un mot et qu'elle parcourait les courbes d'encre sur le papier, elle finissait toujours par rendre les armes. Les mots ont toujours été dans le camp de Joachim. Les mots pour expliquer, les mots pour amadouer, et aujourd'hui les mots pour blesser.

Sophie n'a pas eu de père, il a raison. Ou du moins elle en a eu un jusqu'à ses quatre ans, jusqu'à ce qu'une crise cardiaque en décide autrement. Ensuite, il n'est plus resté qu'elle et sa mère. Erica n'a jamais refait sa vie, n'a même jamais eu de brève histoire avec un autre homme (à la connaissance de Sophie, en tout cas) : elle a toujours affirmé que Giovanni était son âme sœur, sa moitié, celui qui lui était destiné avant même qu'elle ne vienne sur Terre. Et que donc personne ne pourrait lui arriver à la cheville et encore moins le remplacer. Giovanni vivant, il était l'homme parfait : viril mais tendre, indépendant mais attentionné, optimiste et généreux, charismatique et bienveillant.

Une fois mort, il était devenu un dieu, tout simplement. Le seul reproche qu'Erica lui faisait – non des moindres, cependant – était de ne pas avoir eu un cœur assez robuste qui l'aurait empêché de les planter toutes les deux sans crier gare. Qu'il les *abandonne*, comme elle le répétait souvent dans les moments de colère ou d'épuisement.

Le grand malheur de Sophie était de ne pas avoir le moindre souvenir de lui ; elle était obligée de se fier à ce que sa mère pouvait lui raconter – quand elle était d'humeur à se plonger dans un passé douloureux – et aux images jaunies des deux gros albums photos de la famille. Mais les anecdotes d'Erica n'éveillaient pas grand-chose dans le cœur de Sophie, en dehors du chagrin de ne rien se rappeler. Et sur les clichés, elle ne voyait rien d'autre qu'un homme grand, aux épaules carrées et aux cheveux noirs plaqués en arrière ; un inconnu, un *étranger*.

Dans la rue, devant la boulangerie du village où elles habitaient, il y avait un parcmètre penché. Un de ces vieux parcmètres à pièces, avec une aiguille rouge pour indiquer le temps, qui n'existe plus aujourd'hui. Chaque fois que Sophie passait devant lui avec sa mère, celle-ci s'exclamait : « Tu vois ce parcmètre ? C'est ton père qui l'a embouti avec la R30, un soir de nouvel an. Après ça, il a dû faire repeindre la voiture, si tu avais vu comme il était fâché ! » Et Sophie regardait le parcmètre tordu avec une tristesse infinie. Un jour, elle était allée jusqu'à le toucher, comme si le contact avec le métal froid pouvait, ne serait-ce qu'une fraction de seconde, la rapprocher de ce père qu'elle ne connaîtrait jamais.

Sophie a grandi sans père, mais elle a grandi quand même. Elle était première en classe et l'une des filles les plus populaires du lycée. Elle a eu son bac avec mention très bien, puis intégré une des meilleures écoles de marketing du nord de la France. Sa carrière professionnelle est brillante, et elle a élevé son fils pour qu'il devienne quelqu'un de bien. Tout ça sans avoir eu de père, preuve que ce n'est pas forcément indispensable pour s'en sortir dans la vie.

Je te connais suffisamment bien pour savoir ce que tu te dis en lisant ces lignes : que toi, tu as survécu sans avoir un père à tes côtés pour te guider, te soutenir, t'aimer. Que ça ne t'a pas empêchée de rester dans le droit chemin, de construire ta propre vie, ta propre famille. Que même, ça t'a endurcie, ça t'a donné la rage de réussir et de faire partie des battants qui ne laissent jamais rien au hasard ou à la chance. Tu as raison, sans doute. Mais au fond de toi, tu ne peux pas ignorer le manque que tu as dû apprivoiser, le manque que tu as essayé de combler depuis toute petite. Tu ne peux pas nier le regard ému et attendri que tu as toujours eu en me voyant m'occuper de Maël. Alors, oui, tu as le droit de me détester et de ne plus vouloir que je fasse partie de ta vie, mais je t'en prie, ne te laisse pas aveugler par ta rancœur et essaye de réfléchir à ce qui rendra Maël heureux. Est-ce de ne plus jamais me voir ?

Un flot de passagers remonte l'escalator pour arriver en gare, et Sophie revient à la réalité. Elle cherche sa mère du regard, l'aperçoit et lui fait signe de la main. Ce n'est pas parce que Joachim sait manier la langue française qu'il a forcément raison. Après tout, les politiciens les plus véreux sont toujours parvenus à attendrir le peuple, avec un discours bien écrit, avec des mots savamment choisis pour s'adresser au cœur plutôt qu'à l'intellect...

— Tu ne dois pas te laisser faire, ma chérie. Je ne t'ai pas élevée pour que tu courbes l'échine et que tu dises amen à un homme qui a osé te trahir…, fulmine Erica avant même d'avoir déposé sa valise sur la banquette qui l'a toujours accueillie dans ce qui est désormais l'ancien bureau de Joachim.

— Je ne me laisse pas faire, maman. Si c'était le cas, Joachim vivrait toujours dans cette maison et j'aurais fermé les yeux sur son incartade, rétorque Sophie, déjà consciente que ces deux jours avec sa mère ne vont sans doute pas l'apaiser, bien au contraire.

Avec Erica, il suffit de tendre une allumette pour qu'un immense brasier se déclenche et devienne incontrôlable. « Le sang chaud des Italiens », sourirait Joachim s'il était encore là…

— Une « incartade » ? Celui en qui tu étais censée avoir toute confiance, celui qui était censé t'aimer plus que tout au monde va en embrasser une autre et tu appelles ça une « incartade » ? Il mériterait qu'on lui coupe la…

— C'est bon, j'ai compris, l'interrompt aussitôt Sophie, qui ne supporte pas les grossièretés que peut prononcer sa mère dès qu'elle se laisse emporter par la colère. Je l'ai quitté, je te signale !

Erica soupire, croise les bras avec une moue agacée. Elle marmonne quelque chose à propos du fait de ne jamais faire confiance à une personne qui sale son plat avant même de l'avoir goûté, et Sophie hausse les épaules, atterrée que sa mère en soit encore à ruminer que Joachim ajoutait systématiquement du sel et que c'était pour elle un sacrilège impardonnable…

— Mais de quel droit il emmène Maël à l'autre bout du monde ? s'exclame encore Erica, en rangeant rapidement ses vêtements dans le placard désormais vide du bureau. Il t'a forcé la main : c'est trop facile de berner un enfant et de lui faire miroiter un beau voyage pour qu'ensuite il te supplie de le laisser y aller ! Crois-moi, Joachim se fiche de toi, il te mène par le bout du nez et tu ne t'en rends même pas compte.

— C'est vrai qu'il n'aurait jamais dû en parler à Maël avant que j'aie donné mon accord... Qu'est-ce que tu veux que je te dise ? Ils m'ont tous les deux mise devant le fait accompli : je serais passée pour quoi, moi, si j'avais dit à mon fils que je préférais le laisser quinze jours au centre aéré plutôt que de lui laisser l'opportunité d'aller visiter New York ? Je me rappelle encore sa déception quand on a dû annuler le séjour prévu au nouvel an...

— C'est bien pour ça que je te le répète : Joachim en profite. Il sait exactement sur quels boutons appuyer pour te faire culpabiliser, il te connaît comme sa poche ! Jamais mon Giovanni n'aurait osé se comporter de cette manière... Après ce qu'il t'a fait, il devrait faire profil bas et ne pas moufter, crois-moi..., siffle Erica en regardant par la fenêtre de la chambre la rue en contrebas.

— Mais Maël m'appelle tous les jours, et il m'envoie même des photos par mail..., tente de tempérer Sophie.

— Oh ! formidable ! Tu crois qu'on devrait décorer Joachim d'une médaille parce qu'il autorise ton fils à te passer un coup de fil ? Mon Dieu, mais que tu es naïve... Tu verras bien quand tu récupéreras Maël ; après un tel voyage, il n'aura qu'une envie : passer de plus en en plus de temps avec celui qu'il estime être son père !

La colère est contagieuse ; il suffit d'être en face de quelqu'un qui vitupère pour se laisser imprégner de sa rage. Peu à peu, Sophie se sent devenir furieuse elle aussi. Déjà qu'elle était très mal à l'aise à l'idée de laisser son fils partir sans elle de l'autre côté de l'Atlantique, elle a désormais l'impression d'avoir été manipulée et flouée par Joachim qui va passer, comme toujours, pour le parent cool aux yeux de Maël. Quant à elle, elle sera la mauvaise mère, évidemment : celle qui dit non à tout, celle qui travaille trop, celle qui ne comprend rien.

Joachim essaye de lui voler son enfant ; voilà la conclusion qu'elle tire après un week-end entier avec sa mère. Erica n'a fait que lui répéter deux choses : que l'attitude de Joachim n'était pas correcte, et que celle de Sophie, à toujours trop se laisser berner, ne valait guère mieux. Elles ont été visiter le musée de la Piscine, à Roubaix, et Erica n'a fait que seriner le même refrain, incapable de se laisser émouvoir par la grande verrière lumineuse au-dessus du bassin. Elles sont allées faire une grande marche autour de la Citadelle, elles ont dîné dans ce petit restaurant qui propose des plateaux de fruits de mer succulents, elles se sont offert un hammam pour se détendre et se ressourcer, et Erica jacassait encore et encore, ne se rendant pas compte qu'au lieu de réconforter sa fille, elle attisait en elle un atroce sentiment de rancœur.

Quand Erica remonte dans le train le lundi matin, Sophie a un goût amer dans la bouche. Elle se laisse embrasser sur la joue, le regard vide.

— Ça va aller, ma chérie, ne t'en fais pas. Et je vais te dire une chose : c'est très bien que tu aies toujours privilégié ta carrière, car au moins, tu ne te retrouves pas sans rien aujourd'hui. Voilà bien une chose que cet homme ne pourra pas te prendre ! déclare-t-elle avant d'aller s'asseoir à sa place.

Une fois installée, Erica lui adresse un petit signe de la main, et Sophie y répond distraitement. Elle aurait voulu dire à sa mère qu'elle n'estime pas avoir fait passer sa carrière avant son fils, mais à quoi bon ? Erica n'écoute personne d'autre qu'elle-même, de toute façon.

Sophie rejoint la gare Lille-Flandres pour attraper son TGV pour Paris ; elle n'arrivera pas avant 9 h 30 au bureau aujourd'hui, mais personne ne lui reprochera quoi que ce soit, vu les horaires qu'elle assume depuis des années. Son téléphone sonne et elle le sort de son sac à main pour regarder l'écran. Un numéro en 03 qu'elle reconnaît aussitôt : c'est celui de l'hôpital où est suivi Maël. Elle a annulé son dernier rendez-vous en se contentant d'un mail au secrétariat de l'unité, et depuis un mois, elle a déjà eu trois messages sur son répondeur du psychiatre qui accompagne son fils. D'un geste agacé, elle refuse l'appel et l'écran affiche « Appel manqué ».

Ce n'est pas le moment.

Vraiment pas le moment.

Maël

On est à New York depuis cinq jours déjà. La moitié du séjour, et j'ai l'impression que le temps file à la vitesse de l'éclair, qu'il glisse comme du sable entre mes doigts sans que je puisse le retenir. Je ne sais pas comment expliquer ce que je ressens ici, dans cette ville où la vie ne s'arrête jamais. C'est comme si plus rien n'existait en dehors de New York, comme si tous les problèmes s'étaient volatilisés d'un coup de baguette magique et qu'on vivait hors du monde réel et hors du temps. Bien sûr, je sais parfaitement, au fond de moi, que bientôt il faudra revenir à la réalité : reprendre l'avion, retrouver Lille et sa grisaille, retrouver maman et sa colère, retrouver le collège, retrouver la personne qu'on attend que je sois. Redevenir Maël, le garçon transparent mal dans sa peau et en quête d'identité. Mais il n'empêche qu'ici, dans l'effervescence de Manhattan, j'oublie tout.

Tout.

Quand papa est venu me chercher à la maison, il m'a dit de voyager léger pour qu'on puisse rapporter plus de souvenirs. J'avais passé le week-end avec maman, dans une ambiance morose, et elle m'avait fait ses adieux le lundi matin, au moment de partir attraper son train. Une fois dans ma chambre, je n'ai pris qu'un jean noir et deux T-shirts de rechange en plus de la tenue que j'avais sur moi, et il a validé mon choix.

— À New York, il y a plein de boutiques qui n'existent pas en France, tu verras. On pourra t'acheter des vêtements à Forever 21 ou à Aéropostale, ne t'en fais pas ! a-t-il souri tandis que j'hésitais entre plusieurs romans que j'avais envie d'emporter pour lire dans l'avion.

On était tellement bien, tous les deux, tellement heureux à la perspective de partir en vacances ensemble, que j'ai tenté ma chance. Je lui ai demandé si pour une fois, rien qu'une fois, il pourrait m'acheter des vêtements de fille. Il m'a regardé bizarrement, a ouvert la bouche sans qu'aucun son sorte, et je me suis dit que j'étais sur le point de tout gâcher. Puis il s'est tourné vers ma penderie, a effleuré les chemises et les manteaux sur les cintres d'un air pensif, et a murmuré :

— Si tu veux…

Soudain, c'était comme si des ailes me poussaient dans le dos, et j'ai ajouté :

— Ça veut dire que pour une fois, je pourrais être moi-même ?

Comme papa ne répondait rien, j'ai continué :

— Être une fille… Pour voir ce que ça fait…

C'était dur de prononcer ces mots tout haut, je crevais de trouille que papa ne se retourne contre moi, qu'il me regarde avec des yeux pleins de colère ou, pire, de déception. Mon cœur battait la chamade, mais je savais aussi que je n'aurais pas beaucoup d'occasions pour tenter cette expérience. Ce serait peut-être même ma seule chance, parce que si mon père n'acceptait pas ma demande, il n'y aurait de toute façon personne d'autre pour me soutenir et comprendre à quel point j'avais besoin de me trouver.

Il s'est assis sur mon siège de bureau, s'est gratté la barbe en me dévisageant. Il avait l'air tellement grave que j'ai commencé à avoir peur qu'il ne change d'avis et ne veuille tout simplement plus m'emmener avec lui. Il a poussé un long soupir avant de déclarer :

— On ne peut pas jouer à ça à l'aéroport ; si ça se trouve, ils ne nous laisseraient même pas embarquer ou entrer aux États-Unis. Mais voilà ce que je te propose, si c'est vraiment ce que tu veux : une fois à New York, on file t'acheter quelques habits, rien de trop extravagant, et durant tout notre séjour, tu pourras être une fille aux yeux de tout le monde. Il n'y aura que Marcus et moi qui saurons…

J'ai bondi dans tous les sens dans ma chambre, aux anges. Je savais que tout ça, c'était certainement difficile pour papa, et qu'il se demandait s'il faisait le bon choix ou pas, mais moi, tout ce que j'ai vu, c'est que j'allais pouvoir *vivre* ! Même si j'étais trop grand pour faire ça, je lui ai sauté au cou pour le serrer le plus fort possible dans mes bras, et il m'a ébouriffé les cheveux avec tendresse.

Pendant tout le vol, je me suis demandé s'il allait vraiment faire ce qu'il m'avait promis, s'il ne risquait pas de se dégonfler une fois qu'il m'aurait vu en robe, en jupe, ou en jean skinny rose.

Mais il a tenu parole.

On a foncé vers Times Square et ses écrans géants qui donnaient le tournis. Il y avait un tel monde, une telle circulation que j'ai saisi la main de mon père pour ne pas le perdre. Entre les gens pressés, les touristes, les gratte-ciel à perte de vue, les taxis jaunes de toutes parts et le brouhaha ambiant, j'avais l'impression d'être dans une machine à laver en plein essorage.

Quand on est entrés dans la fameuse boutique Forever 21, je ne m'attendais pas du tout à un magasin aussi immense, avec autant d'étages. Une fois au rayon filles, papa m'a laissé me promener et choisir ce qui me plaisait sans rien dire. Je me suis décidé pour des choses assez basiques pour qu'il nc soit pas trop mal à l'aise, mais quand j'ai aperçu à l'autre bout du rayon une robe polo bleu turquoise avec des fils pailletés qui la faisaient briller, je n'ai pas pu résister. Je suis allé en prendre une et je me suis tourné vers mon père d'un air interrogateur.

— Il faut que tu essayes, pour être sûr que ça t'aille…, a-t-il murmuré avec un drôle de regard.

Une fois, on était allés au supermarché ensemble, et il m'avait envoyé chercher du papier toilette tandis que lui se chargeait du dentifrice. Je crois que j'avais eu le même regard embarrassé.

Il s'est assis sur un banc pendant que j'étais dans une cabine d'essayage. Comme il ne m'avait pas dit si je devais lui montrer mes tenues, je me suis contenté de tout passer et de sélectionner un jean moulant qui m'arrivait aux chevilles, deux T-shirts rose foncé avec un liseré argent au niveau du col et des manches, un teddy en satin bleu nuit que je trouvais hyper chouette, et une brassière blanche. Puis j'ai mis la robe polo. Elle était évasée en bas, au-dessus du genou, et j'ai tout de suite su, en me regardant dans le miroir, que ça allait devenir ma tenue préférée. Habillé en fille, je pensais que j'allais trouver mon reflet étrange, ne pas me reconnaître ou avoir l'impression d'être déguisé, mais c'était tout l'inverse. J'avais le sentiment d'être enfin *face à moi*, le sentiment que mon extérieur correspondait pour la première fois à ce que j'étais *à l'intérieur* depuis toujours.

J'ai fait coulisser le rideau, le cœur battant. J'avais tellement envie que papa soit capable de voir ce que moi je voyais dans la glace, et en même temps, j'avais tellement peur qu'il éclate de rire ou, pire, qu'il se prenne la tête entre les mains d'un air dégoûté. Mais il n'a rien fait de tout ça. Il m'a regardé de haut en bas, de mes cheveux dans lesquels j'avais mis une petite barrette sur le côté jusqu'à mes baskets à scratch blanches qui allaient avec n'importe quelle tenue, en passant sur la robe turquoise à paillettes. Une vendeuse est passée derrière lui pour aller ranger des articles que d'autres clients avaient abandonnés dans les cabines, et quand elle a jeté un coup d'œil vers moi, elle a hoché la tête avec bienveillance.

— *Your daughter is so pretty !* s'est-elle exclamée en se tournant vers papa.

Il a haussé les sourcils, surpris qu'elle s'adresse à lui, puis il m'a de nouveau dévisagé, peut-être pour vérifier qu'elle parlait bien de moi en lui affirmant que sa fille était jolie. À ce moment-là, quelque chose dans son regard a changé, comme s'il ne voyait plus Maël, mais une adolescente jusqu'alors inconnue. Il a hoché la tête, et il a déclaré dans un anglais à l'accent déplorable :

— *It's true. She is really pretty in that dress…*

Lui aussi me trouvait « jolie » dans cette robe, et à la manière dont il a prononcé ces mots, j'ai senti qu'il était sincère. Je lui ai montré vite fait les autres vêtements que j'avais choisis, et il a acquiescé.

— Tu veux te changer ou garder la robe sur toi, Maël ? a-t-il demandé en se levant du banc.

J'ai souri.

— Je vais la garder sur moi. Et... ce n'est pas Maël, c'est Loïs, j'ai déclaré d'un ton hésitant.

Depuis que le docteur Maillard avait évoqué la possibilité d'un jour changer de prénom, j'avais largement eu le temps d'y réfléchir. J'avais d'abord songé à la solution de facilité : m'appeler Maëlle. Mais j'avais très vite écarté cette option, parce que je sentais, tout au fond de moi, que j'avais besoin d'un véritable changement. Comme une seconde naissance, en quelque sorte. J'avais épluché les sites de prénoms et le calendrier de La Poste rangé au fond d'un des tiroirs de la cuisine, mais rien n'avait fait tilt. Jusqu'à ce qu'enfin, une ampoule s'allume au-dessus de ma tête. Loïs. Ce ne pouvait être que Loïs, parce que c'est comme ça que maman m'aurait appelé si j'étais né du premier coup dans le bon corps. C'était à elle de choisir mon prénom, et elle l'avait déjà fait, à l'époque. Il fallait respecter son choix. Et surtout, il y avait en moi cette idée que décider de m'appeler Loïs, c'était une façon de lui tendre la main pour qu'elle fasse enfin un pas vers moi à son tour. Pour qu'elle m'*accepte*.

— Loïs ? a répété papa d'un air sceptique. Ça fait beaucoup de changements, tout ça...

Devant mon visage déçu, il a aussitôt ajouté, pour se rattraper :

— Mais pas de soucis. Va pour Loïs. Après tout, jouons le jeu à fond !

J'ai eu envie de lui répondre que je ne jouais pas à un jeu, que c'était même tout le contraire, mais je me suis retenu. Il en faisait déjà plus pour moi que n'importe qui d'autre, et je ne pouvais pas exiger qu'il soit dans ma tête et dans mon cœur...

Quand on est arrivés chez Marcus, l'ami de papa, j'ai eu l'impression d'être dans un film. Il vivait à Greenwich Village, dans une longue rue bordée d'arbres et de maisons en briques rouges avec de grands escaliers en fer forgé comme on en voit au cinéma. On a sonné à la porte d'une de ces maisons incroyables, et un homme aux cheveux blonds bouclés est venu nous ouvrir. Il portait des lunettes rondes en métal argenté et une chemise blanche mal boutonnée. Quand il a reconnu mon père, son visage s'est fendu en un grand sourire et il l'a aussitôt pris dans ses bras en s'exclamant : « *I'm so glad you're here !* » Je ne connaissais pas le mot *glad*, mais j'en ai conclu qu'il était très content de le voir.

Puis il m'a regardé en souriant, et papa a fait les présentations :

— *This is Loïs, my... daughter.*

Marcus m'a longuement regardé puis il a hoché la tête en me tendant la main, comme si j'étais un adulte. Je la lui ai serrée en retour, d'un air sérieux, parce que je savais qu'il savait. Et qu'il m'acceptait comme j'étais.

— Bienvenue à New York, *young lady*. Mon français n'est pas très bon, mais je ferai des efforts ! Entrez, je vais vous présenter Oliver.

CHAPITRE 9

MAI

Joachim

Accompagnés par Marcus qui a à cœur de leur faire découvrir le quartier de Greenwich Village dans lequel il est installé depuis près de quinze ans, Joachim et Maël scrutent l'intérieur du Stonewall Inn, sans doute le plus célèbre des bars des États-Unis.

Il fait sombre à l'intérieur ; le parquet et les murs sont foncés, et Maël observe, bouche bée, la rangée de drapeaux arc-en-ciel suspendus en hauteur, tels des étendards. Puis tous les trois ressortent, restent un moment devant la grande porte noire où des lettres étincelantes formant le mot PRIDE sont accrochées.

— Voilà une histoire que tu n'apprendras certainement pas dans un manuel scolaire, commente Marcus d'un air grave.

Maël est tout ouïe. Avant de sortir, il s'est fait une petite tresse africaine sur le côté gauche du visage, et Joachim s'est demandé où il avait bien pu apprendre à se coiffer avec autant de dextérité. L'enfant est méconnaissable, depuis qu'ils sont arrivés à New York. Depuis qu'il a eu l'autorisation de s'habiller comme il le souhaitait. La métamorphose est flagrante, c'est comme si la lumière – la vie, même ? – s'était insufflée en lui. C'est à la fois incroyable et déstabilisant pour le père qui, au fond, n'a toujours vu en Maël qu'un petit garçon comme un autre : bien sûr, il connaît et a toujours pris la mesure de son mal-être, mais à présent qu'il y a quelque chose de concret en face de lui – c'est-à-dire son fils habillé et coiffé en fille –, c'est comme si tout devenait *réel*. En l'observant au quotidien depuis leur arrivée, il comprend que Maël n'est pas déguisé en fille, qu'il ne joue pas un rôle en étant Loïs. Il *est* Loïs.

Il est Loïs, et Joachim ne sait pas quoi faire de cette prise de conscience. Il se sent plus démuni que jamais, même s'il laisse croire que tout est sous contrôle…

— Cette histoire se passe en juin 1969, le 28 juin pour être précis, murmure Marcus d'un ton de conspirateur qui éveille aussitôt la curiosité de Maël. À cette époque, les homosexuels étaient complètement rejetés de la société, parce qu'on estimait qu'ils étaient malades…

Tous les trois s'asseyent sur la deuxième marche d'un escalier qui mène à une majestueuse *brownstone*.

— Tu sais ce qu'est un homosexuel ? demande Marcus en fronçant les sourcils.

Maël sourit et hoche la tête. Le récit peut commencer. Dans un français parfois hésitant et avec l'aide de Joachim pour la traduction simultanée de certains mots anglais, Marcus leur raconte un pan important de l'histoire du mouvement gay aux États-Unis. Il explique à Maël qu'en 1969, même si cette époque ne semble pas si lointaine, les homosexuels étaient exclus de partout : ils n'avaient pas le droit d'exercer certaines professions, notamment celle d'enseignant ; ils n'avaient pas le droit d'aller dans des bars, et deux personnes du même sexe qui dansaient ensemble pouvaient être arrêtées par la police… Malgré tout, il existait des bars, souvent tenus par la mafia, qui les accueillaient, comme le Stonewall Inn. Les descentes de police et les contrôles d'identité y étaient très fréquents, mais un soir, le 28 juin 1969, les personnes présentes dans le bar ont décidé de se rebeller et de se battre contre les policiers.

— C'est ce qu'on a ensuite appelé les émeutes de Stonewall. Les clients sont devenus violents, car ils en avaient assez d'être tout le temps persécutés, et ils ont même réussi à enfermer les policiers à l'intérieur du bar ! Des renforts ont dû intervenir, et les émeutes ont duré encore trois nuits, tellement les gens étaient en colère contre toute cette situation… explique Marcus avec emphase.

Joachim a beau connaître cette histoire, l'entendre de la bouche de son ami est une tout autre expérience. C'est comme si Marcus leur faisait vivre cette nuit-là.

Ce dernier leur raconte qu'un an après ces événements, une marche rassemblant environ deux mille personnes leur a rendu hommage. Ça a été la première Gay Pride, celle à l'origine de toutes les autres qui ont lieu aujourd'hui partout dans le monde, tous les ans au mois de juin.

— Ces gens se sont battus pour avoir le droit d'être eux-mêmes, à une époque où ils étaient traités comme des monstres. Et c'est grâce à eux, grâce à leur combat, qu'à présent les homosexuels sont considérés avec respect et moins discriminés, même si le combat pour la tolérance est loin d'être terminé…, conclut Marcus d'un air grave.

Maël baisse les yeux vers le bracelet en lin que Joachim lui a rapporté il y a quelques mois de son procès pour s'être introduit dans une centrale nucléaire. Un simple ruban écru où est inscrit à l'encre noire « DÉSOBÉIR ». Les militants écologistes venus soutenir les activistes jugés en avaient distribué à toutes les personnes présentes, et Joachim avait conservé le sien pour Maël. Songeur, l'adolescent passe son index sur les lettres majuscules désormais un peu délavées, et Joachim n'a pas besoin d'être dans sa tête pour comprendre à quel point le récit de Marcus le ramène à sa propre situation.

Devoir se battre pour avoir le droit d'être soi-même. Soudain, Joachim voudrait avoir le pouvoir d'effacer tous les problèmes de l'enfant, de lui rendre son insouciance et son innocence plutôt que de le voir condamné à devoir grandir trop vite parce qu'en décalage permanent avec les autres. *Tous* les autres. Les adolescents de son âge, les adultes qui l'entourent et ceux qui ne le connaissent ni d'Ève ni d'Adam, mais qui ont forcément un avis sur la question de l'identité sexuelle…

Soucieux, Joachim jette encore un coup d'œil à Maël qui, la tête légèrement penchée sur le côté, continue d'observer Marcus, même si son récit est terminé. Il tournicote une mèche de cheveux autour de son index dans un geste qui paraît très féminin, et Joachim a soudain le cœur serré en pensant que demain, déjà, ils vont devoir rentrer en France. Était-ce une si bonne idée de permettre à Maël de devenir Loïs, dix jours durant ? L'atterrissage, le retour à la réalité ne risque-t-il pas d'être trop douloureux, trop violent ? Est-ce que Maël va considérer cette « expérience » comme une simple parenthèse qu'il laissera derrière lui, même à contrecœur, ou va-t-il vouloir rester Loïs à son retour, quitte à devoir se battre bec et ongles contre sa mère ?

Sophie…

L'image de la jeune femme s'impose à l'esprit de Joachim, et il soupire sans s'en apercevoir. Il n'ose même pas imaginer la réaction qu'elle aurait si elle voyait Maël en robe avec une tresse dans les cheveux. Sans parler des bracelets en métal rosé qu'il porte à son poignet, de la casquette fuchsia des New York Yankees, et du tote bag décoré d'un gros drapeau arc-en-ciel sur lequel il a jeté son dévolu dans une boutique de Greenwich Village… Il voudrait lui parler, encore, de la légende du colibri qui se démène pour éteindre l'incendie dévorant la forêt, allant chercher quelques gouttes d'eau pendant que tous les autres animaux se moquent de lui et lui répètent que ses minuscules efforts ne seront d'aucune utilité ; il voudrait dire à Sophie qu'il ne peut pas être l'unique colibri pour Maël, qu'il a besoin d'elle, qu'elle aussi doit faire sa part. Mais il connaît déjà sa réaction, quand bien même il ne compte pas baisser les bras.

Il va falloir qu'il parle à Maël, ce soir. D'un seul coup, une sorte de blues terrible s'abat sur lui, parce qu'il se sent dépassé, parce qu'il voudrait bien faire, mais ne sait plus si ses actions ne risquent pas d'empirer encore davantage les choses, d'envenimer les relations avec Sophie…

Quand ils rentrent chez Marcus, il est temps de faire leurs bagages, de trouver de la place pour tous les souvenirs qu'ils ont achetés lors de leur séjour. Joachim a un dernier cadeau à offrir à Maël, et lorsqu'il lui tend avec un sourire énigmatique un paquet en papier kraft, le garçon ne boude pas son enthousiasme.

— Qu'est-ce que c'est ? demande-t-il, tout étonné.

— Ouvre, tu le sauras vite ! rétorque Joachim en s'asseyant sur la chaise à côté du lit.

Maël déchire l'emballage et pousse un cri de joie quand il découvre ce qu'il y a à l'intérieur. Un maillot de baseball blanc à rayures bleues dans le dos duquel est brodé le prénom « Loïs ». Il tend le T-shirt à boutons de ses deux mains pour le regarder longuement, et lorsqu'il se tourne vers Joachim, il a les larmes aux yeux.

— Merci, papa, chuchote-t-il en serrant le maillot contre lui.

Joachim lui fait signe de venir contre lui, et il referme ses bras autour de la nuque de l'enfant. Il lui caresse les cheveux, ému lui aussi par la réaction de Maël. Au bout de quelques instants, il s'écarte pour planter son regard dans le sien.

— Il faut que tu comprennes que je suis aussi perdu que toi. Je ne sais pas ce qu'il est bien de faire ou pas. La seule chose dont je sois sûr, c'est que, quoi qu'il arrive, tu pourras toujours compter sur moi et que je te soutiendrai dans tes choix. Mais le chemin risque d'être long et difficile, tu en es conscient ?

L'air solennel, Maël acquiesce et murmure sans détacher ses yeux de ceux de son père :

— Je n'ai pas peur.

Sophie

Leur avion doit atterrir à Bruxelles à 10 h 20 ce matin, et depuis qu'elle est réveillée, elle n'a plus qu'une hâte : retrouver son fils. Un peu comme quand on fait un trajet interminable en voiture et que c'est dans les derniers kilomètres qu'on n'en peut plus. Ses sentiments sont multiples, elle a l'impression d'être une boule d'émotions : elle est à la fois excitée et heureuse de bientôt pouvoir serrer Maël dans ses bras, et en même temps submergée d'une colère sourde contre Joachim qu'elle déteste, sans comprendre vraiment pourquoi sa rage ne s'est pas un tant soit peu apaisée depuis leur séparation.

Elle a passé la matinée dans la cuisine, à préparer un grand plat de lasagnes à la bolognaise et du tiramisu aux spéculoos, des mets que Maël adore. Elle voudrait que tout soit parfait pour ces retrouvailles après dix jours d'absence, d'autant qu'ils se sont quittés dans une ambiance pesante et qu'elle doit rivaliser contre des vacances de rêve à New York… Au fond d'elle, elle espère presque que Maël ne revienne pas avec des étoiles plein les yeux, et surtout qu'il ne passe pas la journée à lui détailler tout ce qu'il a vu ou fait avec Joachim… Elle a déjà reçu des photos tous les jours de leurs différentes visites : l'Empire State Building, Central Park, la statue de la Liberté, Times Square, Coney Island… Autant dire qu'elle a parfois eu le sentiment de vivre ce voyage par procuration – un voyage qu'elle aurait rêvé de faire mais qui lui a glissé entre les doigts au nouvel an grâce à Joachim et à son inaptitude à organiser quoi que ce soit.

À partir de midi, elle ne peut s'empêcher de se poster devant la fenêtre du salon pour surveiller la rue. Ils vont bientôt arriver, à pied depuis la gare Lille-Europe, là où le bus les aura déposés. Elle fait les cent pas dans la maison, incapable de se détendre ou de penser à autre chose : elle reborde le lit de Maël, range dans son armoire un vêtement abandonné, replace la télécommande de la télévision sur le meuble à côté de l'écran, va baisser la température du four pour s'assurer que les lasagnes ne brûlent pas…

Puis, enfin, la sonnette de la porte d'entrée retentit, aussitôt suivie de six coups frappés en rythme – la signature de Maël depuis qu'il est tout petit. Elle jette un coup d'œil à son reflet dans le miroir au-dessus de la fausse cheminée pour s'assurer qu'elle est bien coiffée, puis se précipite pour aller ouvrir la porte.

C'est Joachim qu'elle voit en premier. Ses yeux verts de chien battu, sa barbe brune de hipster qu'il se fait pousser depuis un an environ et qu'elle n'a jamais tellement appréciée, ses cheveux châtains ébouriffés non pas avec du gel mais parce qu'il ne se les coiffe jamais ou alors seulement avec ses doigts, à la va-vite. Il porte une veste de survêtement toute neuve, qu'il a dû acheter à la boutique Aéropostale de New York, et un jean noir élimé qu'elle lui a offert il y a au moins quatre ou cinq Noël de cela… Se retrouver face à l'homme qui a partagé sa vie tant d'années lui est soudain difficile. Elle sent la colère monter – il ne faudrait pas grand-chose pour qu'elle se retrouve à tambouriner sur son torse avec hargne – et simultanément une atroce nostalgie ensevelir son cœur déjà lourd. Quoi qu'il en soit, Joachim ne suscite plus chez elle que des émotions négatives, et elle voudrait qu'il déguerpisse le plus vite possible.

— Salut…, murmure-t-il, le regard fuyant.

— Salut, répond-elle, glaciale, avant de reporter son regard sur son fils.

Elle s'est toujours demandé quel effet ça pouvait faire de se retrouver dans une cabine d'ascenseur qui, soudain, sans prévenir, chute de plusieurs étages avant d'être retenue par le câble de sécurité. C'est arrivé dans les locaux de Natural Mood, il y a quelques années. Rima, une de ses collègues, était à l'intérieur et a dit avoir eu la peur de sa vie. Quand elle est sortie de l'ascenseur, elle était livide et si faible qu'elle avait dû s'asseoir par terre une dizaine de minutes. Son regard était vide et elle était incapable de parler ou de répondre à la moindre question. En lui tenant la main, Sophie, inquiète, lui répétait : « Est-ce que ça va ? », mais le bras était de chiffon et Rima la dévisageait comme si elle ne comprenait plus le sens des mots, comme si elle ne savait plus qui elle était. Depuis ce jour, elle n'avait plus jamais repris l'ascenseur, préférant monter deux fois par jour les huit étages jusqu'à son bureau… Sophie s'était montrée compatissante, mais n'avait pu s'empêcher de se demander si, à la place de sa collègue, elle aurait été aussi choquée de cette mésaventure. Elle était forte, et elle doutait de pouvoir se laisser submerger par une peur si violente.

Mais aujourd'hui, quand son regard tombe sur Maël, c'est comme si son cœur et ses tripes valdinguaient jusqu'à remonter dans sa gorge. Comme si une cabine de téléphérique lâchait et qu'elle tombait dans le vide en hurlant. Comme si un poids lourd lancé à pleine vitesse lui passait sur la poitrine et broyait tous ses os en un seul craquement.

Le silence s'abat. Elle est incapable de bouger ou de dire quelque chose. Une statue. Maël attend sans rien dire ; il jette des regards soucieux à Joachim qui, lui, se balance sur ses pieds tant il semble mal à l'aise.

— Je te présente Loïs, chuchote enfin son ex-compagnon dans un filet de voix.

Visiblement, il a préparé cette petite phrase à l'avance, car il la débite à la vitesse d'un TGV en retard.

Loïs. Loïs ? Est-ce que c'est une blague ? Le prénom qu'elle avait choisi pendant sa grossesse si Maël avait été une fille… Est-ce que c'est Joachim qui lui a mis une idée aussi stupide et absurde dans la tête ?

Elle plante son regard dans celui de son fils. Il le soutient quelques instants avant de détourner les yeux, embarrassé.

— Qu'est-ce que c'est que cette tenue ? Et cette coiffure ridicule ? siffle-t-elle, hors d'elle.

Elle scrute Maël de haut en bas. Un jean bleu tellement moulant que ses rotules ne sont plus un secret pour qui que ce soit. Un T-shirt fuchsia et une veste bleu marine en satin brillant. Un bandeau violet pour retenir ses cheveux trop longs, beaucoup trop longs, elle l'a toujours su. Il est grand temps de sévir et de prendre rendez-vous chez le coiffeur pour que son fils ait de nouveau l'air civilisé.

Son fils. Pas sa fille. Son *fils*.

Maël est déguisé, et elle a l'impression d'être face à un étranger. Où est passé le petit garçon qu'elle a mis au monde ? Qu'a-t-elle fait de mal pour qu'il ait des idées aussi farfelues en tête ? Comment peut-il croire une minute qu'il serait plus heureux en s'habillant en fille et en se faisant appeler Loïs ? Toute cette histoire est tellement sordide qu'elle a envie de les secouer tous les deux comme des pruniers pour les faire atterrir une bonne fois pour toutes. Dire que Joachim a réussi à trouver un psy de comptoir assez fou pour aller dans le sens d'un gamin complètement paumé au lieu de le recadrer... Ça lui donne envie de hurler.

Ses yeux, telles des têtes chercheuses à la recherche d'une cible, se dirigent de nouveau vers Joachim. Le responsable de toute cette mascarade, évidemment. Qui d'autre ?

— Je te laisse l'emmener à New York, j'essaye de me montrer un peu conciliante, et voilà ce que je récolte ? Tu te fiches de moi ? Je ne me trompais pas quand j'affirmais que tu avais une mauvaise influence sur Maël. Au lieu d'approuver bêtement la moindre de ses lubies, tu aurais dû savoir être ferme et le guider ! C'est ça qu'un père digne de ce nom aurait fait. Tu veux jouer à être son meilleur ami, mais tu es juste pathétique, Joachim. Tu devrais avoir honte...

Les yeux de Sophie brillent de rage, mais Joachim lui tient tête :

— C'est toi qui ne comprends rien depuis le début, c'est toi qui es incapable de faire preuve d'ouverture d'esprit et de tolérance. Maël sait ce qu'il veut, il sait que pour être heureux, il doit suivre sa voie. Je ne le pousse pas, comme tu dis, je le soutiens.

Sophie émet un rire narquois. Elle montre à Maël l'intérieur de la maison, et l'enfant comprend qu'il doit rentrer sans faire de vagues. Il se tourne vers Joachim et lui adresse une moue contrite avant de disparaître dans le salon.

— Je ne sais pas si tu es idiot ou si tu crois sincèrement à tes inepties. Maël a douze ans. Douze ans, bon sang ! À cet âge-là, on ne sait rien du tout de la vie ou de ce qu'on veut ! C'est comme s'il disait qu'il voulait être clown plus tard, et que tu le retirais de l'école pour l'inscrire chez Arlette Gruss : n'importe quoi…

Joachim secoue la tête, sans répondre, et Sophie poursuit sa démonstration.

— Moi, à douze ans, je soutenais *mordicus* que quand je serais grande, je serais vétérinaire, je vivrais dans une ferme et j'aurais cinq enfants et des poules ! Force est de constater qu'adulte, je déteste les animaux et la campagne ! Heureusement que j'ai eu le droit de grandir et de changer d'avis quant à mon avenir !

Joachim se détourne, regarde au bout de la rue comme s'il espérait que quelqu'un vienne à son secours.

— Si tu ne laisses pas à Maël le droit de s'exprimer, tu le condamnes à rester enfermé dans un corps qui n'est pas le sien, murmure-t-il avec une sorte de mépris que Sophie trouve parfaitement déplacé.

Comme s'il connaissait mieux son fils qu'elle-même. Comme s'il savait mieux qu'elle ce qui est bon pour lui. Elle est tellement hors d'elle qu'elle sent qu'elle pourrait se montrer d'une violence sans nom, aussi préfère-t-elle se contenter de claquer la porte au nez de Joachim. Il n'y a plus rien à dire, de toute façon. Qu'il aille se faire voir, ce monsieur je-sais-tout donneur de leçons, lui qui devrait pourtant être le premier à se taire, au vu de ses frasques.

Quand elle entre dans le salon, Maël est assis sur une chaise, la tête baissée comme s'il attendait sa sentence. À cet instant-là, Sophie voudrait être capable de traverser la pièce pour le prendre dans ses bras et lui dire qu'elle l'aime plus que tout, mais voir son fils dans cette tenue est insoutenable.

— Je veux que tu enlèves cet accoutrement et cette coiffure. Le carnaval est terminé, déclare-t-elle abruptement.

Maël se lève sans un mot, monte l'escalier d'un pas lourd.

— Ce que tu ne veux pas comprendre, c'est que c'est tout le reste du temps que je suis déguisé, lance-t-il sans jeter un regard en arrière.

Sophie s'assied. Elle ne sait plus comment faire pour que son petit garçon ne lui échappe pas, pour qu'il soit heureux et pas en constante rébellion. Elle refuse de perdre son fils, de le suivre dans une voie qui n'a aucun sens.

Une désagréable odeur de lasagnes brûlées se répand dans l'air, mais elle est incapable d'aller éteindre le four.

Maël

Hier, c'était la fête des mères. On a mangé au restaurant, et j'ai eu le droit de prendre un Coca-Cola et une dame blanche en dessert. On s'est baladés à la Citadelle tous les deux, avant d'aller au cinéma en fin d'après-midi. Maman a voulu marquer le coup, je crois. Que ce soit une journée spéciale. On a même fait cinq parties de Docteur Maboul d'affilée, alors qu'elle déteste ce jeu. Quand j'ai eu l'air étonné qu'elle veuille jouer avec moi, elle a secoué la tête, comme si elle avait de la peine. « Qu'est-ce que ce tu crois, Maël ? Que je n'ai jamais fait de choses pour te faire plaisir, pour te rendre heureux ? Combien de fois je t'ai aidé à fabriquer des vaisseaux spatiaux ou des fusées en Lego, à construire patiemment des circuits de dominos, alors que c'est aussi barbant pour moi que monter un meuble Ikea… Combien de fois je t'ai emmené faire de l'accrobranche, alors que j'ai le vertige, combien de fois je suis montée dans un grand huit avec toi, alors que ça me donne la nausée à chaque fois ? » Elle a soupiré, sans me regarder, et a murmuré : « Ce n'est pas juste de me donner l'impression d'être une mauvaise mère… » Je n'ai pas su quoi répondre.

Même si je m'en suis voulu de la voir si attristée, la seule chose à laquelle j'ai pu penser, c'est que pour la fête des pères, ce ne serait pas du tout une journée spéciale puisque je n'ai plus le droit d'être avec papa. Ça fait trois semaines que je ne l'ai pas vu ; depuis qu'on est rentrés de New York. Je lui ai envoyé quelques mails sans que maman s'en rende compte, depuis l'ordinateur du salon, mais ce n'est pas pareil. J'ai l'impression de bouillir à l'intérieur, d'être à deux doigts de l'implosion tellement je ne sais plus qui je suis, tellement je me sens impuissant.

J'essaye de ne pas être en colère contre maman, même si c'est de plus en plus difficile. Mais je n'ai plus qu'elle, à présent, et si elle devait devenir mon ennemie, je ne sais pas comment je pourrais encore supporter de me lever matin après matin, d'aller au collège, de faire semblant d'être comme tous les autres alors que je ne le suis pas. Même les cours de roller avec Lina ne suffisent plus à me redonner le moral ; c'est comme si plus rien n'avait de sens, comme si je ne faisais que me traîner en attendant… quoi, au juste ? Je ne sais même pas, puisqu'il n'y a plus rien à attendre, apparemment.

Je viens de présenter mon exposé sur les tortues en cours de sciences. On pouvait choisir l'animal qu'on voulait, et les semaines précédentes, on a eu droit au loup, au crocodile, au tigre, à l'ours polaire, au boa constrictor. Ils croient que je n'ai pas vu leurs sourires quand j'ai accroché mon affiche avec le titre « LA TORTUE » écrit en grandes majuscules au marqueur noir. Ils croient que je n'ai pas entendu leurs messes basses et leurs ricanements. Ils croient que ça ne m'a fait ni chaud ni froid de sentir les boules de papier mâché siffler à mes oreilles dès que M. Crozon avait le regard baissé sur son carnet pour prendre des notes.

Ce n'est pas le cas, pourtant.

Mais j'essaye de faire comme papa m'a appris. De ne pas laisser la peur orienter mes choix.

J'aurais pu parler du lion, de l'éléphant, du singe ou de l'aigle. Prendre un animal imposant, majestueux, dangereux. Mais non. J'ai opté pour la tortue, parce que c'est l'animal duquel je me sens le plus proche. Celui qui fait que, non, je ne suis pas un monstre, non, je ne suis pas fou ou bizarre comme tous les autres le pensent (sans jamais le dire ouvertement, bien sûr).

Chez certaines espèces, les embryons de tortues peuvent choisir leur sexe, car il dépend de la température de l'œuf. Des scientifiques ont montré que les embryons étaient capables de se déplacer dans leur œuf pour être dans une zone plus froide ou plus chaude, et ainsi devenir mâle ou femelle. Tout le monde m'a observé avec des yeux ronds quand j'ai expliqué ça, et j'ai bien vu que même le prof était largué. C'est sûr que ça aurait été plus facile de raconter qu'un loup peut sentir un gibier à deux kilomètres de distance ou qu'un aigle royal peut attraper une proie faisant jusqu'à quatre kilos. J'ai donc parlé du sexe des tortues, et j'en ai aussi rajouté une couche sur les grenouilles, qui peuvent changer de sexe plusieurs fois dans leur vie, toujours en fonction de la température, et des escargots, qui sont hermaphrodites.

Le moins qu'on puisse dire, c'est que mon exposé n'a pas subjugué les foules. « Merci, Maël, c'était très… instructif », a marmonné M. Crozon quand j'ai eu fini, en me faisant signe de rejoindre ma place. Lina m'a adressé un

« pouce » de la main, et, comme d'habitude, elle a été mon seul soutien.

Avant la sonnerie, le prof a distribué les pochettes avec les photos de classe qu'on avait faites juste après les vacances de Pâques. Tout le monde s'est rué vers la cour, comme c'était la pause de 10 heures et qu'on avait à peine un quart d'heure pour souffler avant les deux heures de maths avec Mme Ségard. Le prof de SVT m'a autorisé à rester dans la classe, puis s'est éclipsé avec son gros cartable en cuir marron.

Je suis resté là, à contempler la photo de groupe prise dans la cour. Ce jour-là, le prof nous avait pressés comme pas possible pour qu'on se mette en place, parce qu'il commençait à tomber quelques gouttes de pluie et que le photographe ne faisait que lever un regard inquiet vers le ciel menaçant.

Je suis au dernier rang, debout sur un banc, à l'extrémité droite, juste à côté du poteau. Je porte un jean bleu trop large à mon goût, mais on ne le voit quasiment pas, car il y a la tête d'Oscar juste devant, au deuxième rang. J'ai un gilet Gap à capuche gris foncé, que maman m'a acheté sans se soucier de savoir s'il me plairait ou non. « C'est un bon basique », a-t-elle déclaré en me l'offrant. J'aurais bien aimé mettre mon maillot de baseball tout neuf, mais je ne sais pas où maman l'a rangé. Sans doute tout en haut de sa penderie. Quand elle l'a sorti de mon sac à dos et qu'elle a vu le prénom « Loïs » écrit dans le dos, elle est restée immobile un bon moment, sans rien dire. Au point que j'ai commencé à me sentir très mal à l'aise, comme si j'avais fait quelque chose de mal. De très mal, comme voler dans un magasin ou tuer quelqu'un. J'ai préféré me carapater dans ma chambre tellement j'ai eu peur qu'elle se mette d'un seul coup à me hurler dessus. Mais une fois dans mon lit, j'ai entendu des sanglots.

Maman s'était mise à pleurer.

Et ça, c'était pire que les cris.

Parce que ça n'arrivait jamais, que maman pleure. Jamais.

Alors je n'ai pas demandé où avait disparu mon maillot, après ça. J'ai fait comme si de rien n'était, encore. Dans la grosse boîte en plastique en dessous de mon lit, j'ai rangé ma robe, mes bracelets, ma casquette et tous les vêtements que papa m'avait achetés à New York. Je les ai laissés bien à l'abri.

Je passe mon index sur mon visage en papier brillant. Mes cheveux sont courts, pas aussi courts qu'ils pourraient l'être, mais bien trop pour que je ne me sente pas malheureux chaque fois que je croise mon reflet dans une glace. Maman m'a traîné chez son coiffeur quelques heures à peine après que j'étais rentré de New York. J'ai eu beau supplier et promettre que je ne mettrais plus de barrettes et que je ne me ferais plus de tresses, elle n'a rien voulu entendre. Elle a dit au coiffeur :

— Il commence à ressembler à une fille, il est temps de couper tout ça, ça fait beaucoup trop négligé, vous ne trouvez pas ?

Et le coiffeur a hoché la tête d'un air navré. Je ne sais pas s'il était navré pour moi car il voyait les larmes séchées sur mes joues, ou s'il était navré de voir mes cheveux longs.

Il a promené la tondeuse sur les côtés et l'arrière de ma tête, a laissé plus de longueur sur le dessus pour que je puisse ébouriffer mes cheveux avec du gel.

— C'est la mode ! s'est-il exclamé en souriant.

À chaque coup de ciseaux, c'était comme si j'étais un peu moins moi-même, comme si je disparaissais pour laisser la place à un autre que moi. Au garçon que ma mère tient à tout prix à avoir. J'ai serré les dents pour ne pas pleurer, j'ai fermé les yeux quand maman s'est approchée de moi d'un air désolé et qu'elle m'a serré l'épaule comme pour me dire : « Ça va aller, ne t'en fais pas. » J'ai tout fait pour ne pas regarder mon reflet dans la glace, à la fin, même si c'était impoli pour le coiffeur. Quand maman a payé, il a déclaré d'un ton blasé : « Ah ! Les adolescents, jamais contents… » Je suis sorti dans la rue sans dire au revoir.

Et maintenant, quand je vois le garçon qui porte mes vêtements sur la photo de classe, j'ai l'impression de regarder un inconnu. C'est censé être moi, mais je ne me reconnais pas. J'ai l'impression de me perdre, d'être enfermé de force à l'intérieur d'un autre. Je voudrais appeler au secours, hurler, mais aucun son ne sort.

À la place, le garçon sur la photo fait un grand sourire. Parce qu'on le lui a demandé et qu'il veut *faire comme si*. Un grand sourire alors qu'à l'intérieur, il n'est plus qu'une montagne de chagrin.

Mon corps n'est rien d'autre qu'une prison de chair et d'os. Je suis pris au piège, en train d'étouffer, et personne ne s'en rend compte.

CHAPITRE 10

JUIN

Joachim

Assis sur les marches de l'Opéra, Joachim prend en photo avec son téléphone le bâtiment de la Vieille Bourse qui se trouve en face de lui. Il ne pourrait pas faire plus évident que ce cliché… Il regarde l'image qu'il vient de capturer, clique sur « partager », puis sur « Sophie ». Son pouce hésite quelques instants, mais finit par appuyer sur l'icône pour envoyer la photo.

Lorsqu'il leur arrivait à tous les deux de se disputer, avant, Sophie partait parfois de la maison en claquant la porte, tellement excédée qu'elle avait un besoin irrépressible de prendre l'air et de marcher seule pour se calmer. Elle a toujours eu un caractère assez orageux, et une simple brise pouvait se métamorphoser en un clin d'œil en une tornade dévastatrice. Bien souvent, Joachim ne comprenait même pas ce qu'il avait dit ou fait de mal, et quand il essayait de se rattraper ou d'apaiser le conflit, quitte à prononcer des excuses sans queue ni tête, il ne faisait généralement qu'envenimer la situation. Alors Sophie s'enfuyait, en rage. Puis, une demi-heure plus tard – c'était le temps moyen qu'il lui fallait pour redescendre de sa tour –, elle envoyait un message à Joachim, une simple photo de l'endroit où elle se trouvait dans Lille : la petite cascade au fond du jardin Vauban, le mémorial en hommage à Léon Trulin à la Citadelle, le marchand de fruits et légumes rue Pierre-Mauroy, l'amphithéâtre extérieur de la place de la République (que Maël et Joachim ont toujours préféré appeler « le cratère »), le pont Napoléon juste à côté de l'esplanade, les halles désertes du marché de Wazemmes, le parvis de l'église Notre-Dame-de-la-Treille…

À chaque fois, peu importait la météo ou son état d'agacement, Joachim prenait son manteau et s'empressait d'aller la rejoindre pour faire la paix. Au fil des années, malgré des disputes rares, ce petit manège était devenu leur rituel, et Sophie s'amusait même à envoyer des photos de lieux de plus en plus difficiles à deviner, comme s'il s'agissait d'un jeu de piste.

Tout ça, elle l'a sans doute oublié. Ou, si elle ne l'a pas effacé de sa mémoire à dessein, elle l'a rayé de son cœur. À présent, elle préfère voir uniquement ce qui les éloigne tous les deux plutôt que tout ce qui les a toujours rapprochés. Elle se concentre sur la trahison, l'unique faux pas de Joachim, sur leur incompréhension quant au mal-être de Maël, sur le fait qu'elle ne partage plus ses convictions écologistes. Elle s'est convaincue que leurs chemins ont bifurqué, au lieu de songer que, peut-être, si chacun faisait un pas vers l'autre, leur route pourrait redevenir la même. Elle a jeté aux oubliettes leur complicité innée.

Tous les deux, ils ont toujours adoré se lever aux aurores pour aller chiner toutes sortes de choses dans des vide-greniers. Ils partagent une passion sans bornes pour tous les plats à base de fromage fondu : raclette, tartiflette, welsh… Ils adorent aller sur la côte, à Malo-les-Bains ou à La Panne, simplement pour marcher des heures les pieds dans l'eau, le long des vagues qui vont et viennent. Ils aiment avoir des parures de lit de couleur claire avec des motifs fleuris. Chaque été, ils consacrent un ou deux week-ends à des festivals de musique : la Route du Rock à Saint-Malo, Rock en Seine ou Solidays en région parisienne, les Vieilles Charrues en Bretagne, les Eurockéennes de Belfort, le Main Square Festival à Arras… Dès le printemps, ils regardent les programmations pour choisir le festival auquel ils vont aller, et même Maël adhère à cet engouement. Le soir, quand ils en ont l'occasion, ils apprécient de boire un verre de vin blanc en s'asseyant dans le canapé pour se raconter leur journée. Ils adorent lire des romans, installés côte à côte ; romans qu'ils s'échangent ensuite pour pouvoir en discuter entre eux. La liste semble infinie à Joachim. Sans trop savoir pourquoi, il a commencé à mettre tout ça en mots dans un cahier. Sur la première page, il a écrit au feutre noir et en lettres majuscules : « LISTE DE TOUT CE QUI NOUS RAPPROCHE. »

Peut-être que lorsqu'il aura écrit tout ce qui lui vient à l'esprit, il donnera le cahier à Sophie. Pour qu'elle se souvienne. Pour qu'elle lise chaque ligne jusqu'à relever la tête et se rendre compte que c'est lui qui a raison : ils sont faits l'un pour l'autre… Peut-être. En attendant, dès qu'un souvenir de leur vie lui vrille le cœur, il se précipite pour le consigner, comme si le fait de le transformer en encre sur du papier pouvait suffire à atténuer sa douleur.

Il appuie à intervalles réguliers sur le bouton de son téléphone pour vérifier qu'il n'a pas reçu un texto, quand bien même l'écran s'illumine automatiquement à chaque message.

Rien.

Il se demande ce que Sophie fait en ce moment même. Ils doivent avoir fini de dîner, et Maël a dû monter dans sa chambre pour lire ou jouer un peu avant de se coucher. Elle est peut-être debout dans la cuisine, adossée au plan de travail, à contempler la photo de la Vieille Bourse qu'elle vient de recevoir. Peut-être secoue-t-elle la tête avec dédain. Peut-être hésite-t-elle à mettre ses chaussures pour venir le rejoindre. Peut-être est-elle déjà en route ? Peut-être va-t-elle lui répondre quelques mots cinglants pour lui ôter tout espoir.

Peut-être ne va-t-elle rien faire du tout.

C'est le plus probable, sans doute.

Quand son esprit ne dérive pas dans la marée de souvenirs avec Sophie, c'est vers Maël qu'il se tourne. Il en crève, de ne pas voir son fils. Chaque mail que l'enfant lui envoie lui déchire le cœur ; il voudrait lui répondre que tout va s'arranger bientôt, mais il n'en sait rien. Préfère ne pas mentir. Il lui écrit qu'il l'aime de tout son être, mais c'est la seule chose qu'il puisse affirmer sans risquer de s'avancer trop, sans risquer de créer de faux espoirs. Il voudrait dire à Maël qu'il va le soutenir et l'accompagner dans ses choix, que sa mère va finir par se rendre à l'évidence et accepter que son enfant soit transgenre, mais impossible d'avoir la moindre certitude, étant donné la fermeture d'esprit de Sophie…

La semaine dernière, il a pris rendez-vous avec une avocate choisie au hasard dans les Pages jaunes. Il a résumé son histoire à toute vitesse, parce qu'elle n'avait qu'une demi-heure à lui consacrer. Il s'est efforcé de ne pas montrer son agacement à chaque fois que ses paroles étaient interrompues par un coup de fil urgent. Il est tombé des nues lorsque la femme aux lèvres pincées lui a demandé d'un air perplexe pourquoi il n'avait pas fait la moindre démarche pour reconnaître Maël lorsqu'il était petit. « Je ne savais même pas que j'aurais pu le faire », a-t-il bredouillé en baissant la tête, honteux comme un gamin pris en faute. Il aurait eu la possibilité d'être officiellement considéré comme le père de Maël et il n'en avait jamais eu la moindre idée… « Est-ce qu'il est trop tard, maintenant ? » L'avocate avait souri avec une sorte de mépris insupportable. « Ce serait une procédure de longue haleine, clairement. Surtout si votre ex-compagne y est opposée. » Il était ressorti complètement sonné de cet entretien éclair. Avait-il envie de s'engager dans une guerre impitoyable contre une femme qu'il ne pouvait s'empêcher d'aimer, une femme qu'il ne pouvait se résoudre à avoir irréversiblement perdue, et ce alors même qu'il était à l'origine de tout ce gâchis ?

Le soir, quand il ne parvient pas à trouver le sommeil et que les bruits de la rue perpétuellement animée viennent emplir son cerveau au point qu'il a parfois l'impression de devenir fou, ses pensées commencent à former un magma en ébullition. Et chaque bulle qui éclate avec un « pop » poisseux est une idée plus absurde que la précédente.

Il devrait se renseigner pour dénicher l'avocat le plus féroce de la ville, celui qui serait capable de lui obtenir la garde alternée de Maël. Un rottweiler sans foi ni loi, prêt à tout pour faire comprendre à un juge que Joachim est le père de Maël, quand bien même leurs liens ne sont pas biologiques. Un type qui expliquerait avec des mots justes le rôle que Joachim a eu auprès du garçon depuis qu'il est bébé. Peut-être même un type qui n'hésiterait pas à éclabousser un peu Sophie au passage, si besoin était : à dire que depuis des années elle privilégie sa carrière au détriment de sa vie de famille et de son fils, à dire que c'est Joachim qui a toujours répondu présent pour emmener et aller chercher Maël à l'école et s'en occuper le soir en semaine et les mercredis, à dire que c'est Joachim qui a toujours pris des jours de congé « enfant malade » et qui a toujours accompagné les sorties scolaires... Voilà, il devrait embaucher le meilleur avocat, quitte à ce que ça lui coûte une fortune, quitte à ce qu'il salisse sans vergogne toute leur histoire pour obtenir des droits sur son fils.

Ou alors, il pourrait faire comme tous ces pères privés de leurs enfants : monter tout en haut d'une grue et accrocher une banderole « RENDEZ-MOI MON FILS ! », s'enchaîner devant le tribunal de Lille, à n'importe quel poteau bien en vue qui ferait l'affaire. Ce serait pile dans ses cordes, en plus. Les actions médiatiques non violentes n'ont plus aucun secret pour lui, et une chose est certaine : les journalistes raffolent de ce genre d'anecdote, parce que ça donne de belles photos dans leur article et que ça fait facilement pleurer dans les chaumières. Il aurait *La Voix du Nord*, France 3, France Bleu Nord et Wéo en un claquement de doigts, c'est certain. Il pourrait même pousser jusqu'à carrément déployer une banderole sur la façade du tribunal, pour que ce soit encore plus visuel et inédit. Pour Maël, il doit bien l'avouer : il serait prêt à faire n'importe quoi pour ne pas le perdre...

Pourquoi pas, sinon, à défaut d'obtenir gain de cause auprès d'un juge aux affaires familiales, en venir à enlever Maël à la sortie du collège ? Le kidnapper, non, ce ne serait pas le bon terme, puisqu'il est quasi certain qu'il serait d'accord pour le suivre. Se procurer des faux passeports, changer d'identité à jamais, choisir Loïs comme nouveau prénom pour Maël par la même occasion. L'emmener avec lui, foncer à l'aéroport de Lesquin, prendre un vol pour le pays le plus lointain possible, louer une voiture à l'arrivée et rouler sans s'arrêter. Accepter n'importe quel boulot pour gagner un minimum d'argent, et se faire oublier jusqu'à ce que Sophie comprenne ce que veut son fils, jusqu'à ce qu'elle soit prête à le soutenir dans un changement de sexe à sa majorité, si c'est ce dont il a besoin pour être heureux. Jusqu'à ce qu'elle comprenne qu'elle ne peut pas leur demander à tous les deux de ne plus avoir besoin l'un de l'autre. Jusqu'à ce qu'elle reconnaisse que Joachim *est* le père de Maël.

Voilà où ses pensées l'emmènent, quand il les laisse vagabonder et qu'il autorise le chagrin à trouver n'importe quelle solution pour souffrir un peu moins.

Une heure s'est déjà écoulée depuis qu'il a envoyé la photo à Sophie. Il commence à avoir mal aux fesses, à rester assis sur ces marches trop dures. La nuit est en train de tomber, il ferait mieux de rentrer.

Il ferait mieux de rentrer, puisqu'elle ne viendra pas.

Pas cette fois.

Mais il n'est pas dit qu'il renoncera.

Sophie

Si Maël lui avait répété tous les jours qu'il voulait à tout prix qu'elle vienne assister à sa compétition de rollers – celle qui vient clore l'année d'entraînements hebdomadaires –, Sophie n'aurait probablement pas fait l'effort de poser un lapin au comité de direction et de terminer sa journée de travail plus tôt de façon à être à 19 heures à la Halle de Glisse. Elle se serait sans doute dit, en étouffant le soupçon de culpabilité qui aurait pu naître en elle, que cette compétition n'était pas si importante que ça et que la mère de Lina, qui avait toujours son téléphone à la main, accepterait sans souci de lui envoyer après coup la vidéo qu'elle aurait filmée. Après tout, c'est elle qui a emmené Maël avec sa fille tous les mercredis après-midi depuis que Joachim est parti…

Mais les choses ne s'étaient pas passées comme ça. Maël ne lui avait rien demandé, et Sophie était simplement tombée par hasard sur le flyer annonçant la compétition, oublié entre deux pages de l'agenda de son fils. Il ne lui avait même pas demandé de venir, et Sophie, brusquement, s'était sentie *exclue*.

Pourtant, ce n'est pas comme si elle avait approuvé ces cours de roller. C'est la deuxième année que Maël en fait.

L'an dernier, il n'y a pas eu la moindre compétition en fin d'année scolaire, d'ailleurs. Il faut croire que c'est une nouveauté, à moins que Joachim et Maël ne lui en aient pas parlé à l'époque ? Serait-il imaginable qu'ils n'aient même pas mentionné l'événement, persuadés d'avance qu'elle ne pourrait être là ? Ou, pire, l'ont-ils fait et a-t-elle balayé ça d'un revers de la main, désolée, ça ne va pas être possible, mon chéri, mais la prochaine fois, c'est promis ? Elle n'en a aucun souvenir, mais ça ne signifie rien, elle est assez lucide sur elle-même pour se l'avouer.

Est-ce qu'elle aurait été plus enthousiaste si, comme elle l'avait prévu, Maël s'était inscrit à des cours de karaté ? À la fin de son année de CM1, elle avait fait des pieds et des mains pour obtenir une place dans le cours très prisé de Sensei Nagaki qui avait ouvert un an auparavant dans le Vieux-Lille. Mais Maël avait fait la moue. « Je n'ai pas envie de pratiquer un sport de combat, tu ne m'as même pas demandé mon avis ! » s'était-il écrié d'un ton scandalisé quand elle était rentrée un soir en annonçant fièrement qu'elle avait réussi à l'inscrire. Joachim avait préféré ne pas se mêler à la conversation, et Sophie en avait conclu qu'il se rangeait dans le camp de Maël, ce qui l'avait encore plus mise en colère, étant donné les trois heures de queue qu'elle avait dû subir pour s'assurer que Maël ait une place à la rentrée de septembre.

— Tu es ingrat, avait-elle lancé à son fils.

— Mais… je veux faire du roller à la rentrée, moi ! Je t'en avais parlé, en plus !

— À quoi ça sert, dans la vie, de savoir faire du patin à roulettes ? À rien ! Alors que le karaté apprend la persévérance, la rigueur, la maîtrise de soi ! avait rétorqué Sophie d'un ton sans appel.

— Tu n'as qu'à en faire toi-même, si ça te plaît tant que ça ! s'était exclamé Maël, visiblement outré.

Il était resté immobile, debout en face de Sophie, les bras croisés et le regard frondeur. C'était la première fois de sa vie qu'il s'opposait de manière frontale, et avec autant de véhémence, à une décision parentale. Sophie avait soutenu son regard de longues secondes, puis elle avait fini par céder :

— Tu ne te rends pas compte de ce que tu rates... Mais si tu préfères faire du patin à roulettes, vas-y donc..., avait-elle déclaré avec froideur.

Elle avait choisi à dessein le terme « patin à roulettes », mais Maël n'avait pas relevé. Il avait sauté de joie, avant de sauter au cou de sa mère pour la remercier. Joachim avait continué de faire la vaisselle, le nez baissé vers l'évier de la cuisine, et lorsque Sophie s'était approchée de lui, elle lui avait soufflé :

— Pas la peine de faire semblant, je sais que tu es du côté de Maël...

Il avait souri sans rien dire et elle l'avait embrassé dans le cou pour faire la paix.

Depuis, elle n'a jamais mis les pieds au moindre cours de roller, c'est vrai. La compétition de ce soir est sans doute décisive, mais Maël s'est contenté de hausser les épaules quand elle lui a demandé s'il aimerait qu'elle vienne. Visiblement, ça n'avait pas d'importance pour lui.

— Je serai là, a-t-elle pourtant décidé. Tu sais quoi ? Je vais prendre mon après-midi, ce sera l'occasion de faire, je ne sais pas, moi, un cinéma tous les deux, et en fin de journée, je t'emmènerai à cette compétition.

— Tu es sûre ? a-t-il demandé en levant les sourcils, surpris.

— Certaine.

Comme si elle ne voyait pas, depuis quelques semaines, que leur relation s'était dégradée et que son fils n'allait pas bien… Elle a beau se persuader qu'il ne s'agit que d'une phase, et que de toute façon, d'ici deux mois, ils auront déménagé à Paris – elle a déniché un appartement très sympa, avec deux chambres et un petit balcon, à deux pas du Quartier latin –, elle est malgré tout inquiète de voir Maël si amorphe.

Il a hoché la tête.

— Tu es content que je vienne, au moins ? n'a-t-elle pu s'empêcher de demander.

— Bien sûr…

Sophie a regardé attentivement le petit flyer bleu où étaient notées la date et l'heure de la compétition.

— C'est quoi, exactement, du roller « derby » ? a-t-elle interrogé d'un ton distrait.

Maël a haussé les épaules.

— Tu verras bien dans quinze jours…

Ce soir-là, elle est la première à s'installer autour de la piste ovale. Maël a filé comme une flèche dans les vestiaires dès qu'il a aperçu Lina, et Sophie s'est donné une contenance en s'agrippant à son smartphone et en consultant ses mails professionnels.

Les parents sont arrivés au compte-gouttes, jusqu'à ce que les rangées soient remplies et qu'un brouhaha intense envahisse la Halle de Glisse, en plus des roulements de roller de quelques adolescentes qui s'entraînaient.

Joachim s'est installé à quelques mètres d'elle, sur sa droite. C'est sans doute stupide, mais elle ne s'attendait pas à ce qu'il vienne. Elle a parfaitement vu son mouvement d'hésitation lorsqu'il l'a remarquée, toute seule, adossée au mur en béton. Un instant, il a semblé songer à venir à côté d'elle, puis il a changé d'avis car elle ne lui a même pas retourné le petit signe de la main qu'il lui a adressé.

La semaine dernière, il lui a envoyé une photo de la Vieille Bourse dans un texto. Elle a cherché ce que cet envoi pouvait bien signifier ; ce bâtiment représentait-il quelque chose dans leur histoire ? Elle a eu beau fouiller sa mémoire, elle n'a retrouvé aucune anecdote. A conclu qu'il avait dû se tromper de destinataire en envoyant son message. Peut-être même qu'il était censé être pour Ludivine, et que la culpabilité l'avait fait se tromper. Pathétique.

Une jeune femme d'environ vingt-cinq ans, à la carrure imposante et aux cheveux blond platine relevés en deux couettes hautes, prend le micro pour annoncer que le match de roller derby va démarrer dans quelques instants. Deux équipes entrent en roulant dans la salle, sous les applaudissements et les acclamations du public. Dans le coin gauche du gymnase, des filles qui arborent des casques et des débardeurs dorés, ainsi que des shorts noirs moulants. Dans le coin droit, des filles avec des casques noirs, des brassières violettes, des vestes en jean sans manches parsemées de dizaines de badges de toutes les tailles et toutes les couleurs, des shorts noirs et des collants noirs translucides troués de toutes parts.

« Le Gang des Lilloises s'apprête à affronter Les Tatas flingueuses de Saint-Malo, préparez-vous à un match du tonnerre, allez, on applaudit bien fort nos équipes juniors pour les encourager ! » hurle d'un ton survolté dans le micro la fille aux couettes blondes.

Sophie se demande soudain si elle ne s'est pas trompée d'endroit. Peut-être y a-t-il un second gymnase de l'autre côté, Maël lui aura mal indiqué où a lieu sa compétition, ce n'est pas possible autrement… Les yeux plissés, elle observe les filles juchées sur des rollers qui saluent le public. Elle aperçoit Lina et ses deux longues tresses brunes qui dépassent de son casque noir recouvert d'autocollants. Avec sa brassière brillante, sa veste en jean aux manches découpées et ses collants à pois noirs déchirés, elle a vraiment un drôle de look pour une adolescente de douze ans… C'est même étonnant que sa mère l'autorise à s'accoutrer de cette façon ! Sans parler du maquillage à outrance : un rouge à lèvres écarlate et du khôl autour des yeux qui la fait ressembler à Cléopâtre…

Sophie retient un hoquet de stupeur quand elle reconnaît le visage de Maël sous un casque noir avec une grosse étoile argentée sur le côté. Lui porte un débardeur au lieu d'une brassière, et des leggings longs en lycra au lieu de collants, mais sa tenue n'est pas moins féminine pour autant, en réalité. Il lui adresse un grand signe de la main, tout sourire, mais quand elle lève le bras pour y répondre, elle se rend compte que le geste s'adressait à quelqu'un d'autre, debout sur sa droite. Elle serre les dents, a la désagréable impression d'avoir été *trahie*, sans pouvoir dire pourquoi. Maël se retourne pour se mettre en place dans une sorte de mêlée. Sur le dos de sa veste en jean, Sophie peut lire « Loïs » et le numéro « 124 » écrits en gros. Il porte également deux brassards violets avec ce même chiffre.

Un coup de sifflet retentit. Et là, c'est le chaos total. Sophie ne comprend rien à ce qui se passe. Les joueurs (Maël est le seul garçon, mais hors de question de se résoudre à dire « les joueuses » !) se rentrent les uns dans les autres, visiblement pour s'empêcher d'avancer, quand, d'un seul coup, Maël parvient à se dégager de la meute et s'élance à toute vitesse pour faire un tour de piste. Quelques instants plus tard, il est rattrapé par une fille qui porte un casque doré avec le numéro « 13 » peint en noir. Elle lui donne un grand coup d'épaule qui l'envoie valser sur le côté, et Maël s'étale de tout son long, avant de se relever pour reprendre sa lancée.

La main plaquée devant la bouche, Sophie est horrifiée devant tant de brutalité. On croirait assister à un match de catch sur roulettes ! Choquée, elle se tourne vers Joachim pour le fusiller du regard ; tout ça ne peut être que sa faute, comment a-t-il pu cautionner cette activité folklorique sans jamais lui en parler ? Lui est debout, occupé à encourager Maël à pleins poumons. Il ne remarque même pas que les yeux de Sophie sont braqués sur lui.

Elle ne comprend rien aux règles de ce sport barbare. Pendant les deux mi-temps de trente minutes, elle se contente de se triturer les mains et de prier pour que son petit garçon ne soit pas amoché à force de se faire malmener et bousculer.

Quand, enfin, l'arbitre vêtue d'un débardeur à rayures noires et blanches donne le coup de sifflet final, elle recommence à respirer. Visiblement, l'équipe de Maël a gagné, et les autres membres du Gang des Lilloises viennent le soulever dans les airs pour lui faire faire un tour de piste triomphal.

Il est aux anges. En sueur, mais aux anges.

Vingt minutes plus tard, lorsque Maël vient la rejoindre dans le gymnase, elle remarque les paillettes dorées sur son visage et le reste de rouge à lèvres cerise sur sa bouche. Son fils jette un coup d'œil autour de lui ; il cherche peut-être Joachim qui s'est éclipsé dès la fin du match, juste après l'avoir félicité de sa prestation.

— Je ne savais pas que tes cours de roller ressemblaient à ça…, murmure Sophie sans trouver quoi dire d'autre.

Elle voudrait lui expliquer que ce n'est pas normal d'être encore déguisé en fille et de se maquiller de cette façon. Elle voudrait lui demander pourquoi il ressent le besoin de pratiquer un sport visiblement exclusivement féminin, au lieu de trouver une activité avec d'autres garçons de son âge. Elle voudrait l'attraper par la main et l'emmener loin de cet endroit, qu'il n'y revienne plus jamais.

Mais, soudain, elle n'a plus le courage et l'énergie de se battre contre son fils. Elle se sent vidée, épuisée. Elle voit la lumière sur son visage et, dans son regard, la fierté d'avoir remporté le match.

Alors elle se dit que ce soir, exceptionnellement, elle a le droit de faire une *trêve*. De simplement serrer son fils dans ses bras et de lui proposer d'aller manger un hamburger quelque part.

Demain sera un autre jour.

Maël

C'était le dernier jour de classe, aujourd'hui. Le dernier jour dans ce collège, d'ailleurs. À la sortie, il y avait des filles de sixième B qui sanglotaient et se serraient dans les bras les unes des autres, comme si les deux mois de vacances étaient un déchirement sans nom. Je les ai regardées et j'ai eu l'impression que mon cartable pesait des tonnes sur mon dos. Moi, personne ne va me manquer et je ne vais manquer à personne. Sauf peut-être à Lina, et encore, elle m'oubliera vite, j'en suis sûr. Loin des yeux…

L'avenir s'annonce radieux. Un mois de centre aéré tout juillet ; le calvaire commence dès demain. Je n'ai pas le droit de me plaindre, apparemment, parce que maman répète qu'elle m'a laissé le choix : le centre de loisirs et ses sorties pourries à la piscine et au musée des Beaux-Arts, ou un séjour chez mamie, à l'autre bout de la France. Un mois entier seul à seul avec ma grand-mère qui va passer son temps à me pincer les joues et à me dire qu'il faut que je me remplume, que je n'ai que la peau sur les os ? Tu parles d'un choix… J'ai tenté ma chance, bien sûr. J'ai demandé si je ne pourrais pas aller chez papa. « Juste la journée, comme le centre aéré, et je rentrerai tous les soirs ici ! », j'ai argumenté.

En vain.

Elle s'est contentée de marmonner : « Arrête d'insister, Maël. »

Alors j'ai arrêté d'insister.

Le soir du match de roller derby, j'ai cru qu'il s'était passé quelque chose. Que maman avait compris, qu'elle avait accepté. Elle m'a même emmené manger au Five Guys de la rue de Béthune, avant de rentrer. Mais non, en fait, rien n'a changé. Elle a juste attendu le lendemain pour me balancer que le roller, c'était terminé puisqu'on déménageait à Paris. J'ai protesté ; des équipes de roller derby, il y en a dans chaque arrondissement de la capitale, j'en suis sûr ! Elle a rétorqué qu'elle n'aurait pas le temps de m'y emmener, et que de toute façon, il existait tout un tas d'autres activités plus intéressantes que ça. À quelques rues de l'appartement où on allait emménager, elle avait repéré un club de basket-ball, c'était bien, le basket-ball.

Je ne vais pas mentir, ça m'a fait mal quand elle a dit ça. Elle, elle épluchait des carottes avant de les râper, et elle annonçait tout ça d'un ton guilleret, comme si ça ne représentait pas un nouveau cataclysme pour moi. C'est à cet instant-là que j'ai compris qu'en fait, tout ce qui avait de l'importance pour moi n'en avait aucune pour elle, et n'en aurait sans doute jamais.

Je n'étais pas important, en réalité.

Qu'est-ce que ça peut lui faire, que je sois malheureux ?

Qu'est-ce que ça peut lui faire, que je ne trouve ma place nulle part et que j'aie en permanence l'impression de jouer un rôle au lieu de pouvoir être moi-même ?

Qu'est-ce que ça peut lui faire, que je sente au plus profond de mon âme que *je suis* une fille, si elle a décidé que je resterais coûte que coûte un garçon ?

Qu'est-ce que ça peut lui faire, que mon père me manque terriblement et que j'ai le sentiment d'avoir perdu la seule personne qui m'aimait vraiment, sans me juger, sans vouloir faire de moi ce que je ne suis pas ?

Qu'est-ce que ça peut lui faire, que le roller derby soit la seule activité où, deux heures par semaine, je pouvais être qui j'avais envie d'être, où je pouvais mettre des collants filés et me faire un maquillage guerrier à paillettes sans que personne n'y voie de problème ?

Rien, absolument rien.

Après le dîner, je monte dans ma chambre. Je murmure un vague « Bonne nuit » à ma mère, l'embrasse sur la joue par habitude.

— Tu n'as pas envie qu'on regarde un film tous les deux ? elle me demande d'un ton étonné.

Je secoue la tête sans rien dire. Comme si mes envies l'intéressaient, de toute façon.

— Comme tu veux, mon chat, ajoute-t-elle en me regardant monter l'escalier. Je vais aller prendre un bain, dans ce cas. Ça va me détendre, j'ai passé ma journée en réunion et je déteste ça…

Je ne sais même pas si c'est à moi qu'elle parle ou si elle réfléchit à voix haute. Peu importe.

— Moi, c'est toi que je déteste, je déclare à mi-voix une fois arrivé au palier.

— Qu'est-ce que tu as dit ?

— Rien d'important…, je murmure sans m'arrêter.

Elle peut bien faire comme si elle n'avait pas entendu ; je la déteste. Je *me* déteste.

Je m'assieds dans mon lit, je prends mon oreiller pour le serrer contre moi en remontant mes genoux à la poitrine. Je n'ai envie de rien, pas même de lire le dernier tome de *La Brigade des cauchemars* que j'ai enfin réussi à emprunter à la bibliothèque.

Quelques minutes plus tard, j'entends la porte de la salle de bains se refermer, l'eau commencer à couler. Maman a pris son enceinte Bluetooth et une musique zen un peu étouffée parvient à mes oreilles. La connaissant, elle va rester dans la baignoire au moins une heure et demie, peut-être plus si elle a pris un roman à lire.

Et moi, je n'existe plus. Longtemps, j'écoute le ronronnement de l'eau qui emplit son bain et c'est comme si je me dissolvais à chaque goutte que crache le robinet.

Je n'existe plus.

Je ne *veux* plus exister.

Sans faire de bruit, je descends l'échelle de mon lit. Je retire mon pantalon et mon polo, ne laisse que ma culotte – enfin, celle de maman. Je tire la boîte en plastique stockée sous mon lit, l'ouvre pour en sortir ma robe polo turquoise, celle que ma mère n'a jamais vue. Je passe ma brassière avant d'enfiler la robe, et le tissu me caresse la peau avec légèreté. Cette robe, c'est l'inverse de la cape d'invisibilité de Harry Potter : il suffit que je la porte pour sentir que je deviens visible, enfin moi-même, aux yeux de tous. Puis je ferme le volet roulant de ma chambre pour la plonger dans l'obscurité avant de sortir de la pièce en tirant la porte.

Une fois dans le salon, au rez-de-chaussée, je mets mes baskets blanches à la va-vite. J'attrape ma clé sur le porte-clés de l'entrée, ouvre le verrou tout doucement. Je m'immobilise quelques instants, pour tendre l'oreille. L'eau coule toujours, et la mélodie zen se fait toujours entendre.

Je n'existe pas, de toute façon.

J'attrape la casquette NY rose que j'ai cachée la semaine dernière tout au fond de mon cartable pour ne pas que maman me la prenne, puis je sors de la maison, referme le verrou du haut avec ma clé. La nuit commence déjà à tomber, le ciel est envahi de sillons orange et rose que je pourrais trouver jolis si j'avais le cœur à trouver quoi que ce soit joli.

Je ne sais même pas où aller, j'ai juste besoin de partir, puisque je suis transparent, puisque je ne compte pas, puisque je ne peux pas être moi. Sortir en étant Loïs, un peu, pour ce qu'il reste de temps. Imaginer la liberté que ça aurait pu être, si j'étais né dans le bon corps, ou si on m'avait laissé le transformer pour qu'il me ressemble enfin.

Un instant, je songe à aller chez mon père. Ce n'est qu'à quelques arrêts de métro, mais je n'ai pas pensé à prendre de l'argent pour acheter un ticket. Je pourrais tenter d'y aller à pied, ce doit être à une demi-heure environ, mais je ne connais pas le chemin. À tous les coups, je risque de me perdre, d'autant qu'il fait sombre et que je reconnaîtrais encore moins les rues… Et puis, ce n'est pas sûr qu'il soit chez lui ni qu'il aurait envie de me voir, de toute façon. Sans doute que ça lui causerait encore plus d'ennuis avec maman, si je débarquais à l'improviste. Elle serait folle de rage, viendrait aussitôt me chercher et me traîner jusqu'à la maison sans me demander mon avis… Non, il a suffisamment payé pour m'avoir emmené aux États-Unis.

Le cœur débordant de chagrin, je laisse mes jambes prendre le relais et me conduire jusqu'au parc Jean-Baptiste-Lebas. Les immenses grilles rouges sont encore ouvertes ; de toute façon, je ne suis pas certain qu'un quelconque gardien prenne jamais vraiment la peine de les refermer pour la nuit. L'endroit est désert, aucun enfant sur les jeux à ressorts ou les toboggans, aucune famille en train de pique-niquer sur la pelouse.

Je grimpe tout en haut de la toile d'araignée en cordes rouges, pour être tranquille. Là, au moins, au milieu de l'obscurité qui s'installe, personne ne me verra.

J'ai l'impression d'être arrivé au bout. Au bout de quoi, je ne saurais pas vraiment dire. Au bout de ce que je peux supporter, au bout de ce qu'il y a à attendre de tout ça.

Au bout.

Je ne veux pas quitter mon père. Je ne veux pas aller à Paris. Je ne veux pas arrêter le roller. Je ne veux pas être un garçon alors que je n'en suis pas un. Je ne veux plus faire semblant, je ne veux plus baisser la tête. Je ne veux plus mettre des habits que je déteste, je ne veux plus avoir les cheveux courts. Je ne veux plus m'appeler Maël.

Mais tout ce que je veux est impossible. Pire, tout ce que je veux n'a pas la moindre importance.

Jamais je ne serai libre, jamais je ne serai moi. Alors à quoi bon ?

Je suis né Maël, mais peut-être que ce soir, je pourrai mourir en Loïs. Ce serait une chouette fin, je trouve. La seule possible, je crois.

Si je sautais, très loin, en m'élançant le plus possible, est-ce que ce serait suffisant pour mourir ?

Quand j'étais petit, papa avait peur dès que je voulais monter tout en haut de la toile d'araignée. Il me criait de faire attention, de prendre mon temps, de regarder où je posais les pieds. Il détestait lorsque, une fois au sommet, je me laissais glisser le long du pylône du milieu, comme si c'était une rampe de pompier. Ma mère, elle, faisait tout le contraire. Elle m'encourageait, me félicitait, était fière de moi et de ma témérité. « Tu es un vrai petit singe ! » s'exclamait-elle quand je redescendais et que je sautais dans ses bras. Les rares fois où elle me voyait hésiter, à quelques pas de la dernière petite plate-forme à atteindre, elle criait : « Vas-y, je sais que tu peux y arriver ! Tu peux tout faire si tu en as envie ! »

Je me rappelle ses paroles comme si c'était hier.

Pourtant, aujourd'hui, c'est elle qui me coupe les ailes alors qu'elles ont déjà du mal à pousser. C'est elle qui me condamne à rester englué au sol comme une mouette pleine de mazout au lieu de me pousser à sauter dans le vide pour m'envoler.

Je ne sais pas ce qui a changé. Pourquoi, avant, elle croyait en moi, et pourquoi, aujourd'hui, elle refuse de me prendre au sérieux et de m'aider. Je ne sais pas ce que j'ai fait de mal.

Je m'étais dit que, plus tard, je serais grimpeur comme papa. Je monterais avec lui en haut de la tour Eiffel ou de l'Arc de Triomphe, au sommet d'une centrale nucléaire ou d'un gratte-ciel, et je déploierais des banderoles pour sauver la planète.

Comme lui, je serais un héros.

Mais ce soir, je n'ai pas la moindre banderole, je n'ai pas le moindre courage, pas la moindre envie de sauver le monde, pas la moindre envie de me sauver moi-même. Il faut croire que n'est pas un héros qui veut.

Ce soir, je regarde le ciel et je n'y vois qu'un trou noir qui donne le vertige. Je regarde le sol en contrebas et je me dis que m'y écraser serait le plus simple, pour tout le monde.

J'ignore si j'ai envie de mourir.

Tout ce que je sais, c'est que je n'arrive plus à vivre.

CHAPITRE 11

30 JUIN

Joachim

C'était le dernier jour de classe, aujourd'hui. Maël finissait avec un cours d'anglais, de 16 h 15 à 17 h 15. Joachim connaît son emploi du temps par cœur, ça a toujours été ainsi. Il aurait bien aimé se rendre boulevard Carnot, devant le grand bâtiment austère qui abrite le collège. Il aurait attendu que Maël sorte, lui aurait fait signe de la main depuis l'autre côté de la rue, puis ils auraient marché tous les deux jusqu'à la maison – jusqu'à son *ancienne* maison. Ils se seraient raconté leur journée, Maël lui aurait parlé du déménagement à venir, des deux mois de vacances à tenir jusqu'à la rentrée. Joachim aurait fait mine d'encaisser, peut-être lui aurait-il raconté qu'il n'avait pas renoncé à venir s'installer en région parisienne, mais que pour l'instant, avec Sophie, tout était compliqué… Une chose est sûre ; il ne lui aurait pas confié que sa mère refusait de décrocher le téléphone pour lui parler et ne répondait plus ni à ses textos ni à ses mails. Il ne lui aurait pas confié qu'il l'avait attendue à la descente de son train, jeudi soir dernier, dans l'espoir qu'elle accepte de l'écouter un moment. Ce jour-là, il avait marché à ses côtés de la gare Lille-Europe jusqu'à leur maison. Vingt minutes à tenter de lui faire entendre raison sur tous les tons. D'abord la douceur et la gentillesse *(J'ai besoin de voir Maël et il a besoin de moi, je t'en prie, il faut que tu rendes les armes...).* Elle l'avait ignoré, avait fait comme si elle était toute seule dans la rue et qu'il était moins pour elle qu'un moustique qui viendrait voler à côté de son oreille. Il était passé à la tristesse, et sa litanie s'était transformée en une supplication humiliante *(S'il te plaît, Sophie. Je ferais n'importe quoi pour ne pas perdre Maël, j'en crève de ne pas avoir de ses nouvelles, de ne pas pouvoir le serrer dans mes bras...).* Sophie avait pressé le pas ostensiblement, avait sorti son téléphone de sa poche et avait commencé à pianoter on ne sait quoi dessus, juste pour montrer à Joachim qu'il n'existait pas. Qu'il n'était qu'un fantôme invisible dont elle n'avait aucun mal à effacer les traces. Alors il était passé à la colère, avait dû se retenir pour ne pas la forcer à s'arrêter au milieu du trottoir et à enfin croiser son regard *(Mais pour qui tu te prends, à la fin ? Tu crois que tu peux faire la pluie et le beau temps comme ça ? Décider ce qui est le mieux pour les autres sans qu'ils bronchent ? Tu crois que je vais renoncer à mon fils aussi facilement ? Tu crois que je vais vous laisser partir sans me battre et qu'il suffit de m'ignorer pour que je sorte de votre vie pour toujours ? Tu crois que Maël va se laisser faire et te suivre comme un gentil toutou ?).* Le ton était monté, et plus Joachim monologuait, plus ça le rendait fou de rage de voir que Sophie restait impassible et parvenait sans peine à faire comme s'il n'était pas là. Un homme d'une cinquantaine d'années avec un Stetson les avait croisés et avait demandé à Sophie :

— Est-ce que cet homme vous importune, madame ?

— Non, ne vous inquiétez pas, c'est gentil, avait-elle répondu d'un ton doux en souriant, et Joachim avait serré les dents de rage.

Il avait eu envie d'attraper le bras du type qui se mêlait de ce qui ne le regardait pas pour lui expliquer que dans l'histoire, le méchant, ce n'était pas lui, oh ! non, ce n'était certainement pas lui, bien au contraire. Que tout ce qu'il voulait, c'était pouvoir passer du temps avec son fils, avec l'enfant qu'il avait élevé depuis ses premiers mois de vie, rien de plus. Que si quelqu'un avait besoin d'aide, c'était lui. Pas Sophie.

Ils étaient arrivés rue du Barbier-Maes sans que Sophie accorde le moindre regard à Joachim. Elle avait sorti son trousseau de clés à quelques mètres de la maison, s'était empressée d'ouvrir le verrou, son grand sac à main suspendu à son avant-bras. Elle s'était engouffrée à l'intérieur, avait refermé la porte au nez de Joachim sans avoir prononcé un seul mot à son intention de tout le trajet.

Pendant près d'une demi-heure, il était resté là, devant ce qui avait été son foyer durant tant d'années. Il avait regardé la fenêtre éclairée de la chambre de Maël, s'était senti comme en prison, condamné à rester bloqué dans la rue, séparé de son fils. Il aurait pu tambouriner à la porte, jeter des cailloux à la fenêtre, et Sophie n'aurait pas été jusqu'à bâillonner le garçon ou le ligoter à son lit. Mais à quoi bon ? Ça aurait fait encore plus de peine à Maël, d'assister à ce genre de scène. Il s'était promis, depuis toujours, de le protéger. Et aujourd'hui, le protéger, c'était l'épargner le plus possible dans la guerre froide entre sa mère et lui, malheureusement…

C'est aussi la raison pour laquelle il a renoncé à venir chercher Maël à la sortie des classes, ce soir. Pour ne pas jeter de l'huile sur le feu. Pour ne pas entrer dans le cercle vicieux du mensonge, où Maël ne dirait pas à sa mère qu'ils se sont vus. Éviter à tout prix que l'enfant se sente écartelé entre ses deux parents, éviter à tout prix qu'il ait le sentiment de devoir se ranger dans un camp.

Ce soir, seul chez lui, Joachim a des idées noires.

Comme tous les soirs, en fait.

Il pense à Maël et il se sent *impuissant*. C'est un sentiment atroce, qu'il n'a pas souvenir d'avoir ressenti avant, ou du moins pas avec une telle violence. C'est comme si sa vie entière lui filait entre les doigts, comme si tout ce qu'il avait patiemment construit, avec amour, endurance et constance, s'écroulait comme un château de sable, et qu'il ne pouvait rien faire, absolument rien faire, pour empêcher ce carnage.

Renoncer à Sophie, ça, il pourrait y parvenir. Il serait capable de faire le deuil d'un amour visiblement plus partagé ; avec le temps, le chagrin s'amenuisera sans doute. Si c'est ce qu'elle veut au plus profond d'elle-même, il pourra accepter la fin de leur histoire, se résigner à souffrir en silence et cesser d'espérer la reconquérir un jour. Il peut abandonner la liste de tout ce qui les rapproche, s'il le faut. Arracher les huit pages du cahier déjà noircies d'encre, et commencer une autre liste. « Pourquoi Sophie et moi ne nous remettrons jamais ensemble » ; « Les défauts de Sophie que j'ai toujours supportés mais qui sont en réalité insupportables » ; « Nos mauvais souvenirs à deux et nos pires engueulades, qui prouvent qu'on n'était pas faits l'un pour l'autre et qu'il était temps que ça s'arrête. »

Ouais, des idées de listes comme ça, il peut en trouver à la pelle, et peut-être que ça lui ferait du bien, après tout.

En revanche, renoncer à Maël… C'est impossible.

Il pourrait dresser la liste des raisons pour lesquelles une vie sans lui est inenvisageable.

Là, il y aurait de quoi remplir plusieurs cahiers, c'est une évidence.

Peut-être qu'une telle liste parviendrait à émouvoir Sophie, l'aiderait à prendre conscience qu'elle fait fausse route, qu'elle agit mal et qu'elle a le devoir de faire marche arrière. Peut-être.

Il referme le cahier qui était resté ouvert sur la moitié de lit qu'il s'interdit d'utiliser – celle de gauche, celle où Sophie devrait se trouver.

La dernière chose qu'il ait écrite, c'est : *Faire des galettes des rois maison et y cacher à chaque fois trois fèves à l'intérieur pour que tout le monde en gagne une.*

Il sourit tristement en se rappelant ce souvenir. Glisse le cahier à couverture rouge vif dans le tiroir de sa table de chevet.

Dehors, le ciel poudré est devenu noir.

Sophie

Encore une fois, le dîner avec Maël ne s'est pas très bien passé. Elle a quand même tenté de lui proposer de regarder un film ensemble, pour fêter la fin de l'année scolaire, mais il a préféré monter s'enfermer dans sa chambre. Elle n'a pas insisté plus que ça, à quoi bon, après tout ? Quoi qu'elle fasse, ce n'est jamais bien, jamais suffisant. Elle a de plus en plus le sentiment que son fils dérive sur un morceau de banquise et qu'elle ne peut pas faire grand-chose pour le forcer à rester sur la terre ferme, avec elle…

Elle a préparé des tagliatelles au saumon fumé et aux pousses d'épinards, ce soir. Maël a passé les vingt minutes du repas à pinailler sur son assiette sans décrocher un mot. Sophie a fini par déclarer, amère :

— J'ai pris du temps pour trouver une recette sympa qui change un peu des spaghettis bolognaise, et comme d'habitude, rien ne va…

— Je n'aime pas les épinards, a murmuré Maël sans lever le nez de son assiette.

— Oh ! Je t'en prie, ce ne sont pas quelques pousses qui vont t'étouffer, ça n'a même pas vraiment le goût d'épinards, en plus !

— Je déteste le saumon fumé, aussi, a ajouté son fils en jouant avec sa fourchette et en la faisant crisser sur la céramique.

— Tu es vraiment ingrat…, a lâché Sophie, agacée.

Maël a reposé ses couverts dans son assiette. Il a levé les yeux vers sa mère.

— Ah bon ? Et toi, tu trouves ça normal de ne même pas savoir que je déteste le saumon fumé depuis toujours ? Je n'en mange jamais à Noël ; d'ailleurs papa me préparait des toasts au houmous à la place. Peut-être que si tu t'intéressais un peu à moi, tu le saurais !

Soudain, ses yeux ont lancé des éclairs, et Sophie a senti une telle colère sous son calme affiché qu'elle a préféré battre en retraite. Pas de dispute. Pas ce soir ; elle a déjà passé une journée atroce au boulot, à gérer conflit sur conflit et problème sur problème, et là, elle a besoin de pouvoir se détendre un peu.

— Très bien, tu n'as qu'à laisser ton assiette, ce n'est pas important. Prends le dessert que tu veux dans le frigo, il reste des mousses au chocolat, je crois.

— Je n'ai pas faim, merci, a murmuré Maël en débarrassant la table.

Sophie a terminé ses pâtes, a lancé un lave-vaisselle pendant que son fils se servait un verre d'eau.

Elle savait par avance qu'il refuserait une soirée télé, et, après tout, ce n'était pas plus mal, car elle rêvait de pouvoir se délasser dans un bain bien chaud. Se faire un masque à l'argile et un soin pour ses cheveux trop secs. Mettre de la musique douce et peut-être prendre le magazine qu'elle s'est acheté au Relay de la gare du Nord juste avant de monter dans le train. Sur la couverture s'étalait, entre autres titres : « Quand les ados nous mettent K.-O. », et cette rime sans grand intérêt l'avait malgré tout convaincue de choisir cette revue plutôt qu'une autre : peut-être trouverait-elle des astuces pour que sa relation avec Maël ne soit pas en permanence un champ de mines...

Elle reste dans l'eau savonneuse jusqu'à ce que celle-ci devienne trop froide pour être agréable. Quand elle sort de la salle de bains embuée après s'être séché les cheveux, elle se rend compte qu'il est près de 22 heures ; elle n'a pas vu le temps passer. Elle enfile le jogging qui lui sert de pyjama et un T-shirt, songe à prendre son ordinateur portable dans son lit pour regarder une série quelconque. Elle regrette que tout soit si compliqué avec Maël.

Discrètement, elle va jusqu'à la chambre de son fils, pousse la porte entrebâillée. Toutes les lumières sont éteintes ; il dort déjà depuis un moment, si ça se trouve. Il a pourtant l'habitude de lire tard : Sophie est toujours obligée de lui dire de dormir, sinon il serait capable de veiller jusqu'à l'aube pour finir un roman. Elle monte les deux premiers barreaux de l'échelle de son lit, juste pour pouvoir caresser la joue de son fils endormi, lui murmurer « Je t'aime » à l'oreille en espérant qu'il l'entende dans le rêve qu'il fait peut-être.

Mais quand elle arrive à hauteur du matelas et de l'oreiller de Maël, son cœur s'affole dans sa poitrine.

Le lit est vide.

Elle soulève la couette pour vérifier qu'elle ne se trompe pas, alors même que ça n'a aucun sens. Elle fait le tour de la chambre du regard pour s'assurer qu'il n'est pas installé à son bureau ou ailleurs. Personne.

Elle crie « Maël ? » et le mot résonne étrangement dans la pièce vide. D'un pas vif, elle descend au rez-de-chaussée ; il sera sûrement installé devant la télévision, à vouloir narguer sa mère après avoir refusé de regarder un film avec elle.

Le salon est plongé dans l'obscurité.

Sophie ouvre la porte des toilettes. Personne.

Elle crie de nouveau : « Maël ? », mais seul le silence lui répond. Elle répète : « Maël, si c'est une plaisanterie, elle n'est pas de très bon goût ! », tout en inspectant le reste de la maison.

Il lui faut rapidement se rendre à l'évidence : elle est seule entre ces murs.

Maël n'est pas là, et il manque aussi sa paire de baskets.

Le verrou de la porte d'entrée est fermé, mais son trousseau de clés a disparu.

Depuis combien de temps est-il parti ? Où a-t-il bien pu aller à cette heure-ci ?

La réponse paraît évidente à Sophie, et elle serre les poings tant elle est contrariée. Les effets apaisants du bain brûlant n'auront pas duré longtemps.

Il n'y a qu'un seul endroit où Maël aurait pu inventer d'aller à une heure si tardive : chez Joachim.

Évidemment.

Elle cherche son téléphone du regard, se rappelle qu'elle l'a mis à charger juste après le dîner sur la multiprise au-dessus du micro-ondes. Elle traverse le salon en quelques enjambées, soupire d'agacement en se rendant compte qu'il n'y a aucun appel en absence ni message de Joachim. Il sait lui écrire pour lui envoyer des photos bidon ou la supplier de lui accorder un moment pour discuter calmement, mais pour la prévenir que son fils est chez lui, là, il n'y a plus personne ! Il doit se frotter les mains, à l'heure qu'il est, se réjouir de la confrontation à venir, quand elle va débarquer pour récupérer Maël. Encore un cinéma dont elle se passerait bien… Elle n'a qu'une hâte : que la date du déménagement arrive et qu'elle puisse mettre plusieurs centaines de kilomètres entre eux. Joachim finira par abdiquer, dans une guerre où de toute façon, le droit ne sera jamais de son côté. Si encore il s'était montré raisonnable et n'avait pas poussé Maël dans de dangereux délires, peut-être aurait-elle pu mettre sa rancœur de côté et le laisser continuer à le côtoyer. Elle aurait accepté, sans doute, que son fils aille passer un week-end sur deux chez lui s'il en avait envie. Mais après le séjour à New York… Impossible de faire autre chose que de protéger Maël ; c'est son rôle, après tout. Protéger son enfant, même si elle doit passer pour la méchante ou la psychorigide…

Quand ils seront à Paris, la vie redeviendra plus sereine. Maël pourra trouver un nouvel équilibre, et elle aussi.

Maël

Tout en haut de l'araignée depuis un bon moment déjà, je commence à me dire qu'être venu ici n'a pas trop de sens. Qu'est-ce que je compte faire, au juste ? Me mettre debout sur la corde et sauter dans le vide dans l'espoir de me réceptionner suffisamment mal pour me briser la nuque ? Même si je n'y connais pas grand-chose, je doute de mourir à coup sûr en m'y prenant de cette façon. L'autre jour, j'ai vu au journal télé qu'un jeune de seize ans s'était sauvé de son immeuble qui était en feu en sautant du quatrième étage. Il a enjambé la rambarde du balcon de son appartement, il a sauté sans réfléchir plus longtemps, et il s'est juste cassé la cheville.

Le sommet de la toile de l'araignée, je pense qu'il est à moins de quatre étages. Deux, tout au plus. J'aurais l'air de quoi, si je me ratais et que je me cassais la jambe ? Personne ne me prendrait au sérieux… Comme d'habitude, quoi.

Le désespoir qui m'envahit est aussi grand que cette impression permanente de ne rien pouvoir faire pour aller mieux. Rien n'est entre mes mains, parce que je n'ai que douze ans. Mon avis n'a pas la moindre valeur. J'aurais mieux fait de rester dans mon lit, ce soir, après tout. J'aurais pu me faufiler dans la chambre de maman et fouiller dans sa table de chevet pour trouver les boîtes de médicaments qu'elle a pour dormir. Elle ne les cache même pas, puisqu'elle ne sait pas que je les ai vus. Zopiclone, ça s'appelle. Le jour où je suis tombé dessus, j'ai retenu le nom et je suis allé faire une recherche sur Internet pour savoir de quoi il s'agissait. Je n'ai rien dit à maman ; de toute façon, je me doutais qu'elle avait du mal à dormir depuis que papa est parti. Preuve que tout ne va pas si bien que ça, même si elle ne l'avouera peut-être jamais. Preuve que sans papa, *elle* ne va pas si bien que ça, elle non plus. Mais je suis sûr que si je l'avais interrogée, elle m'aurait raconté que c'étaient de vieilles boîtes qu'elle avait depuis longtemps, ou qu'elle n'arrivait pas toujours à trouver le sommeil à cause de son travail qui était stressant en ce moment, etc. Maman, c'est une championne pour raconter n'importe quoi avec un air sérieux qui ferait douter n'importe qui.

Donc oui, ce soir, peut-être que j'aurais mieux fait de prendre les plaquettes d'avance de maman, en lui laissant celle entamée pour qu'elle ne s'aperçoive de rien au moment de se coucher. Il y a quatorze comprimés par boîte, j'aurais pu en avoir une vingtaine, je pense. Je serais remonté dans mon lit, j'aurais avalé tout ça avec un peu d'eau, et puis j'aurais attendu que le sommeil vienne. Clap de fin en douceur. Maman serait sortie de son bain, se serait mise au lit après avoir vérifié que son réveil était bien réglé pour sonner aux aurores le lendemain matin. Tout se serait fini comme ça, avec une facilité déconcertante. Je ne crois pas que j'aurais eu peur, après avoir pris tous les cachets. Je ne pense pas que j'aurais paniqué, que je serais allé chercher maman pour lui avouer ce que j'avais fait. Je pense que j'aurais mis ma robe et une barrette assortie dans les cheveux, avant de m'allonger de nouveau dans mon lit. J'aurais fermé les yeux et j'aurais imaginé ce qu'aurait pu être ma vie si on m'avait laissé être Loïs, si aux yeux de tout le monde j'avais pu être une fille.

J'aurais été libre.

Libre de mettre les vêtements que je voulais sans me poser plus de questions que ça : des robes, des jupes, des leggings, des collants, des chemisiers. Libre de choisir les couleurs que je préfère sans que personne secoue la tête en me disant que noir ou bleu marine, c'est nettement mieux. Du rose pâle, du mauve, du turquoise, du fuchsia, des paillettes, des broderies, des sequins. Tout y serait passé. J'aurais pu me présenter à n'importe qui en disant : « Salut, moi, c'est Loïs ! », et j'aurais à chaque fois eu le cœur gonflé de joie et de fierté en prononçant mon prénom. J'aurais enfin pu parler de moi au féminin, crier « Présente » lors de l'appel en classe, ajouter des « e » partout dans mes écrits. J'aurais pu continuer le roller derby, devenir une jammeuse connue dans le milieu. J'aurais pu faire de la danse, de la gymnastique, de la natation synchronisée, si j'en avais eu envie, et personne n'aurait rien trouvé à y redire. J'aurais pu avoir les cheveux longs jusqu'aux hanches, me faire des tresses, des chignons, une queue-de-cheval. J'aurais eu le droit de suivre un chemin peut-être difficile, avec des traitements et sans doute même des opérations, mais ça aurait été le mien et il n'y aurait pas eu de meilleur combat que celui pour devenir moi-même.

Et maintenant, je fais quoi ? Je descends de la toile d'araignée, je rentre à la maison en croisant les doigts pour que maman ne se soit pas rendu compte de ma disparition ? Je ne sais pas depuis combien de temps je suis dehors, mais si ça se trouve, elle n'est même pas encore sortie de son bain. Ou alors, elle est déjà couchée, endormie grâce à son médicament magique. J'ouvrirai la porte tout doucement, je monterai jusqu'à ma chambre, ni vu ni connu. Et, demain, je prendrai les cachets. Encore une journée, ce sera supportable, même si ce doit être une journée de centre aéré. Tout est supportable, quand on sait que ça va bientôt s'arrêter, qu'il existe une issue…

Au moment de me lever, j'entends un groupe de personnes entrer dans le parc. Ils crient et ils rient, et leur brouhaha est tel qu'il est difficile de dire s'ils plaisantent ou s'ils se disputent. Ils sont six, à gesticuler dans tous les sens avec des bouteilles de verre ou de grandes canettes à la main. À s'esclaffer bruyamment, à se pousser les uns les autres avec brutalité comme pour prouver qui est le plus fort. Six silhouettes sombres qui s'approchent des trois bancs alignés devant la toile d'araignée. Trois d'entre eux s'asseyent sur le banc du milieu, tandis que les trois autres restent debout à vociférer des paroles incompréhensibles. Malgré moi, je m'agrippe aux cordes et je retiens mon souffle. Je sens instinctivement qu'il vaut mieux ne pas me faire remarquer et attendre qu'ils déguerpissent avant de descendre de la toile et de rentrer à la maison.

Pendant une dizaine de minutes, j'assiste sans le vouloir à leur conversation décousue et je vois leurs bouteilles se vider et atterrir au sol. Il y a une poubelle en métal rouge vif à moins d'un mètre d'eux, ça ne leur effleure pourtant pas l'esprit de s'en servir. Je ne bouge pas, ne fais aucun bruit, mais il faut croire que la chance n'est jamais de mon côté, puisque l'un d'entre eux finit par me remarquer. Assis sur le banc, il tend l'index vers moi et s'écrie d'une voix rocailleuse :

— Je rêve ou y a une gonzesse là-haut ?

Les cinq autres suivent la main du regard.

— Eh, l'autre, il a raison ! Y a une meuf qui nous regarde depuis tout à l'heure ! s'exclame le plus grand, qui porte une casquette.

Tous s'approchent de la toile d'araignée, hilares comme s'il y avait quoi que ce soit de drôle.

— Bah alors, faut pas avoir peur, ma cocotte ! Qu'est-ce que tu fais toute seule là-haut ?

— Ouais, descends nous rejoindre, on va passer un bon moment ! s'exclame l'un d'eux, et ses amis renchérissent : « Allez, viens ! »

Je ne sais pas ce que je dois faire. Peut-être que si je ne bouge pas d'un poil, si je n'émets pas le moindre son, ils finiront par croire qu'ils ont une hallucination ?

J'entends leurs remarques : « T'as une bien jolie robe, dis donc, même si elle a l'air un peu courte ! » « Tu veux pas venir nous la faire voir de plus près ? » « Allez, fais pas ta timide, on est des gentils garçons, tu sais… » Et je continue de faire la statue, en espérant qu'ils se lassent à force de n'obtenir aucune réaction de ma part. Malheureusement, ils sont tenaces, car ils commencent à secouer de toutes leurs forces les cordes de la toile d'araignée, et même au sommet, ça se met à tanguer. Je me cramponne aux cordes, ferme les yeux jusqu'à ce qu'ils arrêtent.

— Tu sais, si tu ne descends pas, on va finir par monter nous-mêmes pour voir de plus près à quoi tu ressembles, hein ! lance une des silhouettes en reculant de quelques pas pour lever la tête vers moi.

Je tressaille. J'essaye de me convaincre qu'aucun d'eux n'aura le courage de grimper aux cordes, mais encore une fois, je me trompe, puisque celui qui porte une casquette se décide à escalader la toile d'araignée, sous les encouragements sonores de ses amis.

— Ouais, vas-y, Alex ! Va la chercher, et surtout, tu nous en laisses un peu, hein, tu la joues pas perso !

Joachim

Il est 22 h 23 quand son téléphone, oublié quelque part dans le salon, se met à sonner. Allongé dans son lit avec plusieurs tomes d'une bande dessinée de science-fiction dénichée à la bibliothèque, Joachim se demande s'il doit vraiment faire l'effort de se lever. Qui peut bien l'appeler à cette heure-ci, un soir de semaine qui plus est ? La mélodie des New Radicals qui lui sert de sonnerie depuis des années s'interrompt ; appel manqué avant même qu'il n'ait mis un pied au sol. Sans doute la preuve que ce n'était pas important, songe-t-il en continuant de lire sa BD.

Quelques instants plus tard, son téléphone émet un bip, signe que la personne qui a tenté de le joindre a laissé un message. Message qui attendra demain, se dit-il en attrapant le troisième tome de la série. Il a bien fait de prendre les dix, cet après-midi, car les histoires se lisent à la vitesse de l'éclair, une fois qu'on est plongé dedans.

Le refrain de *You Get What You Give* résonne de nouveau dans la pièce adjacente, et Joachim lâche un soupir en posant sa BD à côté de lui. Quand il parvient à mettre la main sur son téléphone abandonné à côté de la cafetière, il a déjà cessé de sonner. L'écran indique : « Sophie », deux appels en absence. Sans plus réfléchir, il la rappelle. Elle décroche dès la première sonnerie, paraît essoufflée.

— Maël est avec toi ? demande-t-elle avec l'agressivité qui semble caractériser la moindre de ses paroles quand elle s'adresse à Joachim.

— Non…, répond-il, pris de court par cette question saugrenue. Pourquoi ?

— Tu me jures qu'il n'est pas chez toi ? Je n'ai aucune envie de plaisanter ou de jouer au chat et à la souris, là, déclare-t-elle, visiblement en panique.

— Non, il n'est pas ici ! Pourquoi voudrais-tu qu'il soit chez moi, enfin ? Je te signale que c'est toi qui nous inter…

— Tu ne l'as pas vu de la soirée ? Il ne t'a pas téléphoné, tu en es sûr ? le coupe Sophie.

Joachim met le haut-parleur le temps de vérifier l'écran de son portable. Maël aurait pu appeler du téléphone fixe, ou pourquoi pas du portable d'un copain, mais non : pas d'autre appel en absence en dehors de ceux de la jeune femme. Une fois qu'il lui a confirmé ça, il n'y a plus que le silence pour lui répondre. Les secondes s'égrènent sans que Sophie dise plus rien ; apparemment elle absorbe l'onde de choc pendant que les rouages du cerveau de Joachim se mettent en branle.

— Il n'est pas avec toi ? finit-il par demander, le cœur battant.

— Non. Il est monté dans sa chambre après le dîner, je suis allée prendre un bain, et quand je suis ressortie, il n'était plus là. J'ai appelé la mère de Lina, il n'est pas là-bas et son amie ne sait pas où il se trouve. Je… j'aurais voulu appeler d'autres de ses copains, mais je n'ai trouvé personne que Maël serait susceptible d'être allé voir…

La voix de Sophie se fait lointaine, soudain. Joachim réfléchit. En dehors de Lina, qui Maël aurait-il pu contacter ? Lui non plus ne voit pas. Son fils est tellement solitaire, depuis toujours. Tellement secret, depuis des mois. Il se sent démuni, tout à coup.

— Je pensais qu'il serait chez toi…, murmure encore la jeune femme, dépitée.

Joachim a envie de répondre que lui aussi, il aurait cru que Maël se serait réfugié chez lui.

— Est-ce qu'il faut appeler la police ? demande Sophie.

Elle qui est d'habitude si sûre d'elle ne semble plus savoir quoi faire et préfère s'en remettre à Joachim.

— Non, pas tout de suite. Il va peut-être rentrer de lui-même, si ça se trouve il est seulement sorti faire un tour et il va revenir d'un instant à l'autre…, tente-t-il d'un ton incertain.

— Et quoi ? Je vais attendre bêtement, à faire les cent pas dans le salon en espérant qu'il finisse par réapparaître ?

Non, effectivement, ce n'est pas la meilleure idée qui soit, mais Joachim réfléchit à voix haute.

— Il vaut mieux que tu restes à la maison, au cas où il revienne, répète-t-il d'un ton plus assuré. Pendant ce temps, je vais voir si je peux le trouver. Je vais venir dans le quartier et chercher un peu partout, d'accord ?

Sophie murmure un oui quasi inaudible.

— Il va rentrer, d'accord ? déclare-t-il avec une fermeté factice, juste pour essayer de rassurer Sophie et éviter qu'elle se mette à paniquer complètement. Il ne va rien lui arriver. Et s'il ne rentre pas de lui-même, je vais le trouver. Je vais le trouver, répète-t-il pour convaincre Sophie tout autant que lui-même.

Quand il raccroche, pourtant, il n'en mène pas large.

Où Maël a-t-il bien pu aller ? Sophie pense qu'il est sorti depuis deux heures grand maximum, peut-être une heure seulement. Elle n'a pas dit s'il y avait eu une dispute entre eux, ou si Maël avait l'air particulièrement mal, ce soir. Joachim ne comprend pas que l'enfant ne l'ait pas appelé, qu'il ne soit pas venu chez lui. Il pensait être celui qui comprenait Maël, celui en qui il avait toute confiance, mais il faut croire qu'il s'est planté sur toute la ligne, puisque son fils ne lui a pas donné le moindre signe de vie. Après leur retour de New York, Maël a peut-être conclu que son père était incapable de l'aider, que désormais il était aux abonnés absents et qu'il n'y avait plus rien à en attendre… Joachim sent son cœur se briser, en songeant une chose pareille.

Ou alors… Ou alors il est parti de la maison en ayant en tête de venir jusqu'ici, mais il se sera perdu en route ? Pire, il aura fait une mauvaise rencontre ? Ce ne serait pas impossible : le chemin jusqu'au quartier Porte des Postes n'est peut-être pas très long, mais ce n'est pas le mieux fréquenté qui soit, surtout quand la nuit est tombée… Joachim porte les mains à ses tempes pour essayer de réfléchir posément à la meilleure stratégie à adopter pour retrouver le garçon.

D'abord, aller jusque chez Sophie, pour vérifier que Maël ne soit pas en route pour venir chez lui. Il enfile ses baskets à la va-vite, dévale l'escalier de son immeuble. Au rond-point des Postes, il fait le tour en courant et en interpellant les quelques groupes de jeunes occupés à fumer et dealer de l'herbe. Tous secouent la tête en haussant les épaules d'un air indifférent. Par acquit de conscience, il descend dans la station de métro, questionne les deux types en K-Way rouges qui font le planton soi-disant pour assurer la sécurité des voyageurs. Aucun d'eux n'a vu Maël. Joachim ressort de la station en grimpant deux à deux les marches de l'escalator. Il remonte la rue des Postes au pas de course, en inspectant du regard chaque rue perpendiculaire. Quand, vingt minutes plus tard, il arrive rue du Barbier-Maes, devant son ancienne maison, il est à bout de souffle. Il hésite à sonner à la porte, mais il sait que si Maël avait réapparu, Sophie lui aurait aussitôt téléphoné, et il ne veut pas l'inquiéter encore plus.

Quels sont les endroits préférés de Maël, ceux où il pourrait vouloir se réfugier ? La médiathèque Jean-Lévy, il adore cet endroit et pourrait passer des heures dans l'espace jeunesse. Le Furet du Nord, il pourrait se promener une journée entière dans les immenses rayons de livres. Le café qui vend des muffins et des cookies dans le passage de *La Voix du Nord*. Mais tous ces endroits sont fermés…

Alors, où ?

Il est déjà 22 h 50, et Joachim s'est promis d'appeler la police à minuit s'il n'a pas retrouvé son fils d'ici là. La Halle de Glisse, où Joachim l'emmenait régulièrement faire du skateboard, en plus de ses cours de roller derby ? Ça paraît très loin d'ici, Maël ne saurait jamais y aller tout seul, et il n'a pas dû prendre son skate avec lui, de toute façon. Joachim secoue la tête comme pour chasser les idées sans queue ni tête qui lui traversent l'esprit. Il ne peut s'empêcher de songer qu'un bon père saurait où irait son enfant.

Soudain, il *sait*. Il a le pressentiment que son intuition est la bonne.

Un endroit que Maël affectionne tout particulièrement, un endroit où, tous les trois, ils ont – *avaient* – l'habitude de passer du temps. Un endroit où ils sont si souvent allés que Maël serait capable de s'y rendre les yeux fermés ; impossible qu'il s'égare en route. Un endroit où il a pu avoir envie d'être, juste pour s'asseoir et réfléchir.

Juste pour être *retrouvé*, peut-être même.

Joachim se remet à courir.

Parce que son intuition lui indique aussi, sans qu'il sache exactement pourquoi, que le temps presse.

Sophie

Ça fait près d'une demi-heure qu'elle a eu Joachim au téléphone. Et depuis, elle se ronge les sangs, toute seule chez elle, à piétiner d'en être réduite à attendre l'éventuelle réapparition de Maël. Elle n'aurait qu'une envie : sortir de la maison et aller chercher son fils. Où, elle n'en sait rien, mais tout semblerait mieux que d'être coincée ici sans pouvoir faire quoi que ce soit de concret…

Un instant, elle songe à partir et à laisser un mot à Maël en évidence, au cas où il rentrerait de lui-même. Un mot où elle lui dirait de l'appeler depuis le téléphone fixe. Mais elle renonce : si jamais il se décidait à revenir de lui-même, il n'est pas envisageable qu'il trouve une maison vide. Et s'il est, comme elle le pense, dans de mauvaises dispositions vis-à-vis d'elle, il pourrait bien ne pas l'appeler, quand bien même il trouverait son message.

Non, elle va rester là. À tourner en rond comme un poisson dans un bocal trop petit. Privée d'air. À se demander ce qu'elle a fait pour en être à se dire qu'en réalité elle ne connaît pas son fils. Elle ne sait rien de lui, puisqu'elle n'est pas capable de deviner où il se trouve. Elle ne sait rien de lui, puisqu'il est si mal ici qu'il en vient à fuguer.

Fuguer ? Le mot vient de jaillir dans l'esprit de la jeune femme, comme une bulle de savon qui éclaterait au visage.

Est-ce que Maël a fugué ? Est-ce qu'on en est là, ce soir ? Dans son imaginaire, les adolescents qui fuguent sont des enfants malheureux, que leurs parents regardent à peine. Des gamins à la dérive, des mômes à problèmes venant de familles dysfonctionnelles. Des filles enceintes à quinze ans, des garçons qui fument du shit ou sniffent on ne sait quoi avant même d'avoir du poil au menton. Ce sont ces enfants-là qui fuguent. Ceux qui n'ont pas de vrais parents pour leur indiquer le chemin, pour leur expliquer ce qui est bien ou mal, pour faire preuve d'un minimum d'autorité et de fermeté.

Maël n'a rien à voir avec ces adolescents perdus. Sophie n'a rien à voir avec ces parents démissionnaires.

À moins que ?

Elle s'efforce de chasser les nuages noirs qui menacent de créer un violent orage dans son esprit. Ce n'est pas le moment de culpabiliser, d'avoir des remords ou des regrets. Elle a sans doute sa part de responsabilité dans le mal-être croissant de Maël ; elle est prête à l'admettre, à présent qu'il n'est plus là, elle est prête à reconnaître qu'elle s'est montrée rigide et intransigeante, parce qu'elle ne supporte pas d'avoir l'impression de perdre le contrôle d'une situation. Ça l'insécurise à un point intolérable. Mais, pour l'instant, ce qui compte, c'est de retrouver Maël.

Quand il avait six ans, ils étaient allés tous les trois en vacances dans le Cotentin, dans une petite ville balnéaire non loin de Cherbourg. Maël avait adoré visiter le sous-marin *Le Redoutable*, il en avait parlé pendant des mois et des mois après leur retour à Lille et avait même fait un exposé à l'école, pour sa rentrée en CP. Un soir où ils se promenaient ensemble sur le port, il avait trébuché bêtement et s'était retrouvé allongé par terre. Sophie se rappelle ce jour-là comme si c'était hier. Les hurlements secs de Maël, sans la moindre larme. Son regard terrorisé. L'angle étrange que formait son avant-bras et son bras, comme si le coude ne retenait plus rien.

Joachim avait couru pour le relever. Maël avait crié encore plus fort lorsqu'il avait tenté de toucher son bras. Il avait soulevé l'enfant pour le porter. Avait déclaré que le bras devait être cassé, d'un ton calme contrastant totalement avec la panique de Maël. Il avait marché d'un pas rapide jusqu'à la voiture, garée à une dizaine de minutes à pied.

Sophie avait suivi sans rien dire. Sous le choc. Dans les bras de Joachim, son fils semblait la supplier du regard, et elle avait été incapable de s'approcher de lui, de le rassurer, de le réconforter. Elle voyait son avant-bras qui pendait bizarrement et en avait des haut-le-cœur malgré elle.

À l'hôpital, c'est Joachim, encore, qui avait tout géré, de l'admission à la sortie. La seule chose qu'elle était parvenue à faire, c'était s'asseoir sur une chaise et trembler comme une feuille. Pathétique.

Quand Maël était revenu vers elle et lui avait montré avec fierté son plâtre, elle avait affiché un sourire factice, et son fils s'était serré contre elle en murmurant : « T'inquiète pas, maman, ça va aller ! »

Ce jour-là, elle n'avait servi à rien. À rien du tout.

Quand, l'été dernier, Joachim avait décidé qu'il était grand temps de laisser Maël sortir seul en ville pour qu'il gagne en autonomie en prévision des trajets qu'il devrait faire à la rentrée de septembre pour aller au collège, Sophie en avait aussitôt eu des sueurs froides. Elle qui n'avait encore jamais autorisé son fils à rentrer seul de l'école, par exemple, elle avait eu l'impression d'être soudain contrainte à le pousser du haut du grand plongeoir, alors même qu'il savait à peine nager.

D'abord, Joachim l'avait responsabilisé en lui confiant la charge d'aller chercher le pain les samedis et dimanches matin. La boulangerie était rue du Molinel ; il n'y avait qu'une rue à traverser, via un passage piéton. Le bout du monde pour Sophie qui restait durant les dix minutes d'absence de son fils derrière la porte d'entrée à ronger son frein et à imaginer le pire. Il pouvait se faire renverser par une voiture ; elles roulaient toujours à vive allure en ville, malgré la limitation à 30 km/h… Il pouvait se faire kidnapper ; des histoires comme ça, on en entendait tout le temps au journal télévisé, des gamins qui disparaissaient et qu'on ne revoyait plus jamais…

Après la boulangerie, Maël avait pris l'habitude d'aller seul jusqu'à la bibliothèque, à quatre minutes à pied, Sophie avait chronométré. Puis il avait eu le droit d'aller jusqu'au musée d'Histoire naturelle, qu'il adorait et dont il ne se lassait jamais. La première fois, Sophie l'avait suivi discrètement, juste pour vérifier qu'il attendait bien que le feu piéton soit vert pour traverser. Les fois suivantes aussi, d'ailleurs, parce qu'on n'était jamais sûr de quoi que ce soit. Au bout de quinze jours, Joachim lui avait interdit de suivre Maël. « Il est digne de confiance », avait-il déclaré avec fermeté, et Sophie avait enfin lâché prise, acceptant que son petit bébé était devenu un adolescent prêt à affronter quatorze minutes de marche matin et soir pour aller au collège.

Elle a toujours été celle qui angoisse, celle qui panique, celle qui perd pied. Joachim a toujours été celui qui garde son sang-froid, qui relativise, qui rationalise.

Aujourd'hui encore, rien n'a changé. Maël a disparu, et Sophie a l'impression de se noyer pendant que Joachim nage à son secours.

Elle est inutile.

23 h 04. Toujours aucune nouvelle.

Elle compose le numéro de Joachim, prie le ciel pour qu'il décroche et lui annonce qu'il a retrouvé leur fils. À bout de souffle, il lui apprend qu'il est allé jusqu'à Notre-Dame-de-la-Treille en pensant que Maël pouvait s'être rendu là-bas, mais que l'endroit est désert. Même pas un groupe de skateurs occupé à faire des acrobaties sur la place Gilleson. Sophie songe que l'idée était loin d'être stupide ; ils ont souvent été bruncher dans un des cafés jouxtant la cathédrale, Maël étant en admiration devant les jeunes en roller ou en skateboard. Il aurait pu passer des heures à les regarder, bouche bée.

— J'ai fait tout le chemin de chez moi jusqu'à la maison, et je suis aussi passé par la Grand-Place..., explique Joachim d'un ton où pointe le désespoir.

Sophie a envie de pleurer tellement elle est morte de peur à l'idée qu'il ait pu arriver quoi que ce soit à Maël.

— Le parc ? propose-t-elle sans grande conviction.

— La Citadelle ? Le zoo et les manèges sont fermés à cette heure-ci, et il n'aurait pas été s'aventurer autour de la Citadelle tout seul..., rétorque Joachim en reprenant peu à peu son souffle.

— Non, le parc Jean-Baptiste-Lebas ; tu as été jeter un coup d'œil ?

Joachim répond aussitôt qu'il y va de ce pas, même si les grilles seront peut-être fermées. Il la rappellera une fois sur place. Sophie acquiesce, ajoute que si Maël n'y est pas, elle préviendra la police, car elle ne veut plus perdre de temps. Joachim raccroche et elle garde le téléphone contre son cœur, comme un talisman.

Elle voudrait être une de ces mères capables d'être en constante connexion avec son enfant. Être capable de deviner où il est allé se réfugier.

Maël

L'araignée entière s'arrête de tanguer. Les cinq types en bas ont cessé de faire bouger les cordes dans tous les sens, mais pas parce qu'ils ont décidé de laisser tomber et de finir leur soirée ailleurs… Non, ils ont reculé de quelques pas pour mieux admirer leur pote qui entreprend d'escalader la structure pour venir me chercher.

Le type avec la casquette sifflote en grimpant. C'est un air que je connais, mais je ne parviens pas à le retrouver tout de suite. Quand je réussis à me rappeler le titre, je frissonne malgré moi. C'est la mélodie d'*Inspecteur Gadget*, un vieux dessin animé que papa m'a montré il y a quelques années. Le mec sifflote ça gaiement et ça me glace le sang d'entendre un air si entraînant et si joyeux.

Parce que je sais que ce qui m'attend ne risque pas d'être le moins du monde joyeux.

— Tu sais que d'ici, j'ai une bonne vue sur ce qu'il y a sous ta jupe, ma jolie ? rigole le type en montant vers moi.

Les autres éclatent de rire. Je me rends compte que celui qui grimpe et que ses amis appellent Alex porte une casquette des New York Yankees. La même que la mienne, mais en kaki. Ce doit être notre seul point commun.

J'ai envie de vomir, je me sens comme une mouche prise au piège dans une toile d'araignée, et c'est exactement ce que je suis, sans métaphore. Je suis coincé tout en haut de ce jeu débile dans lequel je n'aurais jamais dû monter, à ne rien pouvoir faire d'autre qu'attendre que ce gros dégueulasse vienne m'attraper et me force à descendre. Quelles sont mes chances de parvenir à m'extirper de leurs griffes, à tous les six ?

Soudain, je décide de tenter le tout pour le tout, car je suis pris de panique et rester là bien sagement sans chercher à me défendre me paraît pire que tout. Soit j'attends qu'il arrive en haut pour lui décocher un bon coup de pied et espérer le faire tomber, soit j'essaye de descendre de quelques mètres pour sauter et m'enfuir à toutes jambes. Le plan A, c'est risquer de ne pas avoir assez de forces pour le faire vaciller et risquer aussi qu'il remonte aussitôt aux cordes, encore plus enragé. Le plan B exige de sauter dès que possible, quitte à me casser quelque chose, et de courir à toute vitesse en priant pour qu'aucun des cinq autres types ne réagisse assez vite pour me rattraper.

Je décide d'opter pour le plan B. Avec un peu de chance, ils n'auront même pas le courage de se lancer à ma poursuite, qui sait ? Vif comme l'éclair, je dévale deux paliers de cordes et me retrouve face à face avec cet Alex, qui est trop loin pour mettre la main sur moi en tendant son bras. Je jette un coup d'œil au sol en contrebas ; il doit y avoir entre deux et trois mètres de hauteur, c'est jouable. Sans réfléchir davantage, je bondis le plus loin possible pour tenter d'atterrir au sol et pas dans les cordes en bas, la structure étant en forme de pyramide. Je mets dans ce saut toute ma peur, mais il faut croire que ce soir, tout est contre moi. Ma bonne étoile a dû changer de camp, ou alors je suis puni pour être sorti de la maison en catimini. Je ne sais pas.

Je parviens de justesse à éviter les cordes rouges, mais quand mes pieds touchent le sol un peu caoutchouteux de l'aire de jeux, j'entends un craquement dans ma cheville droite. Craquement qui est suivi d'un éclair de douleur si intense que je hurle malgré moi.

— Attrapez-la, bande d'abrutis, s'écrie Alex en s'efforçant de s'extirper de la toile d'araignée.

Je me relève aussitôt, essaye d'ignorer l'onde de souffrance qui englobe tout mon pied et part vers la grille en face de la gare Saint-Sauveur le plus vite possible, en claudiquant.

J'atteins à peine l'immense banc en bois juste après les jeux à ressorts que les cinq types me rattrapent. Je crois qu'ils n'ont même pas eu besoin de sprinter pour arriver à ma hauteur. L'un d'eux, qui porte un sweat-shirt à capuche avec un énorme smiley dessus, me saisit par l'épaule pour me forcer à me retourner.

— Alors, alors, on est pressée, ce soir ?

— Moi, j'trouve pas ça très poli de s'en aller sans même nous avoir salués, qu'est-ce que t'en penses, Ben ?

— Pas gentil du tout, même... On veut juste s'amuser un peu, et toi, on dirait que tu nous prends pour des bêtes..., s'esclaffe un type avec une petite barbe noire qui doit être Ben.

Alex nous rejoint, et les cinq autres s'écartent pour lui faire de la place. Visiblement, dans la bande, c'est lui le chef. Il s'approche de moi, me regarde de haut en bas en restant plusieurs secondes sur mes jambes nues. Pour la première fois, je me dis que cette robe est peut-être trop courte. Que je n'aurais jamais dû sortir habillé comme ça.

Que c'est *ma faute* si j'en suis là. Que n'importe qui dirait que je l'ai bien cherché.

Avec un sourire mauvais et son regard planté dans le mien, il pose sa main sur le côté de ma cuisse et remonte jusqu'à atteindre ma culotte. Ce n'est que quand il touche mes fesses que je recule et tente de pousser son bras. Aucun son, néanmoins, ne parvient à sortir de ma bouche, c'est comme si je n'avais plus une seule goutte de salive.

— Qu'est-ce qui t'arrive ? Tu joues les allumeuses et puis tu changes d'avis, c'est ça ? murmure Alex d'un air mauvais.

Il attrape mon bras et son visage se colle au mien. Je sens son haleine de bière et la nausée revient aussitôt.

— T'es plus jeune que ce que je croyais, dis donc ! Mais ne t'inquiète pas, c'est pas ça qui va me refroidir, bien au contraire..., souffle-t-il avec un rictus inquiétant.

— Laissez-moi, je veux rentrer chez moi..., je demande d'un ton tellement suppliant et apeuré qu'ils éclatent tous de rire en même temps, sans se consulter.

— « Laissez-moi, je veux rentrer chez moi... », répète le type avec le smiley en geignant pour m'imiter.

— T'inquiète pas, tu vas rentrer chez toi, petite. Mais d'abord, on va jouer un peu. Tu vas voir, je suis certain que ça va te plaire..., susurre Alex en reposant sa main sur ma cuisse tout en me tenant fermement le bras opposé pour que je ne puisse pas échapper à son emprise.

— Ouais, elles disent toutes non au début, mais après elles adorent, commente celui qui s'appelle Ben en avalant une gorgée de sa canette de bière.

Derrière la grille du parc, dans la rue à quelques mètres de nous, j'aperçois un couple qui passe main dans la main. Je les hèle du plus fort que je peux, je crie pour qu'ils s'arrêtent :

— Au secours, aidez-moi, je vous en prie !

Je les vois s'immobiliser quelques secondes à peine. La femme tourne la tête vers nous. Puis ils repartent, et je suis quasi sûr qu'ils pressent le pas pour s'éloigner encore plus vite. Je crie de nouveau, et les larmes me montent aux yeux tellement je me sens acculé.

En vain.

— Chut… C'est pas la peine de crier, nous on est là pour t'aider… Allez, plus tu te laisseras faire, moins ça durera longtemps, tu sais… On n'est que six, tu pourras même nous donner une note, après !

Je me débats comme je peux, mais je sais parfaitement que je n'ai aucune chance face à six adultes qui me forcent à aller jusqu'au terrain de pétanque, derrière les grands arbres. Je sens leurs mains partout sur moi et je n'arrive même plus à crier tellement je suffoque. Peut-être, effectivement, que le mieux serait de me laisser faire.

— Putain, c'est quoi ça ? s'exclame l'un d'entre eux d'un ton horrifié en retirant brusquement sa main de mon entrejambe.

Il soulève ma robe, repousse ma culotte.

— C'est quoi ce délire ? C'est un mec ou je rêve ? s'exclame Alex avec dégoût.

— Merde, c'est un pédé ?

— Un pédé ? Un travelo, plutôt !

— Tu t'es bien fichu de nous, petit con… Tu trouves ça amusant, peut-être ?

Ils commencent à me pousser, à tirer sur ma robe, à me donner des coups de poing un peu partout. L'un d'eux m'arrache ma casquette et l'envoie au loin, comme s'il s'agissait d'un frisbee. Alex saisit mon visage et me serre le menton si fort que je pousse un cri. Il touche mes cheveux courts d'un air de dégoût profond.

— Je déteste qu'on se foute de ma gueule, siffle-t-il en sortant quelque chose de sa poche.

Un éclair argenté passe devant mes yeux, et ce n'est que quand j'entends le tissu de ma robe se déchirer que je comprends qu'il vient de sortir un couteau.

Ils vont me tuer. Ils vont me tuer, c'est comme ça que ça va finir.

— Alors, qu'est-ce qui se passe, dans ta petite tête de piaf, au juste ? T'as envie d'être une fille ? T'as envie de mettre des robes, de te faire des tresses, et de porter du vernis, c'est ça ? Ce que t'as entre les jambes te gêne tant que ça ?

Je sens les larmes qui coulent sur mes joues, je sens la morve qui dégouline de mon nez. J'entends les hoquets de terreur que ma gorge produit.

Je ne veux pas mourir, je vous en prie, je ne veux pas mourir, pas comme ça, pas ce soir, je vous en supplie…

— Eh Alex, s'il a envie d'être une fille, bah on peut l'aider, nous ! Il suffit de la lui couper, et couic, ça sera réglé ! s'exclame le mec avec la petite barbe noire.

Mon cœur a un loupé et je me débats de nouveau. Des bras m'immobilisent de force et lorsque Alex approche sa lame de moi, je tourne la tête pour me retrouver nez à nez avec l'énorme smiley jaune qui me sourit d'un air béat.

Joachim

Il retraverse tout le Vieux-Lille au pas de course, si vite qu'il sent un point de côté à gauche devenir de plus en plus douloureux et menacer de l'obliger à ralentir la cadence. Il arrive rue Pierre-Mauroy et continue sur sa lancée, refusant d'écouter son corps peu habitué à un tel effort physique. Il lui faut moins d'un quart d'heure pour arriver à la porte de Paris et enfin distinguer les grandes grilles rouge vif du parc. Elles ne sont pas fermées, et ça n'étonne pas Joachim, qui a si souvent vu le parc ouvert de nuit, malgré les écriteaux indiquant sa fermeture à 22 heures.

L'endroit est désert. S'il a espéré trouver Maël assis sur un banc ou tout en haut de la toile d'araignée, ses illusions sont vite douchées. Ses épaules s'affaissent de découragement ; il est obligé de s'appuyer à un arbre pour reprendre son souffle, en grimaçant à cause du point de côté qui lui déchire les muscles.

Quand il entend des cris à l'autre bout du rectangle de verdure, tout au fond du parc, derrière le terrain de pétanque habituellement occupé par des jeunes qui viennent y siroter une bière après leurs cours, son sang ne fait qu'un tour. Il se remet à courir jusqu'à distinguer plusieurs silhouettes sombres. L'une d'entre elles est recroquevillée au sol, six autres sont penchées au-dessus, visiblement en train de la rouer de coups. Un instant, Joachim hésite : est-ce une bonne idée de plonger dans cette bagarre sans même savoir s'il pourrait s'agir de Maël ? Il risque de se faire amocher par ces types alors que son fils n'est même pas là, et perdre encore plus de temps pour le retrouver…

Un cri déchirant transperce ses tympans et il ne réfléchit pas davantage : il est hors de question de laisser qui que ce soit se faire maltraiter de la sorte.

— Il se passe quoi ici ? tonne-t-il de sa plus grosse voix, en espérant que l'effet d'intimidation lui permette de marquer des points.

Les types se redressent aussitôt, forment instinctivement une barrière entre la victimc allongée par terre et Joachim.

— Rien du tout, lance le jeune le plus à droite.

Il a les cheveux rasés, une petite barbe noire, et un air frondeur qui se veut menaçant. Comme si Joachim allait fuir devant six gamins d'une vingtaine d'années… Ce n'est pas comme s'ils se trouvaient au milieu de nulle part : le parc est entouré de quatre rues passantes, et autour d'eux, les phares de voitures les éclairent sans discontinuer.

— Rien du tout ? C'est bizarre, j'ai plutôt l'impression de voir six types en train de s'acharner sur quelqu'un. Six contre un, c'est drôlement courageux, dites donc…, ne peut s'empêcher de remarquer Joachim.

Ça fait plus d'une heure qu'il parcourt la ville en courant pour retrouver Maël. Plus d'une heure qu'il réprime l'angoisse et la panique qui montent malgré lui. Plus d'une heure qu'il tait la colère d'en être arrivé à une situation telle que Maël fugue tant il est à bout. Maintenant qu'il est dans ce parc, face à ces six jeunes qui n'ont rien trouvé de mieux pour s'occuper que d'en agresser un autre, il sent une rage sourde le submerger.

— Si j'étais toi, je me mêlerais de mes affaires, papy, déclare le type du milieu, le plus grand des six.

Joachim aperçoit furtivement des jambes nues, des baskets blanches, le bout d'une robe turquoise. Il a envie de vomir quand il prend conscience qu'ils étaient en train de s'en prendre à une jeune femme. Il fait un pas en avant, tente de franchir la barrière humaine qui en profite pour s'enrouler autour de lui et l'encercler.

— On te laisse encore une chance de faire demi-tour et passer ton chemin, menace un des jeunes, qui porte un sweat-shirt avec un gros smiley jaune.

Derrière, il entend des gémissements de douleur, des sanglots de peur, et ses muscles se crispent aussitôt. Le flot de rage se déverse en lui si intensément qu'il aurait l'impression de pouvoir arracher les grilles du parc à mains nues pour les écraser sur ces salopards. Pourtant, il serre les poings et se retient encore, sans doute parce qu'après vingt ans d'engagement pour Greenpeace, la non-violence fait partie de son ADN, et attaquer en premier lui paraît, malgré les circonstances, impossible. Il caresse l'espoir de les faire déguerpir uniquement en les menaçant, mais quand il entend le claquement sec caractéristique d'un cran d'arrêt, il comprend que ce n'est pas ainsi que les choses vont se passer.

— Tu es sûr que tu as envie d'en arriver là, l'ancêtre ? siffle le plus grand des six avec un sourire mauvais.

Visiblement, ils sont prêts à en découdre. Sans doute même qu'ils n'attendent que ça, en réalité.

— Je vous laisse encore une chance de laisser cette fille et de partir d'ici, rétorque Joachim d'un ton qu'il veut assuré.

Il a beau être plus carré que ces six gamins, ils ont avec eux la force du nombre. Sans parler de la lame que l'autre agite sous son nez comme pour s'amuser. Joachim enfonce ses jambes dans le sol, serre les dents et les poings pour être prêt à riposter si une attaque devait arriver.

Pourtant, il suffit d'un mot pour qu'il voie rouge et perde tout le sang-froid qu'il s'efforçait de garder depuis son entrée dans le parc urbain.

Un seul mot, prononcé d'un ton apeuré et interrogateur.

— Papa…

Maël.

C'est Maël qui est là, derrière ces brutes, allongé par terre.

À avoir subi on ne sait quels sévices.

Un gamin de douze ans.

Joachim lève le regard vers le type en face de lui, se sent devenir un volcan de fureur prêt à entrer en éruption. Il se rue sur lui de toutes ses forces pour le plaquer au sol, mais à sa gauche, il sent un coup de pied lui exploser l'extérieur du genou et le faire plier. Puis une violente douleur dans le bas du dos, comme si une batte de base-ball venait de s'abattre sur lui. Il tombe à genoux, sonné, incapable de comprendre comment il a pu être mis hors jeu avec une telle facilité. Il cherche à se relever, mais cette fois, il reçoit un violent coup de poing sur la nuque qui lui fait voir trente-six chandelles.

Une pluie de coups s'abat sur lui de toutes parts, sans qu'il parvienne à se redresser. Humilié, il se recroqueville sur lui-même pour protéger sa tête et son bas-ventre.

— Stop, finit par ordonner une voix, et le calme revient.

Joachim se remet péniblement à genoux, crache du sang dans l'herbe. En face de lui, le type le plus grand, visiblement le chef de meute, n'a pas bougé d'un pouce. Il n'a pas donné un seul coup, ne s'est pas sali les mains une seule fois. Il est resté là, immobile, à jouer avec sa lame dans l'obscurité. Autour d'eux, les voitures passent, mais personne ne voit rien – ne veut rien voir ? – de ce qui se joue à l'intérieur du parc.

— Je t'avais prévenu : tu n'es pas de taille. C'est dommage d'en arriver là, n'importe qui aurait pu te dire qu'on allait te défoncer en moins de deux…

Joachim ne pense qu'à une chose : Maël. Il reprend son souffle, tente de faire abstraction de la douleur qui vrille tout son corps. Intérieurement, il prend son élan, et quand il bondit pour sauter à la gorge du type, il y met l'énergie du désespoir. Un instant, il a l'impression d'avoir le dessus : le jeune vacille, paraît surpris d'une telle attaque alors qu'il pensait que Joachim était K.-O. Mais quand il sent une douleur inédite lui perforer l'estomac, puis se répéter plusieurs fois au même endroit, il comprend à quel point il s'est trompé.

La lame transperce sa veste, son T-shirt, puis sa peau sans la moindre difficulté. Il sent un liquide chaud lui dégouliner le long du bas-ventre et mouiller son jean. Ses yeux s'écarquillent d'incompréhension : comment est-il possible d'en arriver là ? Il s'affale comme une poupée de chiffon, vidé de toute énergie, les jambes en coton.

— Allez, les gars, on se tire, s'exclame le chef de la bande en lui décochant de toutes ses forces un dernier coup de pied sur la tempe, si brutal que Joachim a l'impression que sa tête explose en un feu d'artifice violent.

Tous s'égaillent instantanément comme une volée de pigeons qui aurait été dérangée par un gamin criard.

Une minute plus tard, le calme est retombé sur le parc. Joachim est allongé par terre. Il voudrait se tourner vers son fils pour vérifier qu'il va à peu près bien, mais aucun muscle ne répond. Alors, sous le choc, il regarde le ciel noir au-dessus de lui, regrette qu'il n'y ait pas la moindre étoile accrochée ce soir.

— Papa ? Papa ?

La voix de Maël le tire de la torpeur dans laquelle il s'enfonce tout doucement sans lutter, un peu comme quand on est tellement épuisé qu'on s'endort devant un film pourtant excellent. Il distingue le visage de l'enfant penché sur lui, lit de la peur dans ses grands yeux gris.

— Ne t'inquiète pas, Maël, tout va bien…, murmure-t-il sans parvenir à planter son regard dans celui de son fils. Tout va bien…

Tout doucement, il sent une étrange sérénité l'envahir.

Tout va bien.

Tout va bien, puisqu'il a retrouvé Maël.

Sophie

Quand elle voit le prénom de Joachim s'afficher sur l'écran, elle a du mal à faire glisser l'icône du téléphone vert tellement ses doigts tremblent. Cette attente interminable est devenue insupportable. Si insupportable que, depuis un moment déjà, elle a enfilé ses ballerines et déverrouillé la porte d'entrée pour être prête à bondir et à partir elle aussi à la recherche de Maël.

À l'autre bout de la ligne, il n'y a que le silence qui lui répond. Le silence et des bruits étouffés qui pourraient être ceux de quelqu'un qui court sans s'être aperçu que son téléphone a appelé tout seul.

— Allô ? Allô ? s'écrie Sophie, angoissée.

Elle répète plusieurs fois ses « Allô ? » inquiets, en alternant avec des « Joachim ? » encore plus paniqués. Plus le silence s'installe, plus la peur lui enserre la gorge. Au bout de quelques instants, elle entend enfin quelqu'un. Elle entend des hoquets, des sanglots, et son sang se glace dans ses veines. Qu'est-ce qui se passe, au juste ?

— Joachim, réponds-moi ! Dis-moi où tu es, que je te rejoigne ! Tu as retrouvé Maël ?

Elle a envie de hurler et de frapper les murs à force de se sentir aussi impuissante.

— Maman…, hoquette la voix au bout du fil.

— Maël ? Maël, c'est toi ?

Sa voix est hystérique. Elle se sent violemment soulagée d'entendre son petit garçon, c'est comme si un torrent de reconnaissance dévalait à l'intérieur d'elle, mon Dieu, mon fils est en vie, merci, merci, merci… Mais ce sentiment n'est que de courte durée puisque aussitôt, elle sent la terreur reprendre le dessus et les questions l'assaillir. Pourquoi est-ce Maël qui téléphone ? Pourquoi est-il en larmes ? Pourquoi n'arrive-t-il pas à aligner deux mots ?

Elle tente de tirer les vers du nez de l'enfant, mais, à chaque fois, elle n'obtient que des bégaiements et des explosions de larmes. Elle finit par lui dire :

— Passe-moi Joachim.

Les sanglots reprennent de plus belle, et, submergée par une panique contagieuse, elle hurle :

— Maël, tu es où ? Dis-moi où tu es, c'est la seule chose que je te demande, d'accord ? Tu prends une grande inspiration, tu essayes de te calmer, et tu me dis où tu es !

La colère se mêle à l'angoisse, et son ton devient autoritaire. Il lui faut une réponse.

— Au parc rouge, bredouille enfin Maël entre deux reniflements. Papa… Papa… je n'arrive pas à le réveiller…

La gorge de Sophie s'assèche instantanément, c'est comme si sa langue était soudain tapissée d'éclats de verre. Elle bombarde son fils de questions tout en sortant de la maison pour s'élancer vers le parc Jean-Baptiste-Lebas situé à moins de dix minutes à pied. Elle finit par comprendre que Joachim et Maël se sont fait agresser, et que Joachim ne va pas bien du tout.

— J'arrive, Maël. Ne bouge pas, surtout. Je suis là dans quelques minutes. Je vais raccrocher pour appeler les pompiers, ça va aller ?

— Oui… Dépêche-toi, s'il te plaît…, murmure l'enfant d'une voix quasi inaudible.

Sophie ralentit la cadence pour parvenir à composer le 18. Elle explique que son conjoint s'est fait agresser au parc Jean-Baptiste-Lebas, qu'il faut venir vite, très vite, non elle ne sait pas exactement ce qu'il a mais elle pense qu'il a été poignardé, non, elle n'est pas sur les lieux mais elle s'y rend en même temps qu'elle parle, oui, elle reste joignable. Elle raccroche et reprend le rythme initial de sa course, remonte comme une flèche le boulevard de la Liberté, appréhende déjà la scène qu'elle va trouver en arrivant au parc, prie le ciel pour qu'il n'arrive rien à Maël pendant qu'il est là-bas tout seul, à attendre les secours.

En traversant le boulevard Louis-XIV, elle manque de se faire renverser par une voiture qui lui refuse la priorité alors que le feu piéton est vert. En temps normal, elle se serait arrêtée pour enguirlander l'automobiliste trop distrait ou trop pressé. Pas là. Elle continue de filer, pénètre à l'intérieur du parc obscur malgré les lampadaires orangés disséminés çà et là. Elle crie « Maël ? » et remonte le rectangle de verdure en tournant la tête à gauche et à droite et en plissant les yeux pour tenter de distinguer où pourraient se trouver son fils et Joachim. Elle passe devant les parterres de fleurs, devant les immenses bancs de bois, devant les jeux à ressorts et les toboggans, devant la toile d'araignée, devant le terrain de pétanque, et, là, enfin, elle distingue deux silhouettes. La plus grande est allongée au sol, l'autre est agenouillée sur le côté.

Quand elle s'approche et voit Joachim sans connaissance, il ne lui faut qu'une fraction de seconde pour comprendre. Malgré tout, elle enlève son pull à la va-vite, le roule en boule pour l'appuyer de toutes ses forces sur le ventre de

Joachim, sur l'auréole sombre qui semble s'étendre à vue d'œil. Elle reste là, les muscles tendus, à reprendre son souffle. Ses poumons sont en feu, et les éclats de toux rauque qu'elle laisse échapper malgré elle éclaboussent le silence du parc.

À côté d'elle, Maël paraît s'être calmé ; peut-être qu'il est épuisé, peut-être que le simple fait que sa mère soit auprès de lui suffit à le réconforter un peu... Après plusieurs minutes sans rien dire, il finit par se tourner vers sa mère :

— Ça va aller, hein ? Il va se réveiller ? demande-t-il d'un ton désespéré.

Sophie n'a pas le courage de croiser le regard suppliant de son fils. Elle n'a pas non plus le courage de lui mentir. Elle ne sait pas. Elle ne sait pas combien de sang a perdu Joachim, elle ne sait pas la violence des coups qu'il a pu recevoir, elle ne sait pas depuis combien de temps il est là, à agoniser allongé au sol, elle ne sait pas combien de coups de couteau l'ont perforé, elle ne sait pas si ses blessures sont graves ou si la flaque de sang en dessous de lui n'est pas si impressionnante que ça. Elle ne sait rien. Rien du tout.

C'est ce qu'elle répond à son fils, et, peut-être pour la première fois de sa vie, elle accepte de montrer que les adultes ne sont ni omniscients ni tout-puissants.

— Je ne sais pas, Maël. Je n'en ai aucune idée..., murmure-t-elle, aussi démunie que lui.

Il se remet à sangloter, et elle tente de dire quelque chose qui puisse sembler rassurant :

— Mais j'ai appelé les pompiers, ils vont bientôt arriver et ils vont faire tout ce qu'il y a à faire pour le sauver...

Maël se détache d'elle et elle le laisse s'écarter quand bien même elle n'aurait qu'une envie : le garder contre sa poitrine et le serrer de toutes ses forces. Elle a eu tellement peur de le perdre, ce soir, et le soulagement de l'avoir retrouvé n'a même pas pu percer à la surface de son cœur tant l'horreur de découvrir Joachim inanimé l'étreint.

Au loin, la sirène stridente si familière se fait entendre, et Sophie ferme les yeux un instant. Ce n'est plus qu'une question de minutes avant que les secours soient là et prennent les choses en main.

Lorsque le camion aux lumières intermittentes s'immobilise devant la grille du parc, Maël s'est allongé contre Joachim, comme quand ils regardaient la télévision tous les deux, étendus dans le canapé. Il a posé sa tête sur la clavicule de son père, tandis que Sophie n'a pas bougé d'un pouce depuis qu'elle s'est agenouillée près de lui. Son pull écru roulé en boule est devenu sombre, et elle contemple cette teinte en serrant les dents. Ce n'est pas le moment de craquer.

Continuer d'appuyer.

Trois pompiers arrivent en courant à leur hauteur, prêts à prendre le relais. L'un d'entre eux s'accroupit en face de Sophie et lui demande d'un ton pressé :

— C'est vous qui nous avez appelés, madame ? C'est votre mari, c'est ça ?

Sophie hoche la tête sans qu'un seul mot franchisse ses lèvres.

Elle pourrait rectifier, dire que Joachim n'est plus son mari. Qu'il ne l'a même jamais été.

Soudain, elle se rappelle les soupirs d'agacement qu'elle poussait toujours devant ses manies exaspérantes, et la façon qu'il avait de la taquiner en lui disant à chaque fois :

— Tu te plains, mais avoue que ça te manquerait si un jour je n'étais plus là !

Il laissait toujours traîner sa tasse de café vide, n'importe où dans le salon, et il oubliait où il l'avait posée. C'était elle qui, en râlant, la ramassait tous les soirs pour la mettre au lave-vaisselle.

— Tu te plains, mais avoue que ça te manquerait si un jour je n'étais plus là ! lui chuchotait-il à l'oreille d'un ton malicieux.

— Certainement pas ! s'exclamait-elle en levant les yeux au ciel.

Il ne vidait jamais complètement les flacons de gel douche ou de shampooing avant d'en prendre un nouveau. Il abandonnait les anciens et ils trônaient sur le rebord de la baignoire jusqu'à ce que Sophie les ait elle-même vidés.

— Tu te plains, mais avoue que ça te manquerait si un jour je n'étais plus là ! déclarait-il en esquissant un pas de danse plutôt ridicule.

— Alors ça, ça m'étonnerait ! répliquait-elle en secouant la tête.

Il avait la manie de décider rien qu'en regardant le générique de début si une série valait le coup ou non. Quand il avait un livre en cours de lecture, il le posait ouvert, à l'envers, quitte à abîmer le dos. Quand elle rechignait à se réveiller, le dimanche matin, il prenait un malin plaisir à mettre *Où que tu ailles*, sa chanson préférée (celle qu'elle avait tant de fois chantonnée à Maël pour qu'il s'endorme, bébé) à fond, en bas, dans le salon, pour l'inciter à se lever. Et si elle n'émergeait pas assez vite, il finissait par venir lui fredonner les paroles de La Grande Sophie à l'oreille, allant jusqu'à lui chatouiller le ventre si elle tentait de se recroqueviller sous la couette. Il ne voyait pas l'intérêt de trier le blanc du linge de couleur et mettait tout en vrac dans la machine à laver. Il mangeait toujours un carré de chocolat après s'être brossé les dents. Il sifflotait en permanence, faux qui plus est, ne comprenant pas pourquoi elle était incapable de deviner l'air qu'il s'efforçait de reproduire.

— Tu te plains, mais avoue que ça te manquerait si un jour je n'étais plus là !

Combien de fois avait-elle entendu cette phrase, depuis qu'ils s'étaient rencontrés ?

Des milliers.

Et aujourd'hui, au moment où les trois pompiers agenouillés devant Joachim échangent un regard lourd de sens, Sophie comprend que c'est lui qui avait raison, à chaque fois qu'il prononçait cette rengaine.

Aujourd'hui, brusquement, si violemment qu'elle a l'impression de ne plus pouvoir respirer, *tout* lui manque et elle donnerait n'importe quoi pour revenir en arrière.

Maël

Je les vois sans les voir ; c'est comme si mes yeux enregistraient des images sans que mon cerveau soit capable de les analyser, comme s'il n'y avait plus de lien. Ils sont là, pourtant.

En voiture, ils ralentissent alors que leur feu est vert, ils vont même jusqu'à s'arrêter. À pied, ils s'immobilisent, happés par la curiosité, la même curiosité déplacée qui les ferait stopper devant un carambolage. Carambolage, c'est papa qui m'a appris ce mot, ça a toujours été un de mes préférés car il ressemble à un mélange de cambriolage et de Carambar. Je trouve que quand on prononce ces quatre syllabes, ça chante aussitôt, c'est mélodieux.

C'est un jeu qu'on avait, papa et moi. Avant de me coucher, il prenait le gros dictionnaire rouge et on cherchait chacun un mot. Un mot original, qu'on trouvait joli à entendre ou à écrire et qu'on n'avait pas l'habitude d'utiliser très souvent. Billevesée, abalourdir, mirliflore, emberlificoter. On le lisait à voix haute et l'autre devait essayer d'en deviner le sens sans aucun autre indice que le mot en tant que tel. Brouillamini ? Un brouillard miniature qu'on ne peut voir que quand on a la taille d'un Schtroumpf.

Haranguer ? Essayer d'attraper quelqu'un avec une canne à pêche, comme on le ferait pour un hareng. Infundibuliforme ? Quelque chose qui a la forme de dix bulles qui sortiraient de la trompe d'un éléphant, tout simplement. On avait des fous rires à chaque fois, papa était le meilleur pour imaginer des définitions sans queue ni tête. Je notais le mot dans un cahier spécial, le bleu marine avec une couverture cartonnée. J'avais tracé deux colonnes. Dans celle de gauche, je recopiais la vraie définition du mot ; dans celle de droite, celle qu'avait inventée papa – la meilleure, évidemment. Lanterner : se promener dans la nuit avec une lanterne, avant que ne soient inventés les lampadaires dans les villes. Rubicond : être tellement idiot, dire tellement de bêtises qu'on en devient tout rouge. Zinzinuler : hurler à la lune parce qu'on a bu une potion qui nous a rendus fous. Parfois, maman nous rejoignait dans la chambre, curieuse de savoir ce qui déclenchait une telle hilarité, et quand je pouffais de rire en tentant de lui expliquer à quel point le mot « vertuchou » était drôle, elle secouait la tête d'un air navré. Après, papa récupérait le dictionnaire et descendait de mon lit pour le ranger dans ma bibliothèque, juste à côté de ma fausse encyclopédie, celle qu'il m'avait offerte pour mes sept ans. Je me rappelle, quand j'avais ouvert le paquet et que j'avais découvert ce qu'il contenait, je n'avais pas pu m'empêcher de me sentir un peu déçu. Mais papa m'avait fait un clin d'œil, « ouvre-la ! » avait-il murmuré, impatient. J'avais soulevé la couverture cartonnée et m'étais rendu compte que l'encyclopédie était creusée à l'intérieur. C'était lui qui avait passé des heures à découper minutieusement un grand rectangle dans les pages, de façon que le livre se métamorphose en boîte secrète. « Tu pourras y cacher tous tes trésors ! », avait-il déclaré d'un ton solennel. Depuis, j'y avais rangé ma collection de médailles souvenirs de la Monnaie de Paris, celles que maman m'achète à chaque fois qu'on va visiter un endroit – j'en ai une du Mont-Saint-Michel, du Louvre, du sous-marin *Le Redoutable*, de l'éléphant de Nantes, de la tour Eiffel, du phare de la Coubre, et même de la Sagrada Familia à Barcelone.

Quand papa est parti de la maison, j'ai rangé dans ma fausse encyclopédie le stylo-plume qu'il m'avait offert pour mon entrée en sixième. « Quand on est au collège, Maël, on n'écrit plus au Bic », m'avait-il expliqué en me donnant le stylo-plume argenté qu'il avait lui-même depuis le lycée. J'ai eu tellement peur de le perdre en classe qu'il n'est jamais sorti de ma chambre…

Ils s'agitent tous autour de nous. Et ceux qui ne s'agitent pas se contentent d'observer, de l'autre côté des grilles du parc. Comme si on était des animaux en cage. Comme s'ils visitaient un zoo, bien contents d'être du bon côté des barreaux.

C'est avant que vous auriez dû vous arrêter. C'est avant que vous auriez dû faire quelque chose pour m'aider, pour éviter que tout ça n'arrive.

Tout bouge au ralenti, tout paraît soudain silencieux, j'ai la même impression que quand je nage sous l'eau et que tous les sons sont étouffés. Maman essaye de me détacher de papa, je m'agrippe de toutes mes forces à son cou, et sa tête se soulève, inerte, molle. Un pompier me jette un regard plein de pitié et je détourne les yeux. Ils ont ouvert sa chemise, ont posé des électrodes sur son torse, ça me rappelle un film que j'ai vu, mais je n'arrive pas à me souvenir du titre. Quelqu'un m'attrape sous les aisselles et m'oblige à me lever, je crois que je crie, je crois que je pleure, je crois que je meurs un peu à ce moment-là, quand on me sépare de mon père. Je vois le tatouage sur son poignet gauche, le mot *Résister* qui paraît tellement ironique, maintenant, et j'ai envie de crier à papa de se battre encore, de se battre et de ne pas m'abandonner… Maman me prend dans ses bras, ne me laisse pas le choix ; elle colle ma tête dans le creux de son cou et je ne peux rien faire d'autre que hurler contre sa peau qui sent cette odeur d'amande désormais incapable de me réconforter.

Est-ce que tout ça est ma faute ?

Cette question fuse dans mon esprit, c'est une petite voix qui me la souffle et qui me fait tressaillir. Une douleur terrible éclate sous mon crâne, qu'est-ce que j'ai fait, qu'est-ce que j'ai fait ?

Si je n'étais pas sorti de la maison si j'étais sagement resté dans mon lit si j'avais appelé mon père si j'étais allé chez lui plutôt qu'au parc si j'avais réussi à m'enfuir sans que ces types me rattrapent si je n'avais pas mis cette robe si j'étais normal si j'étais un garçon tout ce qu'il y a de plus banal si je n'avais pas toutes ces idées dans la tête si j'avais sauté du haut de l'araignée.

C'est pour moi que tout aurait dû s'arrêter, ce soir.

Qu'est-ce que j'ai fait ?

Sans prévenir, je me retrouve à vomir dans la pelouse clairsemée, je tombe à genoux et je vomis sur ma robe. Je revois le sourire un peu ému de papa quand je suis sorti de la cabine d'essayage de Forever 21, sa façon de hocher la tête pour approuver mon choix.

Je voulais juste être moi-même, juste être moi-même…

— Les pompiers vont emmener votre mari aux urgences, madame. Est-ce que vous êtes en mesure de l'y rejoindre ? demande un policier en s'approchant de maman qui est agenouillée à côté de moi.

Elle ne répond rien, je vois son regard affolé et perdu, et mes doigts se referment sur deux touffes d'herbe que je broie.

— Madame ? Vous m'entendez ? demande-t-il d'un ton inquiet, en se triturant les mains.

Ma mère hoche la tête en silence, et il jette des coups d'œil à gauche et à droite, comme s'il espérait que quelqu'un vienne à son secours.

— Nous allons également avoir besoin de prendre votre déposition, ainsi que celle de votre fille… D'accord ?

Maman et moi échangeons un long regard sans rien dire.

« Votre fille. »

J'ai envie de mourir.

Soudain, j'ai le sentiment atroce d'être seul au monde. Abandonné.

— Est-ce qu'il a une chance de s'en sortir ? murmure ma mère en se levant avec maladresse.

Le policier se mord la lèvre, me jette un coup d'œil plein de compassion, et secoue la tête sans rien répondre. Lui non plus, il ne sait pas. Personne ne sait rien, de toute façon.

Personne ne sait rien, à part que je suis responsable de ce qui est arrivé.

C'est comme si c'était moi qui avais frappé et poignardé mon père. Ce n'est pas moi qui ai donné les coups ou qui tenais le couteau, mais c'est tout comme, en réalité.

Mon père. Le seul être humain qui m'aime vraiment.

Le seul qui m'ait toujours aimé *inconditionnellement.*

Inconditionnellement. Définition de gauche : se dit de quelqu'un qui conduit uniquement en tournant son volant à droite et qui est donc condamné à faire des ronds comme un poisson dans un bocal.

Définition de droite : qui ne dépend pas d'une condition. Exemple : un parent aime inconditionnellement son enfant.

Maman tourne la tête vers le camion où mon père est maintenant relié à tout un tas de fils et de machines. Elle tend la main pour que je me relève.

— Je suis là, murmure-t-elle, les yeux rougis et gonflés.

Le policier nous dit qu'on doit passer demain matin, que c'est important, qu'ils ne laisseront pas les responsables s'en tirer comme ça. J'accepte de prendre la main de ma mère pour me remettre debout, et elle plante son regard dans le mien.

— Maintenant, je suis là, répète-t-elle sans me quitter des yeux.

CHAPITRE 12

JUILLET

Sophie

Après qu'elle et son fils sont restés plusieurs heures à l'hôpital, à errer dans un couloir aux néons aveuglants, Sophie a commandé un taxi pour se rendre au commissariat central.

— Il n'y avait aucune urgence, vous auriez dû rentrer chez vous pour récupérer un peu…, a protesté le policier en voyant la mère et l'enfant se présenter.

Mais Sophie, après avoir jeté un coup d'œil à Maël, a fait non de la tête. Ni l'un ni l'autre n'aurait été capable de dormir, de toute façon, donc autant en finir et faire la déposition qu'on leur demandait.

— Je veux qu'on retrouve ceux qui ont fait ça, maman. Je veux qu'on les retrouve, *tout de suite*, avait murmuré Maël à l'hôpital, livide et les yeux cernés.

Sophie avait eu l'impression de revoir son fils petit, quand il avait faim et qu'il regardait la casserole de coquillettes qui cuisaient sur la plaque, incapable de comprendre pourquoi les pâtes ne pouvaient pas être prêtes immédiatement.

Voilà pourquoi elle a préféré se rendre au commissariat dans les dernières heures de la nuit, alors même qu'elle était au bord de l'épuisement et de la crise de nerfs.

Quand la police les a enfin laissés partir, il était plus de 4 heures du matin. Maël a pleuré toutes les larmes de son corps dans ce bureau terne où seule une pauvre reproduction d'un tableau de Monet désespérait d'égayer les murs. Puis, quand il a posé sa tête contre la fenêtre de la voiture qui les ramenait à la maison, il s'est éteint. Les sillons d'eau salée ont séché sur ses joues, son regard est devenu vitreux, il s'est recroquevillé sur lui-même sans plus émettre le moindre son. Arrivés chez eux, Sophie a passé son bras autour de ses épaules pour l'aider à monter jusqu'à sa chambre. Comme quand il était petit, elle l'a déshabillé pour lui mettre son pyjama. Il s'est contenté de lever les bras comme un robot pour qu'elle lui retire sa robe. Sophie n'a pas tiqué en découvrant la brassière et la culotte blanches, elle a attrapé le pyjama posé sur la chaise de bureau de Maël et le lui a enfilé en un clin d'œil.

— Il faut que tu montes dans ton lit, mon cœur… Tu dois te reposer un peu, d'accord ?

Maël n'a pas bougé d'un cil, son regard dans le vague. Une poupée de chiffon. Sophie a regardé l'échelle du lit mezzanine ; jamais elle n'aurait la force de porter son fils jusqu'en haut sans sa collaboration. Alors elle lui a pris la main pour l'entraîner dans sa chambre à elle. Lui a indiqué le grand lit, l'a fait s'asseoir puis lui a remonté les jambes puisque Maël ne réagissait pas. Quand il a été allongé à la place contre le mur, il a chuchoté :

— C'était la place de papa…

Et Sophie s'est mordu les lèvres pour ne pas sombrer, elle aussi. Son rôle à elle, c'est de tenir contre vents et marées pour pouvoir porter la souffrance de Maël en plus de la sienne.

Elle s'est allongée à côté de lui, a pris sa main dans la sienne pour lui montrer qu'elle est là, qu'il n'est pas seul. Elle a eu l'impression de se fondre totalement dans l'obscurité profonde, comme si elle était devenue aveugle, comme si elle n'existait plus. Elle s'est forcée à respirer le plus lentement et longuement possible, pour ne pas laisser l'horreur la submerger. Elle n'est qu'à quelques millimètres du point de rupture, elle le sait. Et elle ne peut pas se permettre de craquer. Pas devant Maël. Au bout d'un très long moment, ses yeux ont commencé à se fermer et elle a senti que le sommeil venait l'aspirer.

C'est à ce moment-là que Maël a murmuré :

— C'est ma faute.

Son cerveau engourdi a tenté d'analyser ces quelques mots, n'a pas trouvé de réponse satisfaisante, et Sophie n'a rien répondu. Alors Maël a répété la même phrase, c'est ma faute, encore une fois. Puis encore une fois, et encore, jusqu'à ce que ces mots se transforment en une litanie entêtante. Enfin, Sophie s'est tournée contre son fils, l'a forcé à venir se lover dans ses bras, a caressé ses cheveux avec maladresse.

— Ce n'est pas ta faute, a-t-elle déclaré à voix haute. Ce n'est pas ta faute, tu entends ?

Maël s'est tu, et ils ont fini par s'endormir l'un contre l'autre.

Pendant les trois jours suivants, il n'a pas bougé, n'a pas pleuré, n'a pas prononcé un mot. Il est resté prostré dans le lit, sans manger, sans boire, la mâchoire serrée.

Sophie a cru devenir folle, tant elle se sentait impuissante à secourir son propre enfant. Elle l'a supplié de parler, de lui dire quelque chose, n'importe quoi, n'importe quoi plutôt que ce silence intolérable. Elle aurait voulu lui apporter de l'espoir, une lueur au fond du gouffre dans lequel ils se trouvaient, mais, pour l'instant, il n'y avait plus que l'obscurité. Elle a attendu le chagrin et le désespoir, elle a espéré la colère et la fureur ; tout plutôt que ce regard vide et ce corps amorphe. Elle l'a câliné, l'a embrassé, l'a secoué comme un prunier, l'a laissé seul dans la chambre, lui a agité des gâteaux et des chips sous le nez.

Le quatrième jour, elle s'est levée et a retiré d'un grand geste la couette du lit. Maël s'est aussitôt replié sur lui-même sans rien dire. Elle a ouvert la fenêtre en grand, a allumé la baffle pour mettre de la musique. Quelque chose d'entraînant, quelque chose de suffisamment fort pour parler à leur corps et non à leur tête.

À desscin, elle a choisi *Love Will Tear Us Apart*, de Joy Division, une des chansons préférées de Joachim. Celle sur laquelle il se levait systématiquement de son fauteuil de bureau dès les premières notes pour se déhancher dans tout le salon, entraînant Maël et Sophie dans son sillage. Parfois même, il était capable de la pousser à plein volume au beau milieu d'une dispute, et de se mettre à danser autour de Sophie en faisant mine de ne plus entendre ses reproches. Le pire, c'est que ça marchait, puisque au bout de trois minutes à monologuer à pleins poumons sans le moindre espoir de se faire entendre, elle finissait par sourire et lâcher prise.

Les premières notes de guitare ont résonné dans la chambre au point de faire trembler la vitre. Malgré son cœur en miettes et son envie elle aussi de se recroqueviller dans un coin jusqu'à ce que sa propre peine s'atténue un peu, Sophie s'est mise debout sur le lit et a commencé à sauter si fort que le corps de Maël rebondissait mollement à ses pieds. Elle a hurlé les paroles d'un chanteur à la voix de baryton qu'elle n'avait pourtant jamais particulièrement apprécié :

Love, love will tear us apart again...

Love, love will tear us apart again...

Elle a passé la chanson en boucle, n'a pas cessé de bondir sur le matelas même si elle se sentait de plus en plus essoufflée, même si elle craignait que tous ses efforts ne soient encore vains. Elle a attrapé les bras de Maël pour l'obliger à s'asseoir, l'a fait bouger en rythme comme lorsqu'il était bébé et découvrait la musique.

Enfin, il a esquissé un sourire.

Oh, un pauvre sourire triste, à peine un éclair fugitif étirant ses lèvres, mais ça a suffi à Sophie.

Elle n'a pas cédé, a continué à chanter faux une mélodie qui lui broyait le cœur autant qu'à son fils.

Enfin, il a accepté de se lever. Enfin il a sauté, main dans la main avec sa mère.

Il a sauté, malgré sa cheville foulée, il a hurlé, il a pleuré.

Et quand le chanteur s'est tu, ne sont restés que les violents sanglots d'un enfant inconsolable.

Ils sont restés debout sur le lit longtemps. Jusqu'à ce que les larmes s'amenuisent. Puis Sophie s'est écartée de son fils et l'a regardé d'un air grave.

— Maintenant, tu vas me retirer ce pyjama, Maël, et tu vas t'habiller. Je t'ai apporté des vêtements propres, ils sont là, sur la commode. Tu vas les enfiler pendant que je vais me faire couler un café. Tu vas descendre me rejoindre à la cuisine, on va prendre le petit déjeuner ensemble. Et après ça, on va aller quelque part, tous les deux.

Son ton était autoritaire, et Maël a hoché la tête, obéissant. Sophie est sortie de la pièce, espérant que le jean rose et le chemisier qu'elle avait dénichés sous le lit de Maël lui conviennent. Ces vêtements que Joachim avait achetés à New York et que Maël avait soigneusement dissimulés dans sa boîte de rangement transparente sous son lit, comme si Sophie ne passait jamais l'aspirateur dans sa chambre… Le jour où elle était tombée dessus, son premier réflexe avait été de tout mettre à la poubelle. Et puis elle s'était ravisée, soudain très triste sans savoir exactement pourquoi. Elle avait refermé la boîte, l'avait glissée de nouveau sous le lit et n'en avait jamais parlé à Maël.

Jusqu'à aujourd'hui. Parce qu'elle sait, au fond d'elle, que ce sont ces vêtements dont il a besoin pour *se relever*.

Une heure plus tard, ils sont dans le bureau du docteur Maillard. La mère écoute religieusement ce que lui explique le psychiatre, songe avec culpabilité que cet homme paraît bien mieux connaître son enfant qu'elle-même. A-t-elle été si aveugle que ça ? Si fermée ? Il secoue la tête avec bienveillance, tente de la rassurer en lui affirmant qu'il faut souvent du temps aux parents pour accepter le chemin dans lequel veut s'engager leur enfant.

L'entretien dure plus d'une heure. Sophie parle peu, préférant chercher à comprendre tout ce qu'elle a voulu à tout prix ignorer depuis toujours. Tout ce que Joachim a tenté de lui dire sans que jamais elle accepte de l'entendre. Tout ce que Maël a essayé de lui exprimer sans que jamais elle ne le prenne au sérieux.

— Mais… Je ne sais pas comment faire… Je ne suis pas prête à perdre mon petit garçon…, a-t-elle murmuré d'une voix étranglée en regardant Maël.

— Le sexe n'a rien à voir avec la personnalité, vous savez. Maël ne sera peut-être plus votre garçon, mais il restera votre enfant, avec ses qualités et ses défauts, ses talents et ses petites manies..., a doucement répondu le psychiatre.

— Je ne vois pas comment je pourrai le protéger de ce monde si intolérant... Quelle mère pourrait avoir envie que son enfant se fasse insulter ou agresser parce qu'il s'habille en fille et se maquille ? Je ne veux pas que quiconque lui fasse du mal, je ne veux pas qu'il se mette en danger, a avoué Sophie en baissant les yeux.

— Je comprends. Je ne peux pas vous affirmer que le chemin sera facile et dénué d'embûches. Je ne peux pas vous garantir que jamais personne ne fera du mal à Maël. Mais ce que je peux vous promettre, c'est que c'est uniquement en ayant la possibilité de devenir qui il se sent être au plus profond de lui-même qu'il pourra avancer.

Quand ils rentrent à la maison après le rendez-vous à l'hôpital, Sophie se demande s'il vaudrait mieux ne pas tout annuler, s'il n'y aurait pas un moyen de faire machine arrière. Le déménagement à Paris dans quelques semaines, la rentrée dans un nouveau collège, le déracinement éprouvant que ça représentera forcément pour Maël. Elle a l'intolérable impression d'abandonner Joachim, de laisser tout ce qu'ils ont vécu ensemble derrière eux, alors qu'il a tout donné pour sauver son fils.

Maël retire ses baskets sans l'aide de ses mains, les envoie valdinguer contre le mur comme il l'a toujours fait.

— Est-ce que ma chambre sera assez grande pour mon lit en hauteur ? demande-t-il soudain.

Surprise de la question, Sophie acquiesce, et Maël sourit faiblement. Elle décide de prendre cette réaction pour le signe qu'il ne faut pas renoncer. Qu'il faut partir, malgré tout.

Elle attrape un feutre noir dans le bocal de confiture qui fait depuis toujours office de pot à stylos, puis s'approche du mur de l'entrée, celui qui sert de toise à Maël depuis sa première bougie. Il y a douze traits sur la peinture blanche, avec, à chaque fois, écrit l'âge de Maël.

Quelques centimètres au-dessus du dernier trait, celui tracé pour ses douze ans, Sophie s'applique à écrire en grosses capitales le prénom de son enfant.

LOÏS.

Quand elle se tourne vers Maël, elle lit l'émotion tue dans son regard embué.

Maël

Mon père a toujours été un solitaire. Je ne l'ai jamais vu avec beaucoup d'amis ; de vrais amis, je veux dire. Autant maman a toujours invité des copines à elle à prendre l'apéritif ou à dîner de temps à autre, autant papa a toujours préféré faire son ours des cavernes, comme disait maman, à travailler seul depuis la maison et à ne pas voir grand monde hormis nous deux. « Ton père n'a pas besoin de plus : il faut croire que toi et moi suffisons à son bonheur… », déclarait parfois ma mère en souriant.

Dans leur couple, elle était le soleil et lui la lune. Et c'était bien comme ça, jusqu'à ce que tout explose.

Mon père a toujours été un solitaire. Je ne l'ai jamais entendu parler beaucoup de lui ; de ses envies, de son enfance, de ses rêves, de ce qu'il aimait. Il a toujours préféré me faire parler, moi. M'écouter, chercher à me rendre heureux et à rendre maman heureuse.

Et pourtant… Et pourtant, aujourd'hui, je me demande si ma façon de voir papa n'est pas complètement fausse. Si je ne me suis pas trompé sur lui.

Parce que depuis deux semaines, le facteur glisse chaque jour trois ou quatre lettres dans la fente de la porte de notre maison. Tous les matins, aux environs de 11 h 30, j'entends le claquement métallique en provenance de l'entrée. Les premières fois, c'est maman qui allait chercher le courrier, sans entrain. Et puis j'ai lu les lettres, à chaque fois adressées à elle et moi. « Sophie Mancini et son fils ». « Sophie et Maël Mancini ». Sur une des enveloppes, il y avait même écrit « Sophie Borel », comme si mes parents avaient été mariés.

J'ai lu les courriers parce que ma mère, après les avoir soigneusement ouverts et parcourus, les yeux pleins de larmes prêtes à déborder sur ses joues, les a déposés à côté de moi sans rien dire. Elle m'a en quelque sorte laissé le choix, elle ne m'a pas forcé à quoi que ce soit, moi qui n'avais plus envie de rien.

La première lettre qu'on a reçue était de Marcus et Oliver ; ils disaient qu'il y avait un océan qui les empêchait de me serrer le plus fort du monde dans leurs bras, mais que toutes leurs pensées étaient pour nous, et qu'ils priaient chaque jour pour qu'un peu de lumière revienne. Ils avaient choisi une jolie carte cartonnée, avec une petite fille qui lâchait un ballon turquoise en relief dans un ciel tout blanc. J'ai posé la carte sur le rebord de la vieille cheminée, dans le salon. La deuxième lettre était d'un ancien collègue de papa, un certain Miguel que je ne connaissais pas du tout. Il avait choisi une carte avec un désert en photo – des dunes à perte de vue –, que j'ai posée à côté de la première, le cœur lourd.

Jour après jour, les lettres se sont accumulées, et, à présent, c'est moi qui bondis dès que j'entends la fente de la porte d'entrée retomber. Il y a déjà près d'une vingtaine de cartes, de plus en plus tassées sur le rebord trop étroit pour tant d'attentions. Des lettres de tous ceux faisant partie de sa « seconde famille », comme papa m'a souvent dit sans que je comprenne ce que ça signifiait. « Tu sais, Maël, quand tu te mets en danger pour une cause que tu estimes juste, quand tu sens au plus profond de toi-même que ton combat est le bon, alors ceux qui agissent à tes côtés deviennent des personnes extrêmement importantes. Des personnes en qui tu places toute ta confiance, parce que ce sont eux qui sont censés te protéger, protéger les cordes qui te retiennent à plusieurs mètres du sol. Parce que quand tu as un coup de mou, ou un coup de blues, quand tu as peur et que tu sens ton cœur se serrer, ce sont eux qui sont là, et ils ressentent la même chose que toi. »

Voilà ce que m'a plusieurs fois expliqué papa.

Et il avait raison de dire ça, puisque tous ces gens dont nous n'avions jamais entendu parler nous écrivent, aujourd'hui. Les militants de Lille, mais aussi les activistes de toute la France. Au fond d'eux, ils doivent savoir qu'aucun des mots qu'ils tracent sur le papier n'aura le pouvoir de nous réconforter, mais ils le font quand même. Juste pour qu'on sente qu'on n'est pas tout seuls avec notre chagrin, notre colère, notre peur, même si on a l'impression de l'être.

Mes grands-parents paternels, que je n'avais pas vus depuis longtemps, sont venus d'Alsace. Ils sont restés quelques jours à la maison, et c'était étrange de les accueillir, comme si papa n'avait jamais quitté la maison, comme si lui, maman et moi, on formait toujours une famille, comme si leur séparation n'était pas arrivée pour de vrai. Mon grand-père a erré dans la maison sans rien dire, ma grand-mère a rempli la poubelle de mouchoirs humides roulés en boule, et puis ils ont fini par repartir un matin. De toute façon, ce n'est pas comme s'ils pouvaient faire quoi que ce soit. Personne n'a de baguette magique pour revenir en arrière. Même pas moi, alors que tout est ma faute.

Même pas moi.

Je lis et relis les souvenirs que nous racontent les amis que mon père a rencontrés chez Greenpeace.

La fois où il s'est endormi avant même la fin du briefing de l'action et que le coordinateur s'est arrêté de parler jusqu'à ce que papa soit réveillé par ses propres ronflements. La fois où il est tombé d'un Zodiac lancé à pleine vitesse parce qu'il avait glissé sur le rebord trempé et où il a affirmé qu'il l'avait fait exprès. La fois où lui et d'autres activistes étaient logés dans un hangar si glacial, en plein hiver sous la neige au Danemark, qu'ils ne quittaient pas leur duvet de la journée et qu'ils évitaient de boire du thé ou du café pour se réchauffer tellement ils n'avaient pas la moindre envie de sortir dans la neige pour se soulager ensuite.

Je crois bien qu'en lisant toutes ces lettres, j'en ai plus appris sur papa que pendant toute mon enfance à ses côtés. C'est étrange, non ? J'aimerais pouvoir lui parler de toutes ces anecdotes, j'aimerais qu'il m'en raconte d'autres, qu'il sourie en se remémorant à son tour tous ces moments de sa vie, que d'autres lui reviennent en mémoire et qu'il me les fasse vivre à travers ses mots.

Mais j'ai beau lire et relire les lettres à voix haute dans l'espoir que, quelque part, il m'entende, je ne suis pas certain que ça serve à quoi que ce soit…

Alors je m'efforce de recopier dans mon cahier à spirales les souvenirs que ses amis nous ont écrits. Pour mieux m'en imprégner, pour les rassembler tous au même endroit.

Pour qu'ils m'appartiennent un peu, à moi aussi.

J'écris aussi tout ce qui me manque de papa. Sa voix un peu rauque, sa façon de m'ébouriffer les cheveux, sa manière d'éclater de rire en se tenant les côtes. Tous les petits moments de complicité qu'on avait. Les après-midi à la Citadelle, où on s'asseyait sur la pelouse qui surplombe le zoo et où on contemplait les singes occupés à faire des acrobaties sur leur île. Les cache-cache dans les rayons du supermarché, même si maman râlait parce qu'on lui faisait perdre du temps. Sa façon d'être toujours fier de moi, même quand il n'y avait pas de quoi l'être : pour un dessin à moitié raté et mal colorié que je lui offrais, pour les chansons que je chantais faux (et fort) dans mon bain, pour le problème de maths loupé où je n'avais pas compris qu'il fallait retirer la largeur de la porte pour calculer la longueur de la barrière à construire pour entourer l'enclos du fermier. « Tu ne seras pas berger, voilà tout ! », avait-il déclaré alors que maman avait les lèvres pincées en contemplant le 4/10 inscrit au feutre rouge en haut de la feuille. L'habitude qu'on avait de chanter ensemble *Plus rien* des Cowboys Fringants, en finissant par hurler les paroles à tue-tête et en s'en fichant complètement que ça sonne faux : « Mon frère est mort hier au milieu du désert, je suis maintenant le dernier humain de la terre… » L'orange qu'il prenait soin de me découper tous les matins, pour le petit déjeuner, en s'exclamant à chaque fois : « Tu es trop petit pour le savoir, mais des oranges coupées comme ça, avec autant de dextérité, c'est digne d'un roi ! »

Au moment où les choses se produisent, on ne se rend pas compte à quel point elles sont importantes, à quel point elles se gravent en nous. C'est encore plus vrai des petites habitudes, des rituels, des choses qu'on croit insignifiantes mais qui sont en réalité essentielles.

Tout me manque, tout le temps, et parfois c'est si douloureux que j'ai l'impression qu'une boule grossit dans ma poitrine et dans ma gorge au point que je vais étouffer.

J'essaye de rester courageux, pour lui. De rester confiant dans l'avenir, même si plus rien n'a de sens pour le moment, même si je n'ai plus envie d'ouvrir les yeux le matin, quand le soleil commence à filtrer par le volet de ma chambre. J'essaye de me dire que s'il était là, à mes côtés, il n'aimerait pas me voir aussi perdu. Il me regarderait en secouant la tête, déçu que je me laisse aller comme ça. Peut-être même qu'il serait fâché : « Je me suis battu pour toi, je me suis sacrifié pour te tirer d'affaire, et toi, tu gâches tout ? »

Tout ça est arrivé à cause de moi et j'ai parfois envie de mourir tellement je me déteste d'être responsable. J'aurais préféré que mon père ne me retrouve pas, ce soir-là. Qu'il ne tombe pas sur ces types, quitte à ce que le pire m'arrive, à moi. J'aurais préféré ne pas être secouru ; le prix à payer est beaucoup, beaucoup trop élevé.

À chaque instant, j'imagine ce que dirait ou penserait papa, ce qu'il me conseillerait, la façon dont il agirait. Je sais que maman se dit que ce n'est plus le moment de déménager, de m'inscrire dans un nouveau collège, de changer complètement de vie du jour au lendemain. À vrai dire, c'est aussi ce que je pense, au fond de moi.

Mais je sais également, même si elle ne m'en parle pas parce qu'elle croit que je suis trop petit pour comprendre, que notre maison est vendue et qu'elle a acheté un appartement pour nous deux à Paris. Qu'elle ne peut pas se permettre de faire machine arrière d'ici la rentrée de septembre. Elle voudrait avoir le choix, mais la vérité, c'est qu'on ne l'a pas.

C'est comme si tout s'était arrêté, depuis cette nuit-là. Depuis ce dernier jour du mois de juin, à l'intérieur d'un parc dans lequel je ne pourrai plus jamais entrer. Rien que de penser aux grandes grilles rouge vif, je sens que je n'arrive plus à respirer correctement, comme si mes côtes se resserraient violemment pour enserrer mon cœur et le faire imploser.

Mais si mon père était assis à côté de moi, à siroter une limonade en plissant les yeux parce qu'il trouve ça trop acide, il dirait qu'il faut continuer sur notre lancée. Que Paris, ça devait être un nouveau départ, et que ça doit le rester. Qu'il ne veut pas nous retenir, et encore moins qu'on s'empêche d'avancer à cause de lui. Que maman a le droit de souffler, elle aussi, après deux ans à faire un trajet épuisant tous les jours. Paris devrait être un endroit où tout serait à construire et à inventer. Je sais que s'il le pouvait, il nous pousserait à ne pas nous laisser aller. Papa, il a toujours vu le verre à moitié plein, il a toujours su voir le positif là où n'importe qui d'autre n'aurait pu s'empêcher de broyer du noir.

Je me rappelle cette fois où il y a eu une énorme fuite d'eau dans la cave de la maison. Maman s'agitait dans tous les sens en hurlant que ce n'était vraiment pas le moment d'être inondés, elle était catastrophée car le plombier venait d'annoncer qu'il faudrait démolir une bonne partie du parquet du salon pour changer les tuyaux cassés. Papa, lui, a respiré un bon coup et a déclaré qu'en démontant le parquet, on allait peut-être tomber sur un trésor enfoui depuis des dizaines d'années. Un coffre rempli de louis d'or, une mallette pleine de lettres d'amour datant de la Seconde Guerre mondiale… La liste de choses extraordinaires qu'on allait forcément dénicher s'était allongée, et j'avais commencé à participer avec entrain : peut-être qu'on allait trouver des bijoux volés, un tableau inédit d'un peintre célèbre, une momie, même ! Maman avait fini par se détendre un peu, à force de nous entendre imaginer le meilleur, et, avant de monter prendre sa douche, elle avait déclaré qu'on était bien loin du compte, car si ça se trouvait, on allait carrément tomber sur l'île de l'Atlantide et qu'on aurait l'air malin.

C'était ça, la vie à trois.

Alors quand maman m'a annoncé qu'elle avait réussi à obtenir un rendez-vous avec le proviseur du collège où j'allais faire ma rentrée en cinquième, et que c'était vraiment important que je vienne avec elle car il acceptait exceptionnellement de nous recevoir alors que c'étaient les vacances scolaires, j'ai accepté sans rechigner.

— Comment je dois m'habiller ? j'ai quand même demandé.

— Comme tu en as envie, a aussitôt répondu maman.

On a échangé un regard assez long, et c'était comme si des mots silencieux passaient entre nous. Maman a croisé les bras, a levé légèrement la tête et a pris une grande inspiration, et j'ai su qu'elle allait dire quelque chose d'important.

— J'ai rempli les formulaires au nom de Loïs Mancini. Je... j'ai pensé que c'était la meilleure chose à faire..., a-t-elle ajouté d'un ton hésitant.

Dans sa voix, j'ai senti que son affirmation n'en était pas une. Qu'en réalité, elle me posait une question, qu'elle avait besoin de savoir qu'elle avait pris la bonne décision.

Encore une fois, j'ai pensé à papa. À la manière qu'il avait de prendre maman dans ses bras quand elle était trop stressée par son travail, à sa façon de faire tout doucement « Chhhhhh » pour l'apaiser quand elle était surmenée.

— Merci.

C'est le seul mot qui était nécessaire. C'est le seul mot qui était important, et si papa avait été là, il m'aurait dit que pour qu'un mot garde toute sa force, il ne fallait surtout pas le noyer au milieu de dizaines d'autres.

ÉPILOGUE

SIX MOIS PLUS TARD
JANVIER

Sophie

Maël a insisté pour venir à Lille à l'occasion de ses treize ans, et Sophie a accepté de prendre un train dès le vendredi midi pour qu'il puisse passer la soirée avec son amie Lina. Avant, elle n'aurait jamais réussi à se montrer si conciliante – prendre un après-midi de congé, autoriser Maël à faire l'école buissonnière une demi-journée… Mais, à présent, rien ne lui paraît plus si important ou si grave que ça. Elle a appris à lâcher prise, il faut croire.

Elle a loué un appartement en Airbnb plutôt qu'une chambre d'hôtel, simplement parce qu'elle aurait trouvé incongru d'aller dans un endroit impersonnel alors que cette ville l'a vue naître. Maël a posé son sac à dos sur le lit qui allait être le sien pour les deux nuits à venir et a semblé satisfait en faisant le tour du propriétaire. Il a hoché la tête quand sa mère lui a demandé si l'endroit lui plaisait. Sophie s'efforce de l'appeler Loïs dès qu'elle s'adresse à lui directement, mais elle ignore si elle parviendra un jour à penser « elle » quand il s'agit de Maël.

Le mois dernier, le docteur Maillard lui a répondu en souriant qu'il n'y a pas si longtemps que ça, beaucoup de personnes pensaient qu'elles ne seraient jamais capables de compter autrement qu'en francs, et qu'elles ne s'habitueraient jamais à parler en euros. Et puis, avec le temps... Sophie a trouvé la comparaison un peu bancale, mais ne l'a pas fait remarquer. Après tout, il lui paraît de moins en moins étrange de parler à ses collègues de « sa fille »... Maël a commencé les bloqueurs de puberté à la rentrée de septembre, Sophie s'est convaincue qu'elle avait raison de le suivre dans cette voie, quand bien même elle était terrorisée. Elle s'est accrochée aux mots du docteur Maillard : un « traitement réversible », elle s'est accrochée au sourire de Maël. Ses cheveux ont poussé, il pourra sans doute bientôt commencer à les attacher, lui qui rêve de les avoir longs pour se faire des chignons de danseuse. C'est comme s'il était plus présent, plus *vivant*, depuis qu'il peut être, aux yeux de personnes qui ne le connaissaient pas avant et qui ne savent pas grand-chose de son passé, Loïs.

Il va mieux, ou elle va mieux, peu importe. C'est forcément la preuve que c'est ce qu'il fallait faire, non ? Quand elle doute, quand elle a peur de l'avenir de son enfant, elle s'efforce de s'agripper à son bonheur flagrant. Lui qui était si timide et renfermé est devenu lumineux, exubérant parfois même.

L'autre jour, dans la rue qui la menait à la station de métro, elle a croisé un garçon d'une vingtaine d'années, vêtu d'un pantalon moulant en simili cuir et d'un manteau en fourrure. À son bras, un sac à main Longchamp avec des dorures. Ses cheveux bruns étaient rejetés en arrière grâce à une grande paire de lunettes de soleil – inutiles en plein hiver, mais peu importe. Il était en grande discussion avec une fille de son âge, il riait à gorge déployée, comme si la vie n'avait à lui offrir que de la joie. Un grand type aux épaules carrées l'a bousculé en passant à sa hauteur, et le garçon s'est exclamé d'un air scandalisé :

— Eh, vous pourriez faire attention, non ? Je ne suis pas transparente, quand même !

L'homme s'est retourné pour le dévisager de haut en bas d'un air mauvais, mais le garçon et son amie étaient déjà repartis dans leur conversation animée, à rire sans plus prêter attention au malotru. Sophie a suivi le garçon du regard, a ralenti sa cadence malgré elle, comme fascinée.

Effrayée et admirative à la fois. Effrayée que ce climat d'agression soit l'avenir tout tracé de Maël. Que, toute sa vie, il doive se battre pour faire comprendre au reste du monde qu'il n'a rien d'un monstre. Que, toute sa vie, il suscite des réactions de mépris, de rejet ou de dégoût.

Mais admirative de l'aura incroyable que dégageait ce garçon. De sa façon d'être sûr de lui, de sa manière d'exister au monde tel qu'il en avait envie sans se soucier du regard des autres. De son courage d'oser être lui-même dans un monde qui n'accepte que très mal les différences, malgré les beaux discours de tolérance et de bienveillance. Aime ton prochain, à condition qu'il te ressemble, à condition qu'il soit ton miroir.

Cet après-midi, elle est allée se promener avec Maël le long de la Deûle. Les berges sont désertes tellement l'air est glacial. À quelques mètres d'elle, il s'amuse à marcher en équilibre sur une barrière en rondins de bois.

Sophie pense souvent à Joachim, très souvent. Trop souvent, peut-être. C'est difficile d'avancer avec ce qui est arrivé. Le poids lui paraît tellement lourd, parfois, comme si toute l'insouciance qu'elle avait pu avoir, avant, était perdue à jamais. Elle pense souvent à lui, c'est vrai, mais elle s'efforce de ne pas l'idéaliser, de ne pas le résumer à cet acte de bravoure une nuit d'été au fond d'un parc entouré de grilles rouges.

Ce serait trop facile, et ce ne serait juste pour personne de le sanctifier et de relire toute l'histoire sous un autre jour uniquement parce qu'elle se sent coupable au plus profond de son être et qu'elle ne se pardonne pas ce qui est arrivé. Si elle avait été plus ouverte d'esprit, si elle avait accepté de prendre en compte le mal-être de Maël, alors il n'aurait jamais ressenti le besoin de fuguer, il ne se serait jamais retrouvé dans ce parc, ne se serait jamais fait agresser et Joachim n'aurait pas eu besoin de le sauver. Personne ne se serait trouvé au mauvais endroit au mauvais moment. Voilà le raccourci dans lequel Sophie pourrait tomber avec une facilité déconcertante, dans les moments où les remords la submergent. Mais elle se refuse à succomber à cette tentation, et surtout, elle s'est interdit d'un jour en venir à penser qu'ils n'auraient jamais dû se séparer. Garder la tête froide, ne pas laisser la peine lui susurrer des doutes insupportables.

L'amour entre deux personnes ne part pas toujours en claquant violemment la porte un beau matin, sans crier gare. Parfois, il s'en va tout doucement, à pas de loup, sans que personne s'en rende vraiment compte avant qu'il n'ait bel et bien disparu, ne laissant derrière lui qu'une immense nostalgie et de la tendresse, qui ne suffisent malheureusement plus à ne pas faire sombrer le bateau. Voilà ce que Sophie se dit quand elle pense à Joachim et aux onze années qu'ils ont passées ensemble.

— Loïs ? s'écrie-t-elle soudain, pressée de voir le visage qu'elle aime plus que tout au monde.

Maël se retourne, saute de la barrière et la rejoint.

— Il est temps que je te dépose chez Lina, mon cœur, déclare-t-elle en passant son bras autour des épaules de son enfant.

— Et que tu files chez Claudia ! ajoute-t-il en esquissant un sourire.

— Exactement. Je viendrai te rechercher à 23 heures, d'accord ?

— On peut dire minuit, m'man ? S'il te plaît..., supplie déjà Maël d'un air faussement attristé.

Elle cède sans se faire prier davantage. De toute façon, Claudia ne l'aurait jamais laissée partir aussi tôt, elle connaît son amie !

Le lendemain, Maël a un « truc hyper-important » à faire. Il n'a pas voulu lui révéler de quoi il s'agissait, et Sophie a accepté de bon cœur l'événement secret à venir. Il suffit qu'il se montre enthousiaste pour quelque chose, et elle le suit avec plaisir, à présent.

Rattraper le temps perdu, rattraper les erreurs qu'elle a cumulées au fil des années, rattraper ses absences, rattraper l'irrattrapable...

Loïs

J'ai obligé maman à se lever aux aurores ce matin. Elle a sursauté puis poussé un long bâillement lorsqu'elle s'est aperçue que je me tenais devant le canapé-lit dans lequel elle dormait. Elle a attrapé son téléphone pour regarder l'heure, a froncé les sourcils quand elle a lu les chiffres sur son écran.

— Il est 6 heures du matin, j'ai l'impression qu'on vient à peine de se coucher ! Pourquoi tu te réveilles si tôt ? On a toute la journée pour faire ce que tu veux…

J'ai retiré sa couette d'un seul geste en prenant un air énigmatique.

— Il faut arriver tôt, c'est essentiel pour ce qu'on a à faire, allez hop !

Maman s'est levée en soupirant, et en marmonnant que ça avait intérêt à être une surprise digne de ce nom, pour que je l'oblige à sortir du lit un samedi matin à l'aube. Une fois qu'elle a eu les yeux en face des trous, elle m'a souhaité un bon anniversaire en m'embrassant sur la tempe. Elle a été chercher une grande enveloppe dans sa valise, qu'elle m'a tendue d'un air mystérieux.

— Qu'est-ce que c'est ?

— Ouvre, tu verras bien !

J'ai décollé délicatement le rabat de l'enveloppe pour ne pas le déchirer, et j'ai découvert un vieil album de *comics* aux couleurs un peu défraîchies. Sur la couverture, Superman était enfermé dans une sorte de cage en verre soulevée par un homme aux biceps énormes.

— Ces *comics* appartenaient à ton grand-père et, à l'intérieur, il y a une des premières aventures que j'ai lues de Lois Lane…, a murmuré maman avec tendresse.

J'ai hoché la tête, conscient qu'il s'agissait d'un cadeau très précieux.

— Ma mère m'a donné toute la collection de mon père quand j'ai eu treize ans. Alors maintenant, c'est à toi de l'avoir…

On a pris notre petit déjeuner dans un café rue du Molinel, et c'est à ce moment-là que j'ai commencé à avoir mal au ventre. Parce que je savais que pour faire ce qu'on devait absolument faire, il fallait aller à un endroit où je n'avais aucune envie d'aller. Maman a bien vu que d'un seul coup, je n'avais plus trop l'air dans mon assiette, alors j'ai accepté de me confier un peu :

— Pour faire ce qu'on doit absolument faire, il faut aller à un endroit où je n'ai aucune envie d'aller…

Sa tasse de café en l'air, elle m'a fixé avec des yeux ronds comme des soucoupes. J'ai secoué la tête ; visiblement mes paroles n'étaient pas très claires.

— Laisse tomber, ce n'est pas grave.

Après le petit déjeuner, j'ai entraîné maman à l'extérieur et lui ai dit de me suivre sans poser de questions, parce que je sentais qu'elle était de plus en plus curieuse. On a remonté la rue jusqu'au palais des Beaux-Arts, puis on a descendu le boulevard de la Liberté.

Jusqu'à enfin apercevoir les grandes grilles rouge vif.

J'ai senti ma gorge se serrer et j'ai tout fait pour ne pas ralentir le pas. Sinon, j'aurais fini par m'arrêter complètement au beau milieu du trottoir, puis peut-être par faire demi-tour et *renoncer*.

— Où va-t-on ? m'a demandé maman d'un ton inquiet en regardant le parc droit devant nous.

— Tu verras, j'ai répondu d'un ton que je voulais assuré.

On a traversé, on est entrées dans le parc désert, puisqu'il n'était même pas encore 7 heures du matin. Malgré les panneaux indiquant les horaires d'ouverture à l'entrée, les grandes grilles rouge vif n'étaient pas fermées, comme je m'en doutais.

Maman a frissonné et a resserré ses bras autour d'elle comme pour se réchauffer, et je n'ai pas su dire si c'était parce que revoir cet endroit l'angoissait ou parce qu'il faisait à peine trois degrés dehors.

On a remonté l'allée pavée jusqu'à la toile d'araignée, jusqu'au grand marronnier juste derrière. Je me suis approchée de l'arbre, j'ai posé ma main sur son écorce, je me suis recueillie un instant en fermant les yeux pendant que maman regardait au loin, à l'endroit où… L'endroit *où*.

Puis j'ai laissé mon sac à dos au sol et sorti la truelle que j'avais emportée. J'ai tourné le regard vers maman, j'ai posé mon index sur ma bouche quand j'ai vu qu'elle s'apprêtait à parler. Ses lèvres se sont refermées, et elle s'est assise sur le banc en bois juste à côté. J'ai creusé la terre au pied du marronnier, et quelques minutes plus tard, ma truelle a rencontré quelque chose de dur. Avec mes mains, j'ai écarté la terre et les cailloux, puis j'ai exhumé ma capsule temporelle emballée dans son sachet isotherme.

J'ai rejoint ma mère, retiré le Scotch d'un seul geste, sorti le grand saladier en plastique.

— Mais… c'est le saladier que j'ai cherché partout ! s'est exclamée maman, et j'ai souri sans répondre.

— Tu as l'impression qu'il s'agit d'un vulgaire saladier, mais sache que tu te trouves face à une véritable capsule temporelle, j'ai déclaré avec solennité.

J'ai ouvert la boîte, et maman a regardé ce qu'il y avait à l'intérieur : ma figurine de Dark Vador, mon bracelet en élastiques aux couleurs de l'arc-en-ciel, ma carte de Noël musicale envoyée par mamie, mon tyrannosaure en papier, ma médaille du cross de l'école gagnée par maman, et l'article de *Libération* parlant de papa qui s'était introduit avec Greenpeacc à la centrale nucléaire de Gravelines. Elle a caressé le visage de papa sur la photo de mauvaise qualité, a ri en se rappelant la course à la Citadelle.

— Tous les ans, le matin de mon anniversaire, avec papa, j'ajoutais un objet important pour moi, un objet que j'avais eu dans l'année. Tu n'es jamais venue avec nous, sans doute parce que tu trouvais cette idée un peu idiote, mais maintenant, je veux que tu sois là pour ce moment. Parce qu'il est important pour moi.

Quand j'ai levé la tête, je me suis rendu compte que ses yeux étaient tout rouges. Je n'avais pas l'intention de lui faire le moindre reproche, mais je crois que mes mots ont résonné comme ça à ses oreilles. Pourtant, je n'ai dit que la vérité : elle n'avait jamais voulu nous accompagner, papa et moi…

Elle a caressé ma joue sans rien dire, en se contentant de hocher la tête d'un air désolé.

Après avoir jeté un nouveau coup d'œil à l'intérieur de la capsule, maman a attrapé les deux petits rouleaux de papier attachés avec un élastique, m'a regardée d'un air interrogateur.

— C'est mon vœu pour l'année dernière. Et celui de papa. On en écrivait un à chaque fois, et un an après, on regardait si notre vœu s'était réalisé ou pas.

Ma mère a fait rouler nos vœux entre ses doigts, l'air songeur.

— Est-ce que ton vœu s'est concrétisé ? a-t-elle demandé.

— Pas encore, mais je crois que c'est en bonne voie, j'ai répondu en souriant.

Elle a hoché la tête lentement, et j'ai repris mon rouleau pour le glisser dans la poche de mon manteau. Dans sa main, il n'est plus resté que celui de papa.

— Tu crois que son souhait à lui s'est réalisé ? a-t-elle murmuré avec tristesse.

— Je ne crois pas, j'ai chuchoté, le cœur lourd. On va le laisser dans la capsule, d'accord ?

Elle a acquiescé et a déposé le rouleau dans la boîte.

— Maintenant, c'est à nous de jouer, j'ai déclaré avec sérieux en sortant de la poche de mon manteau un stylo et deux petits rectangles de papier. Tu dois faire un vœu pour l'année à venir, et moi aussi.

— Ça veut dire qu'il faudra revenir tous les ans dans ce parc, le jour de ton anniversaire ?

— Exactement. On n'a pas le choix, j'ai rétorqué.

J'ai évité de lui préciser qu'il était essentiel de venir le matin de mon anniversaire aux environs de 7 heures pour s'assurer de ne croiser personne et que la sécurité de la capsule temporelle soit assurée. Maman déteste se lever aux aurores, donc mieux vaut lui parler de ce détail l'an prochain.

Elle a longuement contemplé la feuille encore vierge. Puis elle a commencé à écrire, et j'ai tourné la tête pour ne pas voir ce qu'elle griffonnait, un peu comme quand elle fait son code de carte bleue dans un magasin. Quand elle a eu fini, elle a roulé le papier et je lui ai tendu un élastique.

À mon tour, j'ai pris une profonde inspiration pour écrire les quelques mots que j'avais choisis il y a plusieurs semaines déjà et que je me répétais chaque matin au moment de me lever et chaque soir au coucher, comme une prière.

Je sais que la règle numéro un pour les vœux, c'est de ne jamais révéler à quelqu'un d'autre celui qu'on a fait, mais là, d'un seul coup, c'était trop dur de ne rien dire.

— Tu as fait un vœu pour papa ? j'ai murmuré, presque malgré moi.

Maman a poussé un long soupir avant d'acquiescer.

— Tu crois qu'on a fait le même vœu ? j'ai demandé.

Et, sans lui laisser le temps d'ouvrir la bouche, j'ai ajouté :

— Tu crois que si on souhaite la même chose, notre vœu a deux fois plus de chances de se réaliser ?

Maman a souri avant de déposer son rouleau de papier dans la capsule temporelle. J'ai fait de même, et elle a chuchoté, sans doute parce qu'elle n'arrivait pas trop à parler à voix haute :

— Je suis sûre que oui, mon cœur.

On a regardé quelques instants les trois rouleaux de papier côte à côte.

— C'est tout ? a-t-elle fini par questionner après avoir essuyé ses yeux du revers de la main.

— Presque. Il me reste encore une chose à faire : mettre un objet précieux pour moi.

Avec le pouce et l'index, j'ai bataillé quelques instants pour retirer le bracelet en lin que papa m'avait rapporté de son procès. Puis je l'ai déposé à l'intérieur de la capsule.

— Cette année, je vais déposer deux choses, j'ai expliqué à ma mère qui me regardait faire en silence. Si papa était là, il dirait que je n'ai pas le droit, que c'est de la triche, mais tant pis. Parfois, il faut savoir changer les règles.

J'ai fouillé dans mon sac à dos pour en sortir une feuille pliée en quatre.

— Qu'est-ce que c'est ?

Je l'ai dépliée pour que maman puisse la voir. C'était mon acte de naissance 2.0., avec mon nouveau nom de famille : Mancini-Borel. Bien sûr, il y avait toujours écrit « Maël » au lieu de Loïs, mais maman avait dit : « Chaque chose en son temps », et j'avais compris qu'il allait falloir être patient.

Les yeux de ma mère se sont embués, comme toujours, et je lui ai tendu un mouchoir pour éviter qu'elle ne mouille mon papier.

Puis j'ai placé la feuille au fond de la capsule et remis le bracelet bien à plat, pour qu'on puisse lire l'inscription « DÉSOBÉIR ». La devise de mon père, en quelque sorte. Quand il m'avait rapporté ce bracelet de son procès, il m'avait dit une chose que je n'avais pas trouvé importante sur le moment, mais ses mots s'étaient pourtant gravés dans ma mémoire, au point que plusieurs jours après, j'avais pris soin de les noter sur le verso de la couverture de mon cahier à spirales.

— Dans la vie, Maël, il faut avoir à la fois la force d'accepter ce qu'on ne peut pas changer et le courage de désobéir quand c'est nécessaire.

— Mais comment on peut savoir s'il faut accepter ou désobéir ? j'avais demandé, perplexe.

— Ça, c'est justement le plus compliqué. Il faut aussi avoir la sagesse de prendre les bonnes décisions. La sagesse de se battre, et la sagesse de renoncer, parfois.

Il m'avait dit que tout ça n'était pas de lui, mais j'avais quand même écrit ses mots sur mon cahier. Pour m'en souvenir, et aussi dans l'espoir de mieux les comprendre à force de les relire.

Maman a caressé mes cheveux dans un geste tendre, et j'ai attrapé le couvercle du saladier pour le refermer. Machinalement, je l'ai remis dans le sac isotherme.

— On y va ? a-t-elle murmuré avec douceur, et je me suis levée du banc pour aller enterrer ma capsule temporelle.

J'ai regardé tout autour de nous pour m'assurer que le parc était complètement désert et que mon geste n'allait pas attirer de regards indiscrets.

À l'entrée du parc, une silhouette remontait lentement l'allée pavée. J'ai plissé les yeux pour mieux voir. C'était un homme avec un bonnet gris et un manteau bleu marine, qui s'aidait d'une canne pour marcher. Vu le rythme auquel il allait, j'avais sûrement tout le temps d'enterrer ma capsule sans qu'il nous remarque.

Mais quelque chose m'a empêchée de bouger.

La silhouette sombre s'est rapprochée, petit à petit, mais ce n'est que lorsque maman a tourné la tête pour voir ce que je fixais et a poussé un cri de surprise que j'ai compris.

La capsule temporelle m'a échappé des mains et je n'ai pas fait un geste pour la ramasser. Mon cœur s'est mis à battre à tout rompre dans ma poitrine, comme s'il tambourinait contre mes côtes pour s'échapper.

Alors j'ai couru.

Quand je suis arrivée à sa hauteur, j'ai eu un instant d'hésitation avant de me blottir contre son torse. Il avait l'air tellement fragile, avec sa canne et ses vêtements légèrement trop larges pour lui, mais quand il a refermé son bras gauche sur moi, j'ai senti qu'il était *vraiment* là.

Je l'ai assailli de questions, sans lui laisser le temps de reprendre son souffle – Qu'est-ce que tu fais là ? Pourquoi tu n'es pas à l'hôpital ? Est-ce que tu t'es échappé ? Tu n'es pas trop fatigué ? Tu es venu à pied ? Comment tu as su qu'on serait là ? C'est maman qui t'a prévenu ?

Et lui, il s'est contenté de rire doucement ; ça faisait comme des vagues en fin de course, celles qui viennent lécher les pieds et qui sont agréables même quand l'eau est froide.

J'ai reposé la question qui me paraissait la plus importante :

— Comment tu as su qu'on serait là ?

— « Où que tu ailles, je te retrouverai... », a-t-il fredonné d'un air mystérieux, comme si la chanson préférée de maman était une explication suffisante.

J'ai levé les sourcils, soudain très émue, et papa m'a serrée de nouveau contre lui. À mon oreille, il a murmuré :

— C'est notre rituel depuis des années. Je savais que tu viendrais pour la capsule temporelle. Joyeux anniversaire, Loïs.

Et cette fois, c'est moi qui ai fondu en larmes.

Il était là.

Il était là.

Maman nous a rejoints, et elle est restée à un mètre de nous, comme si elle ne savait pas quelle attitude adopter. Elle avait prévu de me déposer, comme d'habitude, à l'hôpital pour que je passe une partie de la journée avec mon père, et visiblement elle n'était pas plus au courant que moi de sa sortie.

— Je voulais vous faire une surprise. Je suis sorti un peu plus tôt que prévu. Il faut croire que quelqu'un de plus amoché que moi avait besoin de la chambre, ou que j'ai fait suffisamment mes preuves pour qu'on me libère, a expliqué papa de cette voix traînante qui est devenue la sienne.

Maman l'a dévisagé longtemps, on aurait dit que c'était la première fois qu'elle le voyait. Et puis elle a fait quelques pas vers lui, d'un seul coup, et elle a posé la main sur sa joue et sa barbe de quelques jours.

— C'est bien..., a-t-elle déclaré en souriant.

Papa a acquiescé. Puis il s'est tourné vers moi et m'a dit que je ferais mieux d'aller chercher ma capsule au lieu de la laisser par terre à la vue de tout le monde. Sans répondre, j'ai couru la récupérer, et je me suis rassise sur le banc pour les attendre. J'avais parfaitement compris qu'il voulait parler à maman seul à seule, pas besoin d'inventer des prétextes pour que je m'éloigne, franchement !

Au loin, ils ont commencé à discuter et, durant quelques instants, j'ai eu l'impression que tout était comme avant. Avant l'agression, avant leur séparation, *avant*.

J'ai observé papa, debout juste à côté d'un des lampadaires rouge vif, sa main gauche fermement agrippée à cette canne qui lui donnait l'apparence d'un grand-père, et, d'un seul coup, dans ma tête, tous les souvenirs de ces derniers mois sont remontés à la surface en même temps, ça a fait comme un feu d'artifice impossible à maîtriser. J'ai repensé aux dix-neuf jours de coma, ces dix-neuf jours en apnée, à retenir ma respiration en priant à chaque instant pour que mon père se réveille et que rien n'ait changé. Ces dix-neuf jours à être terrorisée qu'il n'ouvre plus jamais les yeux, à être épouvantée à l'idée qu'il les ouvre et qu'il ne se souvienne plus de moi, qu'il ne se souvienne plus de *rien.* Dix-neuf jours à être suspendue dans le vide, comme ce funambule qui avait tendu son fil entre les tours jumelles, à New York, dans le film que papa m'avait montré et qu'on avait regardé, bouche bée tout le long. J'ai repensé à ce matin de juillet où le téléphone a sonné et où j'ai entendu maman, en bas, éclater en sanglots. J'étais restée dans ma chambre, tétanisée, persuadée qu'on venait de lui annoncer que papa était mort, que ce n'était plus la peine de retenir notre souffle, que cette fois, c'était fini *pour de bon.* J'avais regardé le ciel bleu par ma fenêtre, d'un bleu si dégueulasse que j'avais eu envie de hurler de désespoir. J'avais attrapé les CD des Cowboys Fringants et de Joy Division que j'avais préparés la veille, parce que j'avais lu sur Internet que ça pouvait être bien de faire écouter de la musique aux personnes plongées dans le coma, je les avais attrapés et je les avais balancés contre le mur si fort que le placo s'était fissuré, laissant un trou juste au-dessus de mon bureau et une traînée de poussière blanche sur le parquet. Maman était montée en courant et, en ouvrant ma porte, elle m'avait annoncé que papa s'était réveillé. Il avait fallu qu'elle répète plusieurs fois cette phrase pour qu'enfin elle s'imprime dans mon cerveau et que je réagisse.

Au loin, papa a posé sa main sur le lampadaire rouge, et je me suis demandé s'il avait besoin de s'y appuyer pour trouver son équilibre. Il paraissait peut-être moins fort qu'avant, mais maman devait toujours lever la tête pour lui parler, et, je ne sais pas pourquoi, ça m'a fait sourire. J'ai repensé à ces cinq mois de rééducation à l'hôpital, ces cinq interminables mois où chaque minuscule progrès de mon père était un miracle – parler, écrire quelques mots d'une main tremblante, avaler un repas, jouer une partie de dames jusqu'au bout, réussir à s'asseoir puis à faire quelques pas vacillants entre son lit et son fauteuil. Cinq mois à faire chaque samedi l'aller-retour depuis Paris juste pour passer quelques heures avec lui dans cette chambre terne et sans âme, cinq mois à passer des centaines d'appels en visio, en lui assurant en permanence qu'il avait bonne mine alors que la vérité, c'est qu'on aurait dit le croque-mort dans *Lucky Luke* et que je n'étais même plus capable de me souvenir de ce à quoi ressemblait son visage avant qu'il ait ce teint cireux et des valises pleines à craquer sous les yeux.

J'ai repensé au sourire fugace que mon père avait eu, assis dans le fauteuil de sa chambre d'hôpital, quand l'avocat de Greenpeace lui avait téléphoné pour lui annoncer que tous les militants qui s'étaient introduits dans la centrale nucléaire avaient finalement été relaxés en appel. « C'est une bonne nouvelle… », avait-il murmuré tout doucement. Quand il avait raccroché, il était resté un moment dans le vague, à fixer les grands peupliers qui se balançaient au gré du vent, de l'autre côté de la fenêtre. Je m'étais dit que papa échappait peut-être à la prison, mais que cette chambre en était une bien pire, en réalité, et que c'est moi qui l'y avais mis. Ce n'est pas parce que maman me répétait que je devais cesser de me faire de reproches que ça suffisait à effacer ma culpabilité.

Comme le temps avait filé, depuis cette nuit de juin qui semblait à mille lieues de nous, désormais. Comme le temps avait filé !…

Aujourd'hui, papa était là, à quelques mètres de moi, à discuter avec maman comme si de rien n'était. Il était là, dans ce parc où nos vies avaient explosé et où tout, absolument *tout*, avait irréversiblement changé l'été dernier.

Au bout de quelques minutes, maman m'a adressé un petit signe de la main et je lui ai répondu de la même manière, sans comprendre. Elle s'est éloignée vers la sortie du parc, et papa m'a rejoint.

— Où elle va ? j'ai demandé sans la quitter des yeux.

— Faire un peu de shopping, je pense, et retrouver Claudia ensuite. Je dois te ramener à la gare demain soir, ça nous laisse un peu de temps ! a répondu papa, joyeux.

— On va faire quoi ?

— Aucune idée, mais, déjà, j'aimerais bien pouvoir déposer mon vœu pour cette nouvelle année, étant donné que tu ne m'as même pas attendu ! a-t-il rétorqué d'un ton faussement déçu.

Je me suis empressée de rouvrir la capsule temporelle, et j'ai montré à papa les objets que j'avais mis à l'intérieur : le bracelet et mon acte de naissance. Il n'a rien dit sur le fait que j'avais profité de son absence pour déposer deux choses. Il s'est contenté de déplier la feuille de papier et d'en relire les lignes qu'il connaissait sûrement déjà par cœur, surtout celles, manuscrites, dans la colonne de gauche. Là où il y avait désormais écrit qu'il m'avait reconnue et que mon nom de famille était Mancini-Borel. C'est maman qui avait entrepris les démarches pour que celui que j'avais toujours considéré comme mon père le devienne officiellement.

Papa a attrapé son rouleau de papier avec un élastique noir en me demandant si c'était bien son vœu de l'année dernière. J'ai répondu oui, et il a sorti un autre rouleau de la poche de son jean. Visiblement, il avait préparé son souhait ; il n'y avait plus qu'à le déposer à côté du mien et de celui de maman.

— Alors, qu'est-ce que tu as fait comme vœu, cette année ? a-t-il demandé d'un ton désinvolte en mettant son rouleau dans la capsule.

J'ai ouvert la bouche sans qu'aucun mot ne sorte, estomaquée qu'il ose me poser cette question indiscrète après m'avoir répété tous les ans qu'on ne devait jamais, sous aucun prétexte, révéler ce qu'on avait écrit.

En voyant ma mine déconfite, il m'a lancé un clin d'œil.

— Je plaisante, je plaisante ! Garde ton secret, tu as bien raison. Tu sais, moi, cette année, j'ai écrit deux vœux.

— Mais… On n'a pas le droit ! Tu as toujours dit que je devais déposer un seul objet et faire un seul vœu ! j'ai aussitôt protesté.

— Ah oui, j'ai dit ça ? Mais est-ce que je ne t'ai pas aussi appris que, dans la vie, on avait parfois le droit de désobéir et d'inventer ses propres règles ?

J'ai haussé les épaules, vaincue, et papa a éclaté de rire.

— Il va se passer quoi, maintenant ? j'ai murmuré, soudain pensive. Je vais venir chez toi un week-end sur deux ? Pendant les vacances ? Tu vas venir habiter à Paris pour qu'on puisse se voir plus souvent ? Tu en as parlé à maman, elle a dit quoi ?

Dans ma tête, il y avait tout un tas d'autres questions qui se bousculaient d'un seul coup, des questions que j'avais envie de poser depuis des mois, mais que je m'étais interdit de prononcer à voix haute. Est-ce que tu m'en veux de ce qui est arrivé ? Comment tu vas faire, avec cette jambe qui t'a lâché ? Comment tu vas faire pour aller accrocher des banderoles un peu partout, sans elle ? Est-ce que tu seras malheureux, de ne plus jamais pouvoir escalader des bâtiments à cause de moi ? Est-ce que je pourrai m'inscrire à un club d'escalade, en septembre prochain, et apprendre à grimper pour prendre un jour ta relève ? Est-ce que ça te rendrait fier de moi, est-ce que ça compenserait, au moins un peu ? Est-ce que tu as mal, encore ? Est-ce que ça va aller, maintenant ?

Mais, avant même que je trouve le courage de poursuivre mes questions, papa a posé son index sur mes lèvres pour me faire taire et interrompre ce nouveau flot d'interrogations.

— Chut… Chut… Je ne sais pas, je ne sais pas ce qui va se passer, c'est trop tôt. Mais ce dont je suis certain, c'est que tout ira bien. Tout ira bien, d'accord ?

Il a planté son regard sérieux dans le mien, pour me faire comprendre que je devais l'écouter attentivement.

— Tout ira bien, a-t-il répété une troisième fois en détachant les trois mots pour leur donner plus de poids.

Alors j'ai fait comme lui.

J'ai répété :

— Tout ira bien.

Remerciements

Longtemps, j'ai vécu sans que l'écriture soit au centre de ma vie, sans qu'elle soit essentielle au point de me *définir*.

Longtemps, j'ai vécu en me sentant en permanence en décalage avec les autres, avec le monde.

Et puis, un jour, par le plus grand des hasards (mais s'agissait-il vraiment d'un hasard ?), je me suis retrouvée sur un chemin qui n'était pas prévu. Même pas rêvé, en un sens.

Un chemin qui m'a pourtant semblé familier.

Comme si, enfin, j'étais chez moi.

Comme si, enfin, j'étais *moi*.

Je crois qu'il n'y a pas de plus belle chance que celle de parvenir à se trouver.

Et peu importent les doutes permanents, l'insécurité de ne jamais savoir de quoi demain sera fait, le sentiment de ne pas être à la hauteur ou de ne pas être légitime, le syndrome lancinant de l'imposteur.

Peu importe, au fond, car je crois qu'on n'est jamais un imposteur quand on est intimement persuadé de se trouver exactement là où l'on doit être.

Alors merci à toutes les personnes qui, un jour, m'ont aidée à trouver ce chemin de traverse et à ne pas le quitter.

Merci à Aline Boiselle de m'avoir donné le goût, pendant les quatre années de collège, pour ce qu'on appelait à l'époque des « rédactions ». Je garde la nostalgie d'une école où l'on apprenait aux gamins que l'imagination était quelque chose de précieux.

Merci à Philippe Boudriot, pour Baudelaire. Je ne suis pas certaine que les enseignants aient toujours conscience de marquer un élève ; pourtant, plus de vingt ans après, je n'ai pas oublié la ferveur de vos cours.

Merci à Claire Allouch d'avoir été à l'origine du plus grand des hasards, un jour de printemps 2015.

Merci à mon père d'être là et d'y croire.

Merci à Nicolas, qui m'a inspiré l'amour de Joachim pour Maël.

Merci à mes enfants de trouver qu'une mère qui écrit des livres, c'est « trop la classe ». Pourvu que ça dure encore quelques années.

Merci aux ami.e.s qui m'ont soutenue et me soutiennent encore, qui connaissent les coulisses de toute cette aventure.

Merci à Bernard Fixot pour le coup de fil passé après la lecture de mon manuscrit.

Merci à Édith Leblond et Renaud Leblond pour votre bienveillance.

Merci à Gwenaëlle Le Goff, éditrice vingt-quatre heures sur vingt-quatre ou presque ; je n'imagine pas travailler un jour avec quelqu'un d'autre que toi.

Merci à vous d'avoir choisi ce roman, d'avoir fait un bout de chemin avec Joachim, Sophie et Loïs.

Avant de refermer ce livre, restez encore un moment avec eux. Trois minutes, à peine. Le temps de mettre *Love Will Tear Us Apart* à plein volume et de vous laisser porter !

Merci de faire partie de celles et ceux qui me permettent de poursuivre mon chemin.

Pour tout le reste, advienne que pourra…

Retrouvez-moi ici :
www.amelie-antoine.com
Et sur ma page Facebook :
https://www.facebook.com/AmelieAtn
Pour me contacter :
amelie.antoine.auteur@gmail.com

Composition de mise en pages
Nord Compo à Villeneuve-d'Ascq

Achevé d'imprimer sur Roto-Page
par l'Imprimerie Floch à Mayenne
en mai 2021

Dépôt légal : mai 2021
N° d'édition : 4539/01 – N° d'impression : 98319
Imprimé en France